НАТАЛИЯ
МИРОНИНА

НАТАЛИЯ МИРОНИНА

Догнать любовь

МОСКВА
2022

УДК 821.161.1-31
ББК 84(2Рос=Рус)6-44
М64

Дизайн обложки *А. Аверьянова*

Редактор серии *А. Самофалова*

Миронина, Наталия.

М64   Догнать любовь / Наталия Миронина. — Москва : Эксмо, 2022. — 352 с.

ISBN 978-5-04-157929-6

Бывает ли любовь с первого взгляда? Возможно ли влюбиться еще в школе и не растерять это чувство годы спустя? Алине Новгородцевой некогда об этом думать: она перспективная спортсменка, нацеленная на победу во всем, включая личные отношения. Бойцовский характер, упорство, выверенная стратегия и счастливый случай — и вот уже торжествующая Новгородцева планирует общее будущее с парнем, который не замечал ее много лет. Вот только люди — это не медали и кубки, которым все равно, кто их завоюет...

УДК 821.161.1-31
ББК 84(2Рос=Рус)6-44

ISBN 978-5-04-157929-6

ЧАСТЬ ПЕРВАЯ

Что она хорошо помнила, так это метель. Настоящую, когда не видно неба и земли, а только белые клочки, которые кружат, превращаясь в мягкий платок. Удивительно, но в метель не было ни пронизывающего влажного холода, ни колючего мороза — уютный мягкий воздух и огромные хлопья.

С метелью приходила красота. Снег был отличным декоратором — исчезал хлам во дворах, грязь на дорожках превращалась в белые ткани, на крышах, ставнях, кольях забора и других выпуклостях лежали аппетитные снежные булки.

Алина очень любила метель. В какое бы время ни случались эти снегопады в их северных краях — будь то канун Нового года или середина апреля, — всегда возникало ощущение праздника. А в деревне его не хватало. Короткое лето не баловало красками, хмурую осень делали еще более мрачной темные еловые леса. А зима была белой, чистой и радостной.

Поводов огорчаться прибавилось, когда поселок, где было всего двадцать домов, собрались «отменить». То есть как населенный пункт он перестал существовать. Большинство жителей, словно только и ждали этого, быстро перебрались в город или в ближайшие крупные села. И Алина Новгородцева с матерью и собакой Байкой остались практически одни. Нет, еще в конце улицы жил Юра Шелепихин. Но на того нельзя было ориентироваться — Юра всегда двигался против течения. Вот и теперь, когда большая часть местных уехала, получив солидные подъемные, он оставался в своей избушке.

— Я никуда не поеду. В другую деревню или в село я и не подумаю переезжать. Я в город хочу, но там мне не могут предложить ничего дельного.

Алина Новгородцева ничего не отвечала Юре, а ее мать только ругалась.

— Что ты творишь?! — выговаривала он Шелепихину. — Останешься без денег и жилья!

— Не останусь, я свои права знаю, — отвечал Юра.

Алине все это порядком уже надоело. Сил уже не было жить «на чемоданах», набирать воду из колодца, топить печь.

— Мама, почему у нас так неустроенно? Почти везде и газ есть, и вода в доме, и вообще все удобства, а в нашей дыре все так не по-человечески?! — иногда спрашивала она, хотя ответ давным-давно знала. Но мать не сердилась, она с каким-то удовольствием рассказывала дочери одну и ту же историю:

— Так здесь жить долго никто не собирался! Деревня из «времянок» выросла. Вот, дорогу проложили, месторождение освоили — и уехали все те, кто сюда вербовался. Они же из больших городов приезжали. Поработать, дело сделать и денег добыть. Здесь же вообще никто никогда не жил на многие километры.

— Ну отчего же мы не уехали? Мы же тоже сюда приехали на время. А застряли на всю жизнь! — возмущалась Алина.

— Так случилось — ты родилась, а меня в школу позвали работать — у нас тут как раз детишки подросли у всех. И школу-четырехлетку открыли. А потом отец получил повышение здесь. И что?! Надо было все бросать?! Здесь же работа его любимая была!

Алина знала про отца — он начинал простым геодезистом, потом стал начальником управления. Мотался по всей области, Алина с матерью его ждали. И больше всего боялись этой самой метели — теплой, уютной, но очень коварной. Местные жители пересказывали все истории, когда машины заметало, а людей находили замерзшими. Еще Алина помнила разговоры родителей — они тогда обсуждали, как заработают здесь денег, вернутся в город и купят сразу квартиру себе и подрастающей дочери. Действительно, в этих местах платили щедро и честно — знали, что иначе люди здесь не останутся. И сбережения у семьи Новгородцевых увеличивались, и планы становились грандиознее. Вот только никуда они не уехали. Потому что Борис Иванович срочно вылетел на дальний участок, там у него сильно заболел бок. Он морщился, глотал таблетки, но к врачам не обращался. Когда же его вертолетом доставили в больницу, было поздно.

— Перитонит, — развел руками хирург, — видать, мужик был терпеливым. И неосторожным. Скорее всего боли его мучили давно.

Елена Владимировна убивалась так, что Алина за нее испугалась. Раньше она вообще не видела, чтобы мать плакала. Родители жили дружно, людьми были спокойными, дома не шумели, переживания не афишировали. Уход отца вдруг все перевернул. Оказалось, что без него и смысла во всей этой жизни нет. И ехать никуда не хочется и не нужно. Алина, слушая эти разговоры матери, немного обижалась. Ей было странно, что в своем горе мать забыла про дочь. А ведь у нее скоро десятый класс, экзамены, надо усиленно заниматься, ходить на дополнительные занятия. Для этого всего надо перебраться в город. Тем более деньги есть. Но Елена Владимировна с места не двигалась. Алина всю неделю жила в школе-интернате, на выходные дни приезжала домой. И пыталась повлиять на мать, но та отмалчивалась. Она по-прежнему учила младшие классы, вечерами читала книжки и перебирала фотографии. Алина как-то устроила истерику, накричала на мать, а успокоившись, сказала:

— Мама, ты как хочешь, а я поступать поеду или в Москву, или в Петербург, в «Лесгафта». Знаешь, я же спортсменка, у меня даже есть награды. Это учтут.

— Как знаешь, — ответила Елена Владимировна.

Она не разделяла этого увлечения дочери — лыжи. «Тебе надо много читать, больше музыки слушать... А спорт... Это не профессия», — говорила она. Алина слушала, но продолжала ходить в секцию и ездить на соревнования. Она с малолетства бегала на лыжах — ее научил отец. Он же устраивал с ней шуточные соревнования, заставлял ее спускаться с самых крутых горок, которые образовались на старых месторождениях из отработанной породы. К пятнадцати годам Алине не было равных в округе — она была вынослива, чрезвычайно упорна и имела неплохую технику. На всех местных соревнованиях среди школьников первой была Алина.

Так случилось, что новость о том, что деревню ликвидируют, и приглашение Алине в юниорскую сборную пришли одновременно. И они вывели Елену Владимировну из ее состояния. То ли время горя само собой подошло к концу и его заслонили воспоминания о хорошем прошлом, то ли душа потребовала работы и усилий. Так или иначе, но мать занялась поисками квартиры, при этом во всем советовалась с дочерью.

— Если уезжать из этих мест, то только в Петербург! И поступать тебе лучше там. Вся моя родня жила в Петербурге, и сам бог велел туда вернуться.

Алина радовалась, что мать отошла от горя и они наконец будут жить в нормальных условиях с горячей водой. А с другой стороны, воображая эту новую предстоящую жизнь, она тут же задавалась вопросом: каково это, все время жить в городе? Постоянно находиться в огромном каменном пространстве, без леса в трех шагах, без мелкой ледяной и почти не замерзающей речушки, состоящей из одних ключей, без тишины снежных полей. Все-таки это был ее мир, ее суть. Мать чувствовала это раздвоение.

— Расставаться всегда тяжело. Будь это человек, дом или место. Но что делать — надо поступать в институт. В город перебираться. Человеку нужна цивилизация, — говорила Елена Владимировна.

— Да, конечно. Так и есть, — отвечала Алина, но на душе скребли кошки. Иногда она сама не знала, нужна ли ей цивилизация.

— Знаешь, дочка, я сама не могла уехать отсюда, но надо. У тебя вся жизнь впереди.

Мать очень точно уловила настроение Алины — нужен был простор и возможность выбора, но вместе с тем здесь оставалась часть ее души — детство, счастливое время, когда был жив отец.

— Мы можем купить небольшую квартиру, но, конечно, не в центре, а где-нибудь в историческом уголке, куда тоже любят приходить туристы. Представляешь, ты с соревнований приедешь, тебе отдых нужен, покой. Да и учиться продолжать надо. Тоже для этого условия необходимы. А Петербург — это прекрасное место для образования. Знаешь, я прямо вижу эту квартиру — удобную, светлую.

— Мама, во-первых, в Петербурге еще надо найти светлые комнаты и ясную погоду, — рассмеялась Алина, — а во-вторых, в отелях тоже удобно. Главное, чтобы новое жилье нам обеим нравилось. Чтобы тебе было хорошо. Сколько лет ты топила эту печку? Носила воду из колодца?

— Тяжело было иногда, но все равно, это такие были времена счастливые!

— Потому что с нами был папа. И вы были молодыми, — улыбнулась Алина.

Предчувствие перемен захватило их. Они часами изучали возможные варианты, смотрели карту города, разговаривали с риелторами. Алина была рядом с матерью, помогала ей во всем, но душу ее грел спорт. Именно он ее спасал в такой сложный для них момент. И Алина почувствовала, как славно преодолевать природу, себя, свой характер, собственные слабости. Куда-то далеко отходили недовольство, обиды, сомнения. На смену им являлись сила и уверенность. Победы в соревнованиях становились полноценной наградой и заставляли верить в себя. Алина была благодарна спорту и предавать его не собиралась.

И вот наступил май, потом июнь. В последних числах Алина приехала из интерната. Елена Владимировна собиралась вылететь в Петербург. Там ее ждали два варианта квартир — одна в районе Технологического института, вторая — на Черной речке. Алина помогла матери сложить чемодан и только вечером объявила:

— Мама, я ведь тоже уезжаю. С тобой. Поступать буду. А потом на сборы. Почти два месяца. Видишь, как получается все здорово — школу я окончила, в Петербурге мы будем вместе — и никого не надо просить. Мы с тобой вдвоем управимся.

— У вас же еще один экзамен?! — удивилась Елена Владимировна.

— Не хотела тебе говорить. Боялась сглазить — я его сдала экстерном. Очень хотелось попасть на сборы и с тобой поехать. Аттестат я получу уже в понедельник.

— И как же сдала последний экзамен? — строго спросила Едена Владимировна.

— На «четыре». У меня в аттестате сплошные четверки. Пятерок нет, но и троек тоже. Почти.

— Почти?

— Физика, — вздохнула Алина.

— А что это за сборы? Куда вы должны поехать? И как это сочетать с поступлением? Тебе же отдохнуть надо после экзаменов.

— На тренировках и отдохну. Сборы будут на нашей базе в Красноярске, а потом, не поверишь — в Альпы поедем. Там будем тренироваться.

— Там же горными лыжами в основном занимаются?

— Там отличная лыжня. Искусственная. Но у нас будет немного отдыха, общая физическая подготовка, бассейн. Одним словом, и полезное, и приятное.

— Вот это да! — порадовалась мать, но тут же спохватилась: — Я, конечно, управлюсь, но все же покупка квартир — такое дело!

— Да, его надо вместе делать. А я еще договорилась, на случай, если нам нужна будет помощь, — мне дала телефон наша завуч. У нее там знакомая, а у той муж когда-то риелтором был. Все ходы и выходы знает. Поможет во всем. Ну это если нам понадобится. Может, нам и не понравится то, что что мы с тобой нашли.

— А как же переезд... Собрать вещи здесь...

— Мама, кстати, ты же сама говорила, что у тебя там тоже знакомые есть? Одним словом, не пропадем. А отсюда мы возьмем только книги, одежду и фотографии. И потом, мам, зачем отсюда что-то везти. Самое главное — взять с собой Байку. Конечно, городская жизнь ей покажется несладкой, но не оставлять же ее здесь!

— Ты с ума сошла, как ты можешь так говорить! — возмутилась мать. — Байка переезжает вместе с нами. А пока мы будем квартиру смотреть, она поживет у Шелепихина.

— Да, Юра странный, но собаку ему доверить можно! Вот и отлично! Собака. Книги, фотографии и одежда. Все остальное купим на месте. Или ты купишь, — улыбнулась Алина.

— Дочка, ты ошибку не делаешь? Ну, профессию можно же нормальную выбрать?

— Мама, я очень люблю лыжи. И стану профессиональной спортсменкой. Я тебе обещаю.

— А как же институт...

— Мы уже это обсуждали. И чем тебе плох институт физкультуры?!

Елена Владимировна только развела руками.

Алина была бойким ребенком и выросла решительной девушкой. Характер у нее был спортивный — высоту брать не боялась, цели ставила трудные, упрямство проявляла завидное. То ли окружающий ее мир — бескрайние леса, поля и суровый климат — так повлиял на нее, то ли родители сумели воспитать в дочери бойцовские качества. Ее умение справляться с трудностями распространялось на все — училась ли она читать в детстве, падала ли, катаясь на лыжах, готовилась ли к контрольным по физике — предмету нелюбимому. Характер она проявляла и в отношениях со сверстниками. Алина была симпатичной девочкой — немного курносый нос, пухлые щеки с ямочками, остренький подбородок и каштановые волосы средней длины. На взгляд парней она была хорошенькой, даже веснушки ее не портили. Но всегда находился кто-то, кто задевал ее смешным прозвищем или подсмеивался над не очень стройными ногами. «Зато они мне устойчивость на лыжне дают. Они сильные!» — говорила сама себе Алина, упрямо выпячивая острый подбородок в ответ на смешки.

В школе она была одной из тех, в кого не влюбляются мальчики, но с кем им удобно дружить. Алина была легка на подъем и склонна к проказам и авантюрам, запросто могла посоревноваться с мальчишками в спортивных дисциплинах и никогда не кокетничала. Она вела себя ровно и просто, а потому с ней было легко и удобно. В классе, да и во всем интернате, не нашлось мальчика, который бы ей понравился. Примерно до десятого класса Алина по этому поводу даже не расстраивалась, а потом вдруг все стали «тусоваться» — по поводу и без оного, ребята начали собираться кучками в своих комнатах в интернате, в ближайшем кафе, в теплое время — в соседнем сквере. Казалось, всем стало наплевать на предстоящие выпускные и вступительные экзамены, десятиклассники понимали, что очень скоро расстанутся навсегда, и поэтому хотели продлить беззаботность и веселье школьных лет. И тут оказалось, что в старших классах все давно разбились на пары, только у Новгородцевой ее нет. И еще выяснилось, что все темы, которые так сближали ее с мальчишками, на этих тусовках совершенно не популярны.

Алина помнила, как праздновали «декабрины» — дни рождения тех, кто родился в декабре. Для этого в столовой интерната накрыли сдвинутые столы и наготовили всего вкусного. Еще пригласили местную группу, которая играла модные песни. Алина весь вечер просидела одна. Она с нарочито равнодушным видом иногда оглядывала зал, но, убедившись, что все заняты танцами и друг другом, переводила взгляд на свою тарелку. Там в подтаявшем холодце намокал пирожок. Если бы она была дома, в деревне, она бы ушла с мероприятия минут через пять после официальной части. Но она находилась в интернате и могла только подняться на третий этаж и перейти в спальный корпус. Можно, конечно, было еще выйти на улицу. Но мела метель, и покидать интернат в такие дни школьникам запрещали. Поэтому пришлось делать вид, что у нее хороший аппетит, она просто занята своими делами и мыслями. Хотя Алина еще попытала удачу с Ветошкиным — одноклассником, который пробегал мимо.

— Глеб, слушай, а у тебя задачи по физике решены? — спросила она.

— Какие задачи? — спросил Ветошкин, не отрывая взгляда от танцующих в центре столовой.

— Иди уже, — отмахнулась Алина.

Она знала, что Глеб страшно ревнует Марину Ежову к Сашке Быстрову, поэтому вид Марины, танцующей с Быстровым, занимал его гораздо больше, чем дурацкие задачи по физике. «Господи, какой же идиот! Все равно Маринка с ним не будет, зачем так унижаться...» — зло подумала Алина, хотя Глеба стало жаль. Он был умным, спокойным и добрым. «А Быстров — козел и выскочка! — зло подумала Новгородцева. — Как Глеб не понимает: если Маринка выбрала этого урода, то она сама такая же». Хотя Алина знала, что все не так, просто Ежова влюбилась в высокого и красивого Быстрова. К тому же Сашка был лучшим лыжником не только в команде интерната, но и в области, побеждал на всех местных соревнованиях и уже успел поучаствовать в общероссийских. Его, как и Алину, взяли в юниорскую сборную области, правда, со словами «это аванс, и надо приложить немало усилий, чтобы результаты росли».

Быстров был хорош собой. Но Алина чувствовала, что за привлекательной внешностью скрывается совсем не симпатичное нутро. Не то чтобы Новгородцева была хорошим психологом, просто она знала, как проявляется человек на соревнованиях. Как бы ты ни гнался за рекордами личными, работаешь ты на команду. А как раз этого Быстров делать не умел. Или не хотел. Алина подозревала, что в дружбе или в каких-то других отношениях этот человек поведет себя так же. Вот почему она презирала и Ежову, которая купилась на «фантик», и Ветошкина, который должен был понять ничтожность Ежовой, коль скоро та увлеклась таким сомнительным Быстровым.

Впрочем, в тот вечер «декабрин», когда все так отчаянно веселились, предвкушая новогодние праздники и каникулы, Алине было грустно. Она вдруг почувствовала, что что-то упустила. Оказалось, что, кроме лыж, школы, подруг и мамы, существует еще что-то — и это очень важно для нее.

Новгородцева на следующий день отпросилась домой. Ей теперь много вопросов не задавали — она была на особом счету в школе, как и Быстров. Классная руководительница сказала Алине:

— Поезжай, можешь уже не возвращаться — осталось три дня, а потом каникулы. Наверное, еще и на соревнования поедешь в середине января?

— Да, скорее всего...

— Вот и побудь с мамой...

Пока Алина добиралась до деревни, она себя уговаривала: «Что я так расстраиваюсь?! Вон как хорошо у нас все складывается — скоро мы с мамой переедем, и этот Быстров, и Ветошкин, и Ежова — все они забудутся... Какого черта я расстраиваюсь?» Но на душе было скверно.

Догнать любовь

Когда же она высадилась из автобуса и двинулась по улице, ей полегчало. По деревне недавно прошла метель. Та самая, которая все сглаживала, делала красивым, спокойным и очень уютным. И дом их стоял весь белый — и крыша, и ставни, и навес над крыльцом. Алина постояла, посмотрела на все это и вздохнула — то ли с облегчением, то ли с сожалением. Она понимала, что как и школа с одноклассниками, так и этот дом очень скоро останутся в прошлом. Только память и останется.

Елена Владимировна не ждала дочь сегодня, но в доме было нарядно, чисто, пахло мастикой, которой они натирали деревянные полы.

— Мам, что это за парадность такая?! — прокричала Алина, войдя в дом.

Елена Владимировна выглянула из маленькой комнаты.

— Как хорошо, что ты приехала! Отпустили пораньше? Вот это на руку — я потихоньку вещи разбираю. Столько всего накопилось! За всю-то жизнь!

Алина рассмеялась:

— Мама, ты же ничего не выбрасываешь! Я даже свои детские тапочки нашла. Они с дыркой на пальце, а ты их хранишь.

— Поэтому и храню. Маленькая была, ногой все время «загребала». Никто не мог понять, почему так ходишь.

— Но сейчас-то я нормально хожу?

— Так в одно мгновение перестала «загребать». Мы с папой посмотрели, как ты по двору идешь — а ты ровненько так ножки ставишь, словно по ниточке.

— Вот, бегаю на лыжах я точно так же — по ниточке. Даже тренер говорит, как стежок кладу.

— Способности у тебя. Отец еще подметил. Но мое отношение ты знаешь — я бы другую профессию для тебя хотела.

— Мама, вот я покатаюсь немного, съезжу на Олимпийские игры и буду учить детей. Стану тренером. Это отличная работа. Ты же педагог, понимаешь, что эти профессии — тренер и учитель — очень схожи!

— Понимаю, но ты вот врачом бы стать могла...

— Есть спортивные врачи, тоже интересно, — вздохнула Алина, — но я уже не потяну. Надо было раньше думать — учить нужные предметы.

— А я тебе говорила! — оживилась мать.

Елена Владимировна обрадовалась, что можно высказать свою точку зрения и хоть как-то повлиять на дочь, предупредить ее об ошибках.

— Мама...

— Нет, ты же разумная девочка, сама понимаешь, что когда-то совершила ошибку. Не училась как надо. Почему же ты сейчас не слушаешь советов? Упрямо стремишься в этот спорт...

Алина слушала мать и решала, огрызнуться сейчас или потом, позже, когда мать заговорит об отце. Елена Владимировна действительно частенько прибегала к авторитету покойного Бориса Ивановича, что ужасно злило дочь. Алине казалось, что половину назидательных историй мать выдумывает в педагогических целях.

— ...так вот, еще папа предупреждал...

— Мама, отстань! Сколько можно врать про папу?! Ничего такого он не говорил. Даже мне. А уж тебе и подавно. Он со мной всегда как со взрослой разговаривал. И я бы запомнила его слова. Ты все время придумываешь...

Елена Владимировна была хорошим педагогом, на реакцию дочери она обиделась, но во-вторых.

17

А во-первых, она обратила внимание на взвинченность Алины. «Что у нее случилось? — подумала мать. — Проблемы в школе? С тренером? Боится предстоящих соревнований? У нее бывает такая взвинченность накануне выступления». Вслух же она сказала:

— Алина, я рада, что мы решили переехать. Пора, пора...

— Я в интернате, тебе здесь тяжело одной, я понимаю. — Новгородцева вздохнула. — Мам, извини, я не специально. Просто так все странно... Была жизнь, а потом раз — и другая начнется... И еще, будут предлагать варианты, ты не думай долго, соглашайся...

— Конечно, не буду раздумывать. Но за меня не переживай, все-таки Юра Шелепихин рядом. У него собаки, у нас Байка. Хотя да, ночью здесь очень тревожно. Да и новости не самые радостные. Школа совсем закрывается. Мы только дела все оформляем, документацию готовим к расформированию учебного заведения. Вон, все мои коллеги уже живут кто где, на работу добираются по два-три часа. Еще месяц, другой — и школы не будет. Не только тебе поступать в институт предстоит, и мне надо на работу устраиваться.

— Вот именно! — согласилась Алина. — Так что, мама, капризничать не будем.

— Да, — согласилась Елена Владимировна и скрылась на кухне. Она поняла, что дочь отчего-то не в духе. А самый лучший способ разговорить ее — это вкусненькое что-то сделать. И хоть был готов обед, Елена Владимировна затеяла быстрые плюшки с шоколадом.

Алина тем временем пошла «топить душ». У них в ванной стоял огромный титан, воду в котором можно было подогреть, только протопив печь под ним. Обычно Алина это делала с удовольствием, но сегодня уютно стрекочущие поленья и разливающееся тепло не согревали. Наоборот, вдруг опять проступила досада. «Надо уезжать, да поскорее... Здесь хорошо, все родное, но уже невозможно жить без горячей воды и нормального отопления!» — думала Новгородцева.

Алина помнила, как несколько лет подряд все жители деревни писали письма «в инстанции», чтобы им провели центральный газ. Из инстанций отвечали, что населенный пункт всегда был временным — только для рабочих и специалистов, работающих вахтовым методом. Сейчас все карьеры закрыты, оставлять жилым этот населенный пункт экономического смысла не имеет. Еще через пару лет стали разъезжаться жители, а вот в прошлом году всем разослали постановление о том, что деревня ликвидируется.

Новгородцева ворошила дровишки, прислушивалась к гудению титана и думала, что люди должны жить с удобствами. Алина подбросила в печку еще одно полено, отложила в сторону кочергу, впустила околачивающуюся в коридоре собаку Байку, уселась на низкую скамеечку и стала вспоминать вчерашний день: взбудораженного Ветошкина, Быстрова, который как-то неприлично обнимал в танце Марину Ежову, и еще почему-то свою тарелку с холодцом и намокшим пирожком. «Да при чем тут пирожок!» — вздохнула про себя Алина, но в душе все эти картинки связались в одно досадное целое. Новгородцева заставила себя вспомнить тренировки, последние соревнования, на которых победила, но это не помогло...

— Алина, ты там заснула? Прямо у титана?! — окликнула ее мать.

— Нет, я сижу и думаю, что очень вовремя мы решились на переезд. Сил нет топить титан и печку в комнате, носить воду. Пора жить как люди...

Елена Владимировна внимательно посмотрела на дочь:

— У тебя что-то случилось? В школе неприятности?

— Да все нормально у меня, — вздохнула Алина, — только уже что-то надо менять! Мам, мы же не можем навсегда остаться здесь. Тут же, кроме медведей, никого нет.

— Ну, во-первых, мы все с тобой решили, а во-вторых, медведей нет, их распугали, когда карьеры взрывали, — рассмеялась мать, — но ты огорчена чем-то. Расскажешь?

— Ничем не огорчена. Понимаешь, Ветошкин наш такой идиот! Он влюбился в Ежову, а та — в Быстрова. А он же противный, понтов у него больше, чем мозгов.

— Так в чем же дело? Считай, что Ветошкину повезло. Зачем ему эта самая Ежова, если ей нравится Быстров.

— О, я так тоже подумала. — Алина обрадовалась, что мать поняла ее с полуслова.

— А тебе кто нравится? Ветошкин или Быстров? — как бы невзначай спросила Елена Владимировна.

— Мам, ты с ума сошла! — фыркнула Алина. — Мне никто не нравится.

— Алина, ты зря думаешь, что я ничего не вижу, — улыбнулась мать, — тебе этот мальчик давно нравится. Чуть ли не с первого класса.

— Да нет же! С чего ты взяла?! Никогда!

— Алина, я помню, как ты во втором классе с ним подралась. Потом, в пятом, ты все приглашала его потанцевать. Мы же тогда устраивали вам вечера! Ну а в восьмом ты остригла волосы и все ждала его у школы.

Алина покраснела от этих разоблачений. Все было так. Быстров ей нравился все эти годы. И также всегда она думала, что этого никто не замечает.

— Мама, мне не до Быстрова! — со значением сказала Алина. — Когда я окончу школу, мне будет восемнадцать лет. Понимаешь, мне надо попасть в сборную России. А для этого я должна еще «побегать» в юниорской страны. Представляешь, как я сейчас тренироваться должна?!

— Представляю, — вздохнула мать, — понимаю, ты уже сделала свой выбор. Но ты не должна всю свою жизнь под этот спорт подстраивать... надо учиться, читать, слушать музыку... И... есть семья и дети... Любовь есть. Мы с твоим папой любили друг друга.

— Мам! — одернула ее Новгородцева, а когда мать замолчала, спросила: — Слушай, а у меня ноги очень кривые?

— Что? — Елена Владимировна сделала вид, что не поняла вопроса.

— Ну, ноги у меня некрасивые. Они такие устойчивые, сильные... Но...

— Знаешь, главное — устойчивые. Поверь мне, — ответила мать.

Алина все поняла. Она вздохнула, сдернула с крючка полотенце и повесила его на горячую трубу от титана. «Вытрусь теплым», — сказала сама себе.

Потом они обедали, пили чай с шоколадными плюшками и рассматривали фотографии, которые мать вытащила из альбома. Снимков было много — и праздничные, у елки, и в лесу на шашлыках, на реке. Были фотографии отца — подтянутый и серьезный, в белой рубашке, он что-то объяснял рабочим-геодезистам. Алина все это видела сотни раз, но не могла не уступить матери. Та, разглядывая знакомые лица, проживала заново счастливые дни.

— А знаешь, надо как следует елку нарядить, и вообще этот Новый год — последний в нашем доме. Надо его запомнить, — сказала вдруг Елена Владимировна и полезла за елочными игрушками.

Алина проводила ее взглядом. Ей было жалко мать, себя, этот дом и былую счастливую и безоблачную жизнь. В прошлом был отец. А как они справятся с этим переездом, с новой квартирой... Кто его знает... «Но нельзя обижать маму — Новый год мы отметим как полагается, даже лучше!» — решила она про себя.

Когда Алину взяли в юниорскую сборную области, в школе обрадовались. Во-первых, прибавилось славы, а во-вторых, отпала необходимость придумывать, как замаскировать частичную неуспеваемость будущей известной лыжницы (в том, что Алина станет известной спортсменкой, никто не сомневался). И если раньше тройки с натяжкой вызывали долгие нравоучения в учительской, то теперь педагоги лишь обменивались понимающими взглядами: «Конечно, у девочки такая нагрузка на сборах, а потом еще и соревнования... Можно закрыть глаза на невыученные уроки!» Алина между тем наслаждалась — ее фактически освободили от нелюбимых занятий и дали возможность все время посвятить лыжам.

Новгородцева относилась к категории людей-борцов. Она не любила отступать перед трудностями, а поговорку «...умный гору обойдет» считала правилом слабаков. И в лыжной секции, и потом в спортивной школе-интернате ее ставили в пример всем, кто пасовал при малейших признаках неудачи: «Учитесь у Новгородцевой. Вот вам человек, который считает себя сильнее любых обстоятельств. Поэтому и добивается успехов!»

Результаты у Алины действительно были прекрасные. Похвалы она заслуживала, но никто не задумывался, в чем причина ее упорства и самоотверженности. Знающие семью всегда ссылались на то, что Алину в спорт привел отец, он и был для нее примером. Это объяснение было верным, но лишь отчасти. Стремление держать под контролем то, что нравится, было свойством характера, собственной личности.

А еще Алина Новгородцева была собственницей в самом прямом смысле слова. Она считала, что выбранный спорт — это ее личное дело, то, что принадлежит только ей, а потому она не могла потерпеть неудачу.

Это же относилось и к дружбе. В интернате у Алины была подруга Ира Кузнецова. Дружили они с первого класса, ссорились, мирились, но неизменным оставалось одно: Новгородцева никому не давала обижать Кузнецову — ни придирчивому учителю математики, ни шалопаям из параллельного класса. Все бы ничего, но в ответ Алина требовала такого же отношения, то есть верности. А так случилось, что Ира Кузнецова была легомысленной. Классе в шестом она поссорилась с Алиной, и больше они никогда уже не помирились.

— Знаешь, эта твоя дружба — как старая жвачка. Наступила — не отодрать! — выпалила Ира в ответ на упреки Алины.

«А она дура! — сказала сама себе Новгородцева. — Я же ничего такого не сказала, просто потребовала, чтобы она с Евичкиными не ходила!»

В этой пустячной истории не только отразился нрав Алины, но и замаячила ее судьба.

— Ты к своим лыжам бережнее относишься, чем к людям, — сказала ей тогда мать.

Алина ответила:

— Лыжи меня не предадут. Они — только мои.

Итак, в конце июня они отправились смотреть квартиру. Собака Байка была определена к соседу Шелепихину, ей закупили любимый корм и на всякий случай три килограмма костей. Юре они сказали:

— Собака не должна голодать. Откажется корм есть — свари бульон и мясо от костей отдели и покроши.

Шелепихин заверил, что Байка голодать не будет. Алина посмотрела на собаку, и сердце ее сжалось.

— Ты с нами уедешь и будешь жить в городе. Мы тебя не бросим, — погладила Алина Байку. Та уткнулась ей в ладонь. Новгородцева потянула мать за рукав.

— Мама, пойдем, я не могу так. Байку жалко.

Через два дня они вылетели в Петербург. Вернее, сначала добрались до Красноярска, а потом только сели в самолет, направляющийся в Санкт-Петербург.

Перемены в жизни — вещь неизбежная, полезная, заставляющая не только пересмотреть прошлое, но и с повышенным вниманием отнестись к своим планам на будущее. Только движение объективно, лишь сделав первый шаг, мы понимаем, что в наших планах возможная реальность, а что — фантазия, которая так и останется нереализованной. Так случилось с Алиной.

Когда самолет подлетал к Петербургу, она выглянула в иллюминатор, увидела россыпь озер и переплетения речушек и вдруг отчетливо поняла, что спортивная карьера — это прежде всего удаленность от дома и от матери. «Я шесть лет прожила в интернате, я месяцами пропадаю на сборах, я редко виделась с мамой. Разве я смогу сейчас, когда наша жизнь так меняется, быть далеко? Даже если я поступлю в институт, буду пропадать на сборах и соревнованиях. А я хочу быть дома, рядом с мамой, наладить эту жизнь. Это ведь тоже не так просто — переехать в город и начать все заново». Новгородцева вдруг поняла, что предпринимаемые ими шаги повлекут за собой пересмотр ее собственных планов. Елена Владимировна словно прочитала ее мысли:

— Знаешь, тревожно от перемен. Они и на тебе скажутся. Главное, чтобы твои планы не пострадали. У тебя ведь будущее. Так все говорили и в спортивной школе, и в федерации.

— Откуда ты знаешь, мама?

— Я разговаривала с твоим тренером. Советовалась, стоит ли тебе так упрямо оставаться в спорте.

— И что же тебе сказали? — Алина даже не рассердилась за такой тайный шаг.

— Вот это и сказали — способная, очень.

— Мама, мы не знаем, что ждет нас здесь. — Алина кивнула в сторону иллюминатора. — Как оно пойдет, так и будет.

Самолет покатился по полосе, подпрыгивая на стыках плит. Алина сидела на своем месте, наблюдая, как самые нетерпеливые пассажиры достают свой багаж. Бортпроводники ненадолго успокоили их, но уже через мгновение все опять засуетились. Вскоре самолет остановился, и к выходу подкатили трап.

Алина с матерью много вещей не брали. Самое необходимое на эту неделю, в которую должен был решиться вопрос с квартирой.

— Поедем на такси, перелет был тяжелым, — сказала Елена Владимировна,

— Да. — Алина глубоко вдохнула жаркий воздух. — И тепло так. А еще говорят, что город северный.

— Тут ветер. Он погоду определяет, — сказала мечтательно Елена Владимировна.

— Ты рада, что приехала сюда?

— Знаешь, я как будто и не уезжала, — вздохнула та.

А Алина подумала, что в их маленькой семье появилось новое действующее лицо — город Петербург, населенный воспоминаниями.

— Мама, мы правильное решение приняли. Мы должны жить здесь.

Пока они выезжали из Пулкова и машина кружила по развязками, Алина сидела, откинувшись назад и прикрыв глаза. Она не увидела пригородов, новостроек и тех безликих районов, которые могли относиться к любому большому городу. Очнулась она только тогда, когда услышала голос матери:

— Если вас не затруднит, давайте проедем через центр. Невский...

— Так это же какой круг! — изумился водитель и добавил: — Я, конечно, не против, мне же лучше, но...

— Поезжайте, я здесь не была очень много лет. А завтра мы уже будем делами заниматься и по городу ходить будет некогда, — улыбнулась Елена Владимировна.

Водитель пожал плечами и развернулся. Алина уже не закрывала глаз. Очень скоро они ехали по улицам с высокими и мрачными домами, мимо подворотен и проулков. Алина много читала про этот город, но никогда здесь не была. И поэтому чужие впечатления, по которым она судила о Петербурге, разбились вдребезги. Вместо них вдруг появилось собственное ощущение пейзажа за окном. Еще Алина присматривалась к толпе — улицы были запружены людьми. Казалось, что это демонстранты вышли и сейчас идут не в ногу.

— Летом здесь всегда так. Туристы. Отовсюду. По Невскому не ходят только ночью, — сказала Елена Владимировна.

— Ну, только если эта ночь — не белая, — включился в разговор водитель.

— Да, конечно. В это время еще больше людей.

— С ума сойти, — задумчиво сказал Алина, — это же совсем другая жизнь.

— Это и город и жизнь другие, — улыбнулась Елена Владимировна.

— Мама, а как же вы с папой могли уехать отсюда?

— Понимаешь, мы поженились, а жили с папиными родителям. Снимать комнату можно было, но здесь это всегда было сложно. А тут отцу предложили работу. Главное, жилье сразу обещали, дом. Представляешь? Дом. Отцу хотелось себя попробовать, он понимал, что сидеть в конторе какой-нибудь — интереса нет никакого. Он жаждал живой работы. Мы собрались в одно мгновение. Ты уже родилась там.

— А если бы я родилась здесь, ты представляешь, сколько возможностей у меня было бы?

Елена Владимировна с усмешкой посмотрела на Алину:

— Видишь, какая разница — отец считал, что возможности там. Ты считаешь, что — здесь.

— Речь, мама, идет о старте. У папы он был здесь.

— У него был так себе старт. Мог бы в хулиганах так и ходить. То джинсами фарцевал, то книжки перепродавал, а то на концерте подрался.

— Ого! — рассмеялась Алина. — Такая богатая история у семьи.

— Да, у нас тут много всякого намешано.

К отелю они подъехали не скоро — пробка на Троицком мосту была длинной и почти неподвижной. За то время, пока они ползли, Алина успела рассмотреть самые известные питерские виды — Петропавловскую крепость, мечеть, Ростральные колонны, извернувшись, она увидела Зимний дворец.

— Тебе повезло — в первый же день все сразу увидела! — рассмеялся таксист.

— Точно, повезло. — Алина почувствовала, что может расплакаться.

Ее охватило странное двойственное чувство. С одной стороны, она была потрясена городом и уже мысленно дала себе слово остаться здесь. Ее поразили улицы с домами-дворцами. Ей глянулись их старина, обшарпанность и грандиозность. В них она почувствовала историю, а еще умение жить и смотреть на мир иначе. «Обычный дом можно сделать таким, чтобы в нем было приятно жить», — Алина вспомнила страшненькие пятиэтажки в областном центре — потемневшие фасады, хлипкие рамы, покосившиеся двери подъездов. Она будто снова ощутила запах тех подъездов и поморщилась.

— Мам, я понимаю, что история, войны... Но почему нельзя было архитектуру другую выбрать. Понимаешь, тут даже руины другие.

— Вы не видели здешних коммуналок. Вот где трэш, — опять включился в разговор таксист, — и сделать ничего нельзя. У людей денег на ремонт таких потолков и окон не хватает. Понимаете, они так и будут жить среди старой проводки.

— А городские власти?

— Городские власти?! — со смехом переспросил таксист.

— Проблема глубже, — серьезно ответила Елена Владимировна, — и она не сейчас и не здесь возникла. Вы думаете, что в Венеции везде евроремонт во дворцах? Там подчас живут в одной комнате. Остальное тихо разрушается. Правда, если это памятник старины, то государство требует поддерживать его в надлежащем виде. Иначе — продавай! У властей денег на все сразу хватить не может. Но я думаю, что все равно город сохранят. Здесь такие люди живут...

— А вот это правда, — согласился таксист и добавил: — Мы приехали. Вот ваш отель «Азимут».

За разговорами они преодолели пробку, проехали по Каменноостровскому проспекту, развернулись и, покружив в переулках, оказались на Малой Пушкарской улице. Алина вышла из машины и очутилась перед подъездом обычного доходного дома.

— Вон, видишь звоночек, — сказала Елена Владимировна, — нажми. Нам откроют.

Отель бы небольшим и занимал первый этаж то ли усадьбы, то ли дворца.

— Здесь раньше был приют, а до того церковь. Но случилось несчастье, и ее на этом месте восстанавивать не решились.

— Мама, а как ты нашла этот отель? И откуда ты это все знаешь? — изумилась Алина.

— Дочка, мы с тобой так редко виделись, пока ты в интернате была. А твоя мама вполне продвинутый пользователь ПК, да и в Гугле не забанена.

Алина рассмеялась — сленг в устах матери был непривычным и хулиганистым.

— А что на других этажах? — спросила Алина администратора, пока та заполняла карточку гостя.

— Жилой дом, а последний этаж — офисы. Но у всех у них отдельные входы. Так что наших гостей никто не тревожит.

— У вас здесь очень атмосферно, — важно сказала Алина.

— Да, у нас такая планировка, что поневоле проникнешься. Например, ресторан, где вы будете завтракать, — это центральный неф бывшей церкви. А номера располагаются в пристройке — там жили воспитанники приюта. А еще здесь была конюшня. Даже не конюшня, а каретная. Так вот, она тоже сохранилась. Там сейчас у нас гостиная. Мы даже сделали камин и выход в маленький дворик. Туда ворота этой самой каретной выходили.

— Здорово, надо будет там вечером посидеть! — воскликнула Алина.

— Милости просим! — радушно ответила администратор и протянула им магнитные ключи.

Комната была небольшой, уютной, окно выходило в маленький дворик. Алина выглянула туда: дворик чистый, но стены домов закопченные. Окна лестницы узкие, с коричневыми рамами, мутные.

— Неопрятно...

— Алина, к сожалению. Но здесь это не играет никакой роли. Конечно, лучше было бы, если жильцы этого дома в один прекрасный день помыли окна. Или жэк бы это сделал. Но увы! Кстати, это черный ход. Тот самый, по которому приносили зелень, мясо, молоко, а в революцию спасались бунтовщики...

— Да лучше бы не было той революции.

— Не повторяй чужих глупостей. Никто не знает, как лучше. Максимализм в оценках — это очень плохо, тем более когда речь о таких исторических событиях.

— Я забыла, мама, что ты все знаешь, — язвительно сказала Алина.

— Ты забыла, что я старше тебя и что я — твоя мама. Поэтому не язви. И вообще, давай не будем ссориться. Глупое занятие. Мы сюда приехали сделать важное дело. И должны быть поддержкой и опорой друг другу.

— Извини. — Алина подошла к матери и чмокнула ее в щеку. — Но, правда, почему тогда строили так, а теперь — иначе? Почему у нас в области телефона нет? Только мобильная связь. Что, те, кто революцию делал, телефон не могли провести в нашу деревню? Ты же сама в школу бегала звонить. И когда я болела в детстве, и потом, когда надо было срочно с отцом связаться. Нет, я многого не понимаю... Ни про революцию, ни про эту жизнь...

— А может, и не надо? Вон у тебя экзамены на носу.

Забегая вперед, надо сказать, что Алина поступила в институт. Сдав основные экзамены на четверки, она все равно прошла по конкурсу — Новгородцеву уже знали. Она была надеждой юниорской сборной. В институте, где она в будущем должна будет появляться только на экзаменах, бережно относились к олимпийским надеждам. После экзаменов Алине было немного стыдно — она сильно не напрягалась и даже не волновалась. «Ну, провалюсь, тогда буду поступать на следующий год!» — думала она. В ее голове были только сборы и соревнования. Главным был спорт и достижения в нем. Но это все произойдет в начале июля. А пока был только июнь, и Елена Владимировна с Алиной, проснувшись на следующий день рано утром, решили не вызывать такси, а добраться до квартиры «своим ходом».

Они вышли из гостиницы, прошагали до улицы Ленина и по Большой Пушкарской добрались на Каменноостровского проспекта. Этот путь предложила именно Елена Владимировна. Она хотела, чтобы они вышли на проспект в таком месте, чтобы у Алины дух захватило. Так оно и случилось. Большая Пушкарская тоже была внушительной, но все же она не могла сравниться с площадью Льва Толстого. А именно там они свернули с Большой Пушкарской на Каменноостровский проспект.

— Красота какая! — воскликнула Алина, оглядев площадь.

Елена Владимировна польщенно улыбнулась. Словно она была владелицей всего этого архитектурного великолепия. Она втайне мечтала, чтобы ее дочь поняла и полюбила этот город.

— Да, это потрясающее место, а мы пройдем туда дальше, там много красивых домов.

— И квартира, которую мы смотрим, может быть в таком доме?

— Нет, она в доме, который построили в пятидесятых годах. Он большой, с лепниной и башенками. Так называемый сталинский ампир. Раньше там коммуналки были. Но потом их выкупили, расселили, и теперь там в основном отдельные квартиры.

— Тоже хорошо. Знаешь, я бы не хотела жить в таком доме, как у Ирки Кузнецовой.

— Увы, такие дома в Красноярске строили как временное жилье. Но люди так и остались там жить. Или кто-то переезжал в новый хороший дом, а кто-то вселялся во «временный».

— У них ужасно — и в подъезде, и на лестнице.

— Как тебе уже сегодня рассказали, в Петербурге есть страшные подъезды в красивых старых домах.

— Даже не верится, что в этом доме может быть так, как у Кузнецовых. — Алина показала на знаменитый «Дом с башнями».

— Словно средневековый замок, да? — сказала Елена Владимировна. — Впрочем, тут сочетание стилей. Готика, романский стиль... Одним словом, эклектика...

— А здесь живут?

— Здесь театр сейчас, офисы, люди тоже живут.

— Повезло...

— Знаешь, если квартира, которую мы идем смотреть, окажется хорошей, нам тоже повезет. Видишь ли, этот дом стоит на Черной речке...

— На Черной речке? — переспросила Алина.

— Ну да... Место известное...

— Почему? Чем известное? — переспросила Алина.

Елена Владимировна даже остановилась. Она секунду молчала, а потом осторожно спросила:

— Ты не знаешь, что случилось на Черной речке?

— Ну... — протянула Алина, — что-то слышала...

— Алина, а что ты слышала? Не припомнишь?

Новгородцева честно постаралась, но ничего не вспомнила. Хотя чувствовала, что это название с кем-то или с чем-то связано. Елена Владимировна даже покраснела, ей казалось, что дочь ее разыгрывает.

— Алина, вообще-то вы должны были это в школе проходить. Классе в пятом, шестом.

— Наверное, проходили, но я могла быть на сборах, на соревнованиях.

— Алина, в пятом или шестом классе у вас не очень много сборов было. Соревнования проходили, да... И все же ты читала учебник, отвечала у доски, писала контрольные и тесты.

— Мама, я помню, что это с чем-то связано... но вот с чем... А потом, в пятом классе у меня самый трудный год в секции был. Помнишь, я вдруг толстеть стала, у меня результаты снизились...

— Алина, какие результаты? В пятом классе у вас все было на уровне самодеятельности... — горячась, воскликнула мать.

— Это у них так было...

— У кого? — не поняла Елена Владимировна.

— У остальных. А у меня все серьезно было. Я тогда из штанов выпрыгивала, чтобы поехать на школьную олимпиаду.

— Слушай, у тебя ведь по литературе пятерка была в том году? Я же помню.

— Да, а по русскому чуть «пара» не случилась. Но потом пожалели, дали тесты написать еще раз...

33

— И поставили четыре... — закончила за нее Елена Владимировна.

— Да, так что все хорошо...

— Алина, на Черной речке на дуэли был убит Пушкин. Александр Сергеевич.

— «Закатилось солнце русской поэзии!» — подхватила Алина радостно. — Вот помню эту фразу, а про Черную речку — нет. Наверное, я тогда была на сборах.

— Кошмар... — в совершенном отчаянии прошептала растерянная Елена Владимировна.

— Мам, да что стряслось? — удивилась Новгородцева.

— А когда была Полтавская битва?

— Понятия не имею, — пожала плечами Алина.

— А буржуазная революция в России?

— В 1905 году, — довольно ответила Новгородцева.

— Отлично, — кивнула Елена Владимировна, — но как не знать про Черную речку?!

Алина пожала плечами:

— Мама, теперь я запомню. Понимаешь, я не могу знать все.

— Дочка, есть культурные коды. Бывают коды национальные. Они должны быть у каждого человека, который живет на этой земле. Алина, я даже боюсь спросить, кто написал «Муму»?

— Тургенев. Про это даже анекдот есть...

— Ах, если анекдот...

— Мама, слушай, давай больше не будем на эти темы разговаривать. Мы поссоримся. Понимаю, тебе не нравится, что я такая необразованная. Но это же не только моя вина!

— Что?! — Елена Владимировна в изумлении уставилась на дочь. Казалось, этот день будет полон открытий.

— Ты глаза так не округляй... Когда ты сердилась, ты всегда так делала, а я терпеть этого не могла. Приедешь из интерната на два дня, а ты обязательно с такими глазами по дому ходишь. Вот я и не понимала — за что ты сердишься. Меня же вообще не бывало дома. Я же все время в интернате.

— Алина, но по-другому нельзя было. У нас же в деревне только четырехлетка...

— Да знаю я. Но почему вы сюда не переехали?

Теперь Алина стала сердиться.

— Ты посмотри! — Она повела рукой, словно хотела обнять всю эту площадь Льва Толстого.

— На что посмотреть?

— На этих ребят! Понимаешь, они тоже могут не знать про Черную речку...

— Не могут не знать... Каждый культурный человек в курсе, что это такое... А моя дочь — не знает! Мы с отцом даже не могли себе представить, что такое возможно!

— Хорошо, я плохая... Но что я видела? Нашу деревню. Красноярск.

— Огромный город, в котором есть все — библиотеки, музеи, театры... Было бы желание поинтересоваться этим всем.

— Так почему вы с папой ни разу не сводили меня в театр? Или не записали в библиотеку?

— У нас книг в доме больше, чем в любой библиотеке. Что ты читала?

— То, что ты мне рекомендовала, — парировала Алина.

Елена Владимировна с укором посмотрела на дочь:

— Алина, мы с отцом работали. Но мы всегда читали и вслух обсуждали книги, фильмы, музыку. Ты же все это могла и должна была слышать.

— Я была занята, — спокойно ответила Алина, — я забыла про Черную речку, но я изучила анатомию конечностей человека. Я знаю все про сосуды человека, про его возможность дышать. Про то, как пробежать на лыжах дистанцию и не упасть в обморок на финише. Правда, это не всегда помогает. Мама, я очень много знаю. Ты даже не представляешь сколько. Но ответь все же, почему вы не уехали? Понимаешь, живи я в этом городе, я была бы другой. Кто знает, может, все сложилось бы иначе. И отец дольше бы жил.

Алина перевела дух, а потом продолжила:

— Мама, я читала. Но мало и только то, на что хватало сил. Я была в других городах, но я не видела их. Только спортивный зал, бассейн, лыжню. И падала без сил в конце каждого дня. Я знаю все про травмы и стертые ноги. Мама, я видела тренировки с одиннадцати лет. И зимой, и летом. И еще я знала свою цель — одну-единственную. Победить. Не важно, на каком соревновании и на какой дистанции. Победить — это было и остается самым главным. Мама, у меня всегда есть цель. Но она появилась, наверное, потому, что я ничего не видела и не знала — только деревню, лес, поля в снегу, реку. Меня питало только это. Я не видела и не представляла возможностей. А природа дарит силу. Она придает твоим планам размах. Я навсегда запомнила, как пробежала на лыжах свою первую дистанцию. Понимаешь, я бежала, и мне казалось, что я мчу по нашему полю. От дома до леса. И сколько раз я это делала! Представляла, что это соревнования. Знаешь, я, наверное, не очень волевой человек. Я выбрала себе то, что мне по силам. А это спорт. Где надо быть стратегом, но вовсе необязательно быть интеллектуалом.

— Алина, тысячи людей живут в маленьких заброшенных деревнях. Но они грамотны и образованны. Они делают карьеру. Если тебе станет легче, то признаю нашу с папой вину. Надо было уезжать. Надо было думать о тебе. Но в нашей жизни была работа, а в ней — размах.

— Да, конечно, работать в школе-четырехлетке — это размах. Особенно после университета. Я понимаю.

— Алина, родилась ты, а папа не мог жить без своей работы. Понимаешь, мы уехали, потому что, казалось, не было выхода. А потом поняли, что в тех местах есть все, что нужно нам. Интересное дело, преодоление, гигантские задачи... а школы, кстати, не было. Вообще казалось, что жизни нормальной там никогда не будет. Вся страна разрушалась. А там, представляешь, что-то строили, возводили. Я даже представить этого не могла. В том, что нас окружало, тоже был размах. Один Енисей чего стоит! А оказалось, тебе всего этого недостаточно... Отец полюбил эти места, научил меня видеть там только хорошее, к плохому и трудностям относиться с пониманием и терпением. Он и тебя всему этому учил. Если бы не он — ты и к спорту не пристрастилась бы.

— Это правда. Только теперь получается, что этот спорт что-то вроде неприличной профессии. Стыдиться надо.

— Я не об этом говорила. Я о том, что человек должен быть гармоничным. И стыдно не знать, что значит для литературы Черная речка.

— Господи, мама! Ты точно педагог! И что, мы так и будем ругаться? Мы сюда зачем приехали? Квартиру смотреть?

Новгородцевы шли пешком. В пылу разговора они даже не заметили, как миновали Дом Эмира (Елена Владимировна так хотела показать его дочери) и реку Карповку. Они не заметили старые дачи-особняки, не обратили внимания на дом, где работал Опекушин и где сохранились мастерские скульпторов. Они дошли до Большой Невки, миновали Ушаковский мост, и тут Елена Владимировна вытащила из сумки бумажку.

— Так, на углу Салтыковского сада нас будут ждать.

— Ну наконец-то, — облегченно выдохнула Алина.

Настроение у нее испортилось — досадный пробел в знаниях заставил ее засомневаться в себе. «Действительно, что за профессию я себе выбрала? Спортсменка-лыжница. Или тренер. Одно другого лучше. Но что теперь-то делать?» — думала она, прислушиваясь, как мать разговаривает с подошедшей дамой-риелтором.

— ...Мы готовы к сделке. У нас нужная сумма есть. Вы знаете, я даже раритет продала. У мужа «Волга» была. В идеальном состоянии. Он ее в соседней деревне купил. Там владелец так берег ее, не ездил никуда. Как сказал покупатель мне — у вас машина в коллекционном состоянии. Так что мы готовы...

«Господи, мама, да кому это интересно!» — Алине стало неудобно за Елену Владимировну. В такой ее откровенности Алина увидела провинциальность. «Вот почему они не переехали сюда!» — сотый раз за сегодняшний день подумала Новгородцева.

Пока Алина с матерью внимательно осматривали двухкомнатную квартиру на улице Савушкина, недалеко от станции метро «Черная речка», Ира Кузнецова тащила домой тяжелую сумку. В сумке было четыре килограмма клубники. Из нее мать Кузнецовой собиралась делать компот. И хотя в магазинах даже зимой можно было купить ягоды и фрукты, традиция эта строго соблюдалась. Пошла она еще от Ириных бабушки и прабабушки.

Открыв дверь в подъезд, откуда пахнуло сыростью подвала, чем-то тухлым и едой, Ира поморщилась. «Господи, да что ж это такое!» — подумала Кузнецова. Аккуратно поставив сумку с клубникой на землю, она нашла большой камень и подперла им открытую дверь.

— Ирка, опять за свое! Ты зачем дверь распахнула! Вот жила бы на первом этаже, как мы, так бы не делала! — тут же закричали ей.

— Баб Света, да сил нет эту вонь терпеть. Пусть проветривается. А вы все равно в окне весь день торчите, вот и покараулите, чтобы чужие в подъезд не зашли, — ответила Ира.

Она знала, что соседка выйдет и уберет камень. Дверь опять захлопнется, и в подъезде будет стоять привычная вонь. Еще Ира знала — ни запах, ни вид этих стен и потолков с подтеками не изменятся. Ремонт здесь не сделают, подвал не осушат, трубы не поменяют. Их дом последние лет двадцать был признан аварийным, но людям новое жилье давали редко. Две или три семьи всего переехали, остальные жили как прежде. Кузнецова ждала, пока ей исполнится восемнадцать, чтобы можно было заняться самым важным делом — написать жалобы во все инстанции, включая московские, и потребовать, чтобы либо сделали капитальный ремонт в доме, либо всем дали новые квартиры. «Власти виноваты, но и люди хороши — даже не мяукнут», — сердилась Ира.

Войдя в дом, она тщательно вытерла ноги, потом отнесла клубнику на кухню. Оглядевшись, немного успокоилась. В квартире было гораздо лучше, чем в подъезде. «Вот очень правильно, что мы на пол положили плитку, а рамы заменили на стеклопакеты. Совсем другой вид. И нет этих страшных заляпанных краской шпингалетов. И мыть их легко, не боишься, что развалятся», — подумала Ира. Ремонт они закончили недавно, в квартире еще стоял запах краски, побелки и вообще новой жизни.

Ира в семье считалась «взрослой» — отец и мать уважали ее мнение и во всех вопросах советовались с ней. Делалось это без нарочитости, как порой бывает у родителей, играющих в демократию. Людмила Михайловна и Егор Петрович искренне считали, что дочь — человек ответственный. Более того, они прислушивались к ее суждениям, полагая, что новое поколение умеет распознавать проблемы раньше и реагировать на них проще. Конечно, такое доверие возникло не сразу, а укрепилось после случая с зелеными насаждениями.

Как-то весной работники ЖЭКа сгрузили во дворе штук двадцать деревьев-саженцев. Жильцы живо обсудили активность дотоле ленивых коммунальщиков и потерли руки — теперь во дворе, кроме ржавых качелей и не до конца смонтированной детской площадки для малышей ясельного возраста, будет еще и зелень. Кузнецова шла из школы, когда толпа во дворе решала, куда сажать деревья. Ира остановилась, послушала всех, потом подошла к саженцам. Что-то там долго рассматривала, а потом громко сказал:

— Зря радуетесь. Это тополя. Обычные тополя. Между прочим, в больших городах их не сажают. Они аллергенны, много мусора от них. И вообще, сорное это дерево. Нельзя их во дворе сажать. В пуху и клейких почках будем все.

Жильцы затихли. Потом кто-то попытался цыкнуть на Иру, но его осадили. Люди заговорили про детей, их диатезы, потом вспомнили, как мальчишки поджигают этот самый пух.

— А ведь Ирка права, — первой вслух сказала баба Света, — у нас же на первом житья не будет. Его же, пух этот, за год не выведешь!

Толпа загудела, и самые активные потянулись в ЖЭК. Через какое-то время саженцы исчезли. А жители (не все опять же, самые деятельные) привезли с участков своих разную зелень и успешно высадили ее под своими окнами.

— Чем бодаться с ЖЭКом, лучше самим это сделать. А они пусть вопросы серьезные решают.

Так Ира Кузнецова стала полноправным участником всех собраний жильцов и человеком, которого на мякине не проведешь. А родители вдруг поняли, что дочь выросла умной, спокойной и деловой. Отец как-то ее спросил:

— Ты куда учиться пойдешь? После школы.

— Я не знаю. Мне многие предметы нравятся. Но я должна понять, что в жизни мне пригодится.

— Врачом пригодится, — вмешалась мать.

— Да, кстати, — согласился отец, — работа всегда будет. Люди сами со своими слабостями не справляются.

— Папа, я если уж пойду в медицинский, то не на нарколога или дерматолога-венеролога.

— Еще есть гастроэнтерологи. Тоже доктор из тех, кто лечит слабости, — рассмеялся отец.

Но Ира осталась серьезной:

— Понимаешь, папа, у профессий, в которых главное навык, то есть есть элемент ремесла, очень низкий потолок. Например, хирург может быть только прекрасным хирургом. Ну станет он профессором. Но, согласись, ты ляжешь не к профессору, который читает лекции и пишет работы. Ты к практикующему врачу пойдешь. Который у операционного стола как у станка стоит. И руку себе набил. А вот филолог может заниматься всем и еще научной карьерой. И рост здесь почти неограниченный.

Егор Петрович слушал внимательно — дочь в чем-то была права. Но, самое главное, становилось понятно, что она об этом размышляла. Значит, думает о будущем серьезно.

— Знаешь, как решишь, так и будет, — совершенно спокойно произнес отец, — думаю, ты разберешься.

И к десятому классу Кузнецова «разобралась» — она решила поступать в Красноярский педагогический университет. Выбрала исторический факультет, памятуя, что в случае чего и в школе можно работать, а можно и научную карьеру делать. Или и то и другое разом. Еще Ира любила спорт. Собственно, когда-то он был ее единственным серьезным увлечением. В пятом классе она перешла в спортивную школу-интернат, где и познакомилась с Алиной Новгородцевой. Их дружба была крепкой, но недолгой — Ира не выдержала опеки Алины. Что удивительно, никто не понимал, почему это вдруг весьма средняя и не очень организованная ученица вздумала шефствовать над почти отличницей и активисткой. Новгородцева всем рассказывала, что Кузнецова просто завидует ее успехам в спорте. Этому мало кто верил. Все знали: Кузнецова показывала результаты не хуже, но всегда подчеркивала, что никогда не пойдет в спорт. Родители Иры огорчились, когда узнали, что дочь больше не дружит с Алиной.

— Знаешь, ее отец был удивительным человеком. Его многие знали и ценили. И мама очень приятная. Вообще семья у них была «настоящая». Они ведь из Петербурга к нам приехали, да так и остались. Не все столичные жители на такое способны.

— Алина — хорошая, но с ней тяжело, — вздохнула Ира, — понимаешь, она совершенно не думает о других. Она у себя на первом месте.

Экзамены в педагогический университет начинались в середине июля. Кузнецова еще весной сдала сочинение и историю, набрала максимальное количество баллов, и теперь ей осталось только два экзамена. «У меня еще две недели. Успею все повторить, но затягивать с этим не надо. Вчера весь вечер прогуляла», — сказал себе Кузнецова, перекладывая клубнику из сумки в пластмассовый тазик.

Да, вчера вечером она гуляла с Быстровым Сашкой. Они столкнулись у рынка, рядом с магазином, который держал отец Иры. Егор Петрович вообще-то был инженером по образованию, но в девяностые попробовал себя в торговле, и дело пошло. Не очень круто, но на жизнь хватало. Его мечтой было заработать на новую квартиру семье, но цены на недвижимость росли с безумной скоростью. Ничего не оставалось, как только откладывать — на черный день, дочери на свадьбу, на новую машину. При этом Людмила Михайловна с некоторых пор ставила супругу в пример Новгородцевых, которые смогли себе позволить купить квартиру в Петербурге.

— Что ты хочешь?! — восклицал Кузнецов. — Во-первых, Борис Иванович большим начальником был. Получал очень хорошо. И в деревне они жили — там все дешевле, жилье казенное, а главное, они «Волгу» эту легендарную продали, и купил ее не кто иной, как Белкин. А он денег не жалеет на такие вещи. Он же коллекционер.

— Да, это им повезло, что Белкин эту «Волгу» купил. Тут у нас таких денег нет. А Ира подрастает. Конечно, сейчас приданое не в моде, но вот квартирку бы...

— Вот именно, — вздыхал Егор Петрович.

После таких разговоров он начинал думать, как расширить торговлю, но через некоторое время бросал это занятие. «Надо сказать спасибо, что столько лет торгую. Вон за это время сколько народу разорилось, а я сижу в своем лабазе, и исправно у меня охотники и рыбаки покупают одежду и обувь. Ну и всякую мелочовку для своих увлечений», — думал он. В городе было еще несколько магазинов, держал их главный конкурент Кузнецова, Апашин. Тот был человеком неприятным, но границ не переходил — в торговую тему Кузнецова не вторгался. Егор Петрович, в свою очередь, отвечал тем же. Он понимал, что рано или поздно вопрос с жильем станет остро — дочь росла и становилась красавицей. Было понятно, что замуж она выскочит быстро, разве что ее учеба сможет этому помешать. Кузнецова была упрямой и целеустремленной. И еще она действительно была красивой. Блондинка с вытянутым худым лицом, острым подбородком и очень красивыми синими глазами — она привлекала внимание. «Какой хорошенькой она стала!» — охала иногда мать. «Да уж, что надо!» — гордился отец. Ира рано поняла, что у нее красивое лицо, отличная фигура и что она нравится мальчикам. Сделав это открытие, какое-то время она пользовалась своими «чарами». Дразнила ребят в классе, если родители просили ее купить хлеба, она посылала за ним соседских мальчишек. Причем те еще и жребий бросали, кому идти — желающих было много. Иру это все забавляло. Она даже манеру приобрела — закатывать глаза, словно изумлялась глупости этих мальчишек. Впрочем, такое кокетство продолжалось не очень долго. Однажды, когда она была в седьмом классе, с ней на улице заговорил парень. Приятный, спокойный, доброжелательный. Он что-то спросил, она — ответила, потом они пошли вместе по улице, незаметно как-то он проводил ее до дома. На следующее утро Ира с несколько снисходительной усмешкой обо всем поведала Алине.

— Понимаешь, он, наверное, в классе десятом! — говорила Ира.

— Зачем он тебе сдался? — ревниво спрашивала Новгородцева.

— А что? Ну старше, ну и ладно... — пожала плечами Ира.

К ее удивлению и радости, вечером этот парень ждал ее в переулке у дома. Они опять перебросились словами, а потом парень приобнял Иру за плечи и сказал:

— Слушай, до сессии далеко, может, сходим потусуемся? Прикинь, у меня приятель купил лодку, сегодня обмывать будет. Пошли...

Ира замерла, потом слегка дернула плечом, но парень руку не убрал, а еще крепче обнял ее.

— Ладно тебе, — улыбнулся он.

— Ладно. — Тут у Иры прорезался голос. — Только у меня не сессия, а уроки в школе. Я в седьмом классе.

Парень отпрянул, словно обжегся об Ирино плечо.

— Ты школьница?

— Да, а что, не заметно?

— Вообще-то нет. Ты лет на восемнадцать тянешь.

— Ясно, — кивнула Ира, — а ты в каком классе? В десятом?

— Я в институте учусь. Второй курс. Инженер теплосетей.

— Мы оба трагически ошиблись, — рассмеялась Кузнецова.

— Знаешь, ты расти давай. Вот немного старше станешь, я тебя найду.

— Попробуй...

— А что пробовать? В одном городе живем.

— Договорились. — Кузнецова махнула рукой и пошла в сторону дома. «А он даже очень ничего. Симпатичный и... порядочный», — подумала она, открывая свой подъезд. Эта история послужила ей уроком. Ира поняла, что привлекательна и может нравиться не только своим однокашникам и пацанам из родного дома. Она может привлекать и парней постарше. А потому с этого дня в ее облике и поведении появилась подчеркнутая сдержанность.

— В монахини готовишься, — съязвила Новгородцева.

— Проблем раньше времени не хочу, — улыбнулась Кузнецова.

Но все же, стоя у зеркала, Ира радовалась, что косметика ей не нужна, любимые булки она может есть сколько угодно, а самая выигрышная для нее одежда — короткие юбки и шорты. Кузнецова взрослела теперь с умом. А в школе учительница литературы как-то сказала, что Ира похожа на модель художника Модильяни:

— Модель и возлюбленная художника была рыжеволосой. Мы это видим на портретах его работы. Наша Ира Кузнецова, между прочим, удивительно на нее похожа. Только блондинка.

Ира долго рассматривала подслеповатые портреты и изумлялась, как сквозь время и годы облик одного человека перешел другому. Она действительно была почти копией той парижской красавицы.

И может, этот парень и нашел бы ее, но судьба распорядилась иначе. Ира иногда помогала отцу — то документы в налоговую отвезет, то постоянному покупателю покупку доставит, то просто за прилавком час-другой постоит. И в один из таких дней она нос к носу столкнулась с Сашей Быстровым.

— Отца навещала? — поинтересовался тот.

— Да, помочь надо было. Он спину застудил, тяжело за прилавком.

— А, — сказал Быстров, а Ира рассмеялась.

— Бэ!

— Куда теперь идешь? — не отреагировал на ее ответ Быстров.

Ира растерялась. Вообще-то она хотела зайти в торговый центр в отдел белья. Надо было кое-что посмотреть и купить. Тем более отец только что подкинул ей немного денег.

— Так куда? — повторил свой вопрос Быстров.

— Хотела пройтись, потом в магазин...

— В какой?

— Да что ты пристал? В магазин, и все... — рассердилась Ира.

Она чувствовала себя по-идиотски. Саша Быстров был очень красивым. И спортивным, и отлично одевался. Он вообще отличался от мальчишек-одноклассников. «Это, наверное, потому, что он уже совсем самостоятельный человек — и на соревнования давно ездит, и живет сам. Родители по экспедициям все разъезжают», — подумала Ира, разглядывая Быстрова. Она вдруг почувствовала, что краснеет.

— Ты на солнце сгорела, что ли? — поинтересовался Быстров, глядя на заалевшие уши Кузнецовой.

— Да, — соврала та, — я вообще быстро сгораю.

— Это ты зря, — авторитетно произнес Быстров. — Я вот читал, что солнце очень вредно для здоровья.

— Ага, особенно с нашей зимой. Тут ждешь не дождешься лета, а еще и от солнца прятаться.

— Ну, это же не я придумал, это так специалисты говорят, — пожал плечами Сашка. И Ира поняла, что всегда самоуверенный и высокомерный Быстров смущается.

— Да, я тоже что-то такое слышала. Правда, это касалось солярия. Там эти лампы, они могут быть старыми, — пришла на помощь Быстрову Ира.

— Вот-вот, — оживился тот, а потом добавил: — Но тебе загорать не надо. Ты такая белая... И волосы светлые...

Кузнецова вдруг смутилась. Она вообще не поняла, почему Быстров остановился, и уж точно не уяснила, почему он не пошел по своим делам. Например, к Марине Ежовой. Все знали, что у них отношения. Впрочем, подруга Новгородцева всегда хихикала, когда слышала это выражение. «Какие там могут быть отношения?! Трахаются, и все тут», — усмехалась она. Кузнецова же ничего не говорила — она чувствовала, что между Быстровым и пухленькой, всегда ленивой Ежовой действительно есть что-то значительное. Во всяком случае, это не дружба и не «потусоваться на набережной», не пошлый «интим», который нелеп и опасен в этом школьном возрасте. Ира так как-то и сказала Алине:

— Нет, они любят друг друга. И знаешь, я не удивлюсь, если они поженятся.

— Кто?! — удивилась Алина.

— Быстров и Ежова.

— Ты что, дура?! — грубо сказала Новгородцева. — Вот просто дурой надо быть, чтобы такое сказать. Зачем она ему?!

— Она красивая... И очень... — Кузнецова старалась подобрать слово. — Женственная... нет, про таких пишут, что они сексуальные.

— Точно заболела! — всплеснула руками Алина. — Сексуальная! Господи!

— Ну, хорошо, я не знаю, как сказать, но они как-то смотрятся вместе.

Тот разговор закончился опять долгим ворчанием Новгородцевой, Ира больше молчала — она знала, что Алину не переспоришь. Сама Кузнецова осталась при своем мнении — Ежову и Быстрова можно было назвать парой.

И вот сейчас Саша Быстров не только никуда не спешит, но и старается завязать разговор, смущается и вообще ведет себя совершенно необычно.

— Саш, а ты сам куда шел? — спросила Ира.

— Я?.. Я по делам. А потом тебя увидел. Понимаешь, у меня картридж сдох, новый купить надо, а распечатать работу по истории нужно. И еще...

— Ясно, — улыбнулась Ира. — Тогда нам по дороге, я тоже в торговый центр.

Ира поняла, что белье сегодня купить не судьба, к тому же оно подождет, а поведение Быстрова раззадорило ее любопытство.

— Здорово, пойдем сходим. Кстати, тесты по истории не очень сложные, — серьезно заметил Саша.

А Ира чуть не расхохоталась — Быстров прежде не был склонен обсуждать школьные уроки. Его темами были спорт, музыка и развлечения. Но вслух Ира очень доброжелательно заметила:

— Да, верно. Мне тоже так показалось.

— Я, правда, еще не все сделал, вечером добью.

— Какой ты молодец! Я еще и не начинала, — уже совершенно бессовестно польстила ему Кузнецова.

Быстров даже покраснел.

Они не спеша шли по улице, Ира тайком посматривала вокруг. С одной стороны, хотелось, чтобы их вместе увидели, с другой — ни к чему, чтобы об этом узнала Марина Ежова. Та была неплохой девчонкой, и все знали, что она очень влюблена в Быстрова. Кузнецова даже хотела спросить Быстрова, не обидит ли он Марину, если вот так будет прогуливаться по городу, но потом спохватилась. «Он скажет, что это не прогулка, случайная встреча, которая ничего не значит. И я буду в дурах. Поэтому я промолчу, посмотрю, что будет дальше», — решила про себя Ира. Быстров тем временем стал рассказывать про свои тренировки.

— ...в мороз бежать очень тяжело. И многое зависит от физической подготовки. Поэтому нас гоняют здорово. Особенно в экстремальных условиях. Например, в жару. Знаешь, в тридцать градусов кросс бежать — это не очень просто.

— Я себе представляю. Надо быть здоровым.

— Навык и закалку надо иметь. Так говорит мой тренер. Я с ним согласен. Знаешь, я вообще думаю, что закалка или там выносливость — в жизни главное. Если это есть, то остальное фигня.

— А как же знания? Ты же понимаешь, сейчас без знаний — никуда. Ни карьеру сделать, ни денег заработать

— Спортсмены хорошо устроены. Даже если они не в первом эшелоне.

— Мне Алина тоже так говорила. Но я и с ней не согласилась. Вечно спортом заниматься не будешь.

— А ты деньги не фукай, в бизнес их вкладывай.

— Это как актеры. Они любят в ресторанный бизнес свои гонорары вкладывать.

— Откуда знаешь?

— Читала. — Кузнецова почему-то смутилась. Показалось стыдным читать в Сети всякие сплетни об известных людях.

— А я думал, что у тебя знакомые такие есть.

— Откуда? — искренне удивилась Ира.

— Ты красивая. Мало ли, куда поступать собралась.

— Ага, в актрисы! — рассмеялась Кузнецова.

— Ты запросто пройдешь. У тебя внешность подходящая.

— Там еще надо уметь играть. У нас поэтому и кино такое, без слез смотреть нельзя.

Так, за разговором они дошли до торгового центра. Войдя в большие стеклянные двери, очутились в прохладе, в ароматах духов и кофе. Ира давно заметила, что хорошие торговые центры пахли аппетитно и являли собой некое подобие праздника. Исключение составляли выходные дни, когда толпы семей устремлялись сюда что-то прикупить, поглазеть на витрины и засесть на фудкорте. Там дети давали волю капризам, родители потягивали пиво и рассматривали окружающих. Кузнецова терпеть не могла такое времяпрепровождение. Она считала его бессмысленным и вредным. Даже ее мать как-то сказала:

— Знаешь, вот мне много лет, а и я бы хотела так часок-другой посидеть, никуда не спешить, ничего не делать и точно знать, что посуду после этой еды мыть буду не я.

— Мама, я давно говорю, давайте купим посудомоечную машину! — отреагировала на это Кузнецова.

Мать только махнула рукой.

Сейчас в огромном магазине было тихо. Звучала мелодия из отдела нот (был и такой здесь), вкрадчиво шумел пылесос, работающий в рекламных целях, и шуршала машина, протирающая полы.

— Хорошо, — сказала Ира, — ни-ко-го!

— Да, я тоже толпу не люблю, — в очередной раз согласился с ней Быстров.

— Ну что? Ты за картриджем? Это здесь же на первом этаже. А мне, наверное, на второй.

— Так, подожди, я быстро. И вместе пойдем... — сказал Быстров.

Кузнецова растерялась. Быстров набивался в спутники и явно проявлял интерес. «Прощайте, трусы и бюстгальтер! Не при нем же их покупать!» — подумала Ира, а потом неожиданно спросила:

— А где Марина?

Сашка открыл рот, чтобы что-то сказать, но Ира его опередила:

— Слушай, я не хочу, чтобы она нас увидела. Или кто-нибудь другой из школы. Ведь сплетни пойдут.

— Ирка, ты даешь! — опомнился Быстров. — Что мы такого делаем? В магазин пришли.

— Знаешь, мы с тобой прошли три квартала, сейчас будем здесь тусоваться. Если бы мне парень нравился и я бы увидела такое, я бы не обрадовалась. Да и ты бы тоже.

— Слушай. — Быстров остановился. — Ты бы знала, как меня достали эти разговоры о Ежовой.

— В каком смысле? — удивилась Ира. — По-моему, все так привыкли, что вы вместе, что и разговаривать скучно об этом.

— И что теперь?! Кто говорил, что это навсегда? Маринка — нормальная девчонка, она тоже все понимает.

— То есть вы договорились, что если что — без обид? Ну, она встретит кого-нибудь, ты тихо в сторонку отвалишь? — ехидно спросила Ира.

— Я бы и сейчас уже отвалил, — пробормотал Быстров.

— Ого! Но, знаешь, я не хочу обсуждать ваши с ней дела.

— А я и не обсуждаю. Ты спросила, я ответил.

— Как-то нехорошо получается. У вас какие-то проблемы, а обсуждаешь ты их со мной.

— Да ладно...

— Саш, давай иди за своими картриджами, а я пойду по своим делам.

— Ну, как хочешь... — Быстров пожал плечами, посмотрел в сторону.

Кузнецовой стало стыдно. Она подумала, что скорее всего Быстрову не с кем поделиться своими проблемами. «Действительно, ну не родителям же рассказывать, тем более не ребятам из класса. Да и сплетен он боится». Ира вдруг загордилась тем, что именно ее Быстров выбрал в поверенные.

— Ладно, давай так. Ты свои покупки делаешь, я — свои и встречаемся с «Макдоналдсе» на последнем этаже.

— Да, давай, — явно обрадовался Быстров, — там слопаем что-нибудь.

— Нет, я не голодная. — Ира поспешила отказаться.

Она не знала, есть ли у Быстрова достаточно денег, а самой платить за себя и за мальчика ей казалось неприличным. Ире вообще были чужды идеи и принципы феминизма.

— Ну, колы можно выпить, — сказал Быстров.

— Это можно, — согласилась Ира.

Они разошлись по этажам. Но Ира, поднявшись в отдел, не стала ничего покупать. Сосредоточиться она не могла, и о примерке речи не было. Ее мысли крутились вокруг этой, в общем-то, странной встречи с Быстровым, прогулки с ним и разговоров. В глубине души ей хотелось, чтобы эта встреча была не случайной, а разговор и настойчивость объяснялись не проблемами в отношениях с Мариной Ежовой, а интересом к ней, к Ире. Но пока Кузнецова ни к какому выводу прийти не могла, а потому она рассеянно перебирала белье, висевшее в отделе, и мельком посматривала на себя в зеркало. Ей не очень нравилось, что волосы у нее собраны небрежно и длинные пряди выпали из заколки. Ира их поправила, но так, чтобы не обнаружить желание приукрасить себя. Одета она была просто — в джинсы и футболку. Это одежда была ее любимой — она отлично подчеркивала фигуру.

Ира бродила по магазину и думала о Быстрове: «Зря на него наговаривали. Он не высокомерен. Но, с другой стороны, ему есть чем гордиться — все же чемпион области. Самый способный юниор. Как Новгородцева наша. Кстати, Алина еще та хвастунишка и никогда не упустит возможности упомянуть, что она «надежда лыжного спорта». И ничего. Ей все это прощают. Такая милая слабость. А Быстрову не прощают. Потому что он — красивый. А он действительно хорош». Тут Ира вдруг остановилась. Ей показалось, что уже такое было. Вот так она уже бродила по магазину, а внизу ее ждал Быстров, и на душе было нежно и тревожно одновременно. Она покрутила головой: «Совсем спятила. И все из-за какого-то Сашки».

Впрочем, сейчас Ира себя обманывала. Быстров вовсе не был «каким-то Сашкой». Он был «тем самым Быстровым». И очень нравился Кузнецовой еще тогда, когда ее за ручку водили в школу. Ира очень хорошо помнила, что Саша был самым высоким в классе, самым сильным и, как ей казалось, самым симпатичным. Особенно ей нравились его глаза — серые, в темных ресницах, под густыми и прямыми бровями. На уроках Ира исподтишка рассматривала Быстрова и в шестом классе пришла к выводу, что у него лицо, как у древних греков. Та же высокая переносица, тот же прямой нос, и глаза посажены достаточно близко. Все вместе было почти точной копией лица Аполлона, фотография статуи которого была напечатана на седьмой странице учебника истории. Кузнецова слегка опешила от сделанного открытия и поделилась им с Новгородцевой. Алина несколько уроков подряд рассматривала Быстрова, тот не выдержал и спросил в лоб:

— Новгородцева, у меня на лбу рога растут? Чего уставилась?

Алина хмыкнула и показал ему язык, а Кузнецовой сказала:

— Ничего особенного. И на Аполлона не похож. Уж слишком носатый.

Кузнецова осталась при своем мнении. Более того, теперь она представляла, что Быстров ее пригласит в кино или, допустим, на соревнования, где он победит, а она ему подарит цветы. И еще в порыве радости поцелует в щеку. Об этих своих мечтах, понятно, она Новгородцевой не говорила. В шестом классе Быстров часто отсутствовал. Соревнования и всякие поездки, связанные со спортивной секцией. Кузнецова очень переживала: ей казалось, что еще немного — и Саша Быстров перейдет в другую школу. Новгородцева словно о чем-то догадалась:

— Ты что-то совсем приуныла. Правда, как Сашка уехал, так в классе тоска стала. Он заводил всех.

Кузнецова подумала, что Быстров не заводил никого. Просто смысл в их школьной жизни появлялся только тогда, когда Быстров сидел на своем месте — на первой парте в правом ряду.

В шестом классе Ира стала неважно учиться, ходила в школу без охоты и длинные волосы заплетала в небрежную косу. Учителя пеняли:

— Кузнецова, больше инициативы, будь активнее. И подтянуться надо — так до троек в четверти недалеко.

Но однажды Ира опоздала на первый урок, а когда прошмыгнула на свое место под строгим учительским взглядом, обнаружила в классе Быстрова. Тот сидел со своей полуулыбкой, словно дорогой гость. Остальные мальчишки притихли, девочки старались «выглядеть». Кузнецова охнула про себя и пожалела, что пришла в старых туфлях. Весь этот день она старательно не попадалась на глаза Быстрову. Зато на следующий день пришла в школу в обновках — юбке в яркую клетку и туфлях, купленных специально для парадных случаев. Ире пришлось уходить из дома в старых, а уже по дороге переобуться. Кузнецова знала, что мать бы не одобрила такое.

Когда Новгородцева увидела Иру, она хихикнула:

— Вырядилась. Теперь точно заметит.

Кузнецова предпочла игнорировать эту реплику. Она чувствовала себя на седьмом небе — в ее жизни появился смысл. Она в тот же день блестяще ответила на уроке истории, решила труднейшую задачу на алгебре, а после уроков долго суетилась в вестибюле. Она все ждала, когда Быстров пойдет домой. Тот был в учительской, решался вопрос, как его будут аттестовать — через неделю он опять уезжал. Наконец Быстров появился.

— Саш, ты завтра будешь? — от волнения Кузнецова говорила скороговоркой.

— А что? — остановился Быстров.

— Надо помочь в классе, там новые парты поставили, теперь убрать надо...

— С ума сошла? Другого времени не нашла? — Как специально, вдруг откуда ни возьмись появилась Новгородцева. — У человека тренировки такие на носу, а ты ему парты двигать предлагаешь. Ты просто не понимаешь, что такое спортом заниматься.

Кузнецова растерялась — Алина выставила ее какой-то приставучей дурой.

— Да, правда, у меня дел до кучи, — рассмеялся Быстров и вышел на улицу.

Кузнецова посмотрела на Новгородцеву. Та ухмыльнулась.

Вечером того же дня Ира неожиданно для себя пожаловалась матери:

— Понимаешь, мне же нужно все организовать. Быстров сильный. Он бы мигом все раскидал. А Алина влезла, да еще так глупо. Знаешь, она всегда так делает...

Людмила Михайловна внимательно посмотрела на дочь. Она заметила, что Ира сегодня пошла в школу в парадных туфлях, и юбка ее была отглажена складка к складке, а светлые волосы были аккуратно и красиво зачесаны наверх. «Ей этот мальчик нравится, иначе она бы не завела разговор об этом», — подумала Людмила Михайловна, а дочери ответила:

— Ты к Алине будь снисходительна.

— Это почему?! — возмутилась Ира.

— Ну, как тебе сказать. Понимаешь, у нее очень хорошие родители. Отец, Борис Иванович, большой начальник, своим трудом в такие сложные времена всего достиг сам. Он Алину очень любит и много для нее делает. И мама ее — настоящая учительница. Но мне кажется, Алина переживает, что должна жить в интернате.

— Но почему они в город не переехали?

— Сложно сказать. Там все же дом. Земля. Я слышала, они собирались, но что-то мешало. Думаю, им там хорошо. И Алина ведь спортом увлекается, а там природа, есть где заниматься. Потом у нее характер такой. Для спорта как раз подходящий — упрямый, злой немножко. Но она хорошая девочка.

Ира слушала, а потом сказала ту самую фразу:

— Она дружит, как душит. Вздохнуть не даст.

— Будь великодушна. Ты тоже не подарок, — улыбнулась мать.

После того разговора Ира присмотрелась к подруге и поняла, что мать права. Новгородцева начинала дуться и злиться, как только Ира собиралась домой. Расписание «интернатских» было немного другим, нежели у тех, кто после уроков шел домой.

— Ты разве не пойдешь на дополнительные по алгебре? Ты же говорила, что не понимаешь эту тему.

Ира отнекивалась и жалела, что сама же пожаловалась подруге. В конце концов Алина начинала сердиться и говорить неприятные вещи. «Зачем дружить и ссориться из-за ерунды?» — недоумевала Ира.

С появлением на их общем горизонте Быстрова отношения еще больше обострились. Кузнецовой казалось, что Алина неотрывно следит за ней и контролирует каждый ее шаг. Ира же не могла посмотреть в сторону Сашки, чтобы этот взгляд не был замечен и прокомментирован Алиной. И чем больше усердствовала в этом Новгородцева, тем неудержимее тянуло Кузнецову к Быстрову.

— Перестань бегать за ним. Это же неприлично! — фыркнула Алина, когда Ира на уроке литературы, совершенно не слушая учительницу, разглядывала греческий профиль Быстрова.

— Я не бегаю, — пробормотала Ира.

— А то я не вижу, — прошипела Алина и добавила: — Ты опоздала. Маринка Ежова с ним уже ходит.

— Куда ходит? — не поняла Ира.

— Так в деревне говорят. «Ходят» — значит, встречаются.

— Как? — изумилась Ира. — Ежова. Но она же...

— Ага, толстая. И на лицо так себе...

— Лицо у нее приятное, — постаралась быть справедливой Ира.

Алина пожала плечами:

— А, не важно. Они встречаются.

— Откуда ты знаешь?

— В интернате секретов не бывает, — хохотнула Алина.

— Да, я же забыла. В интернате все общее. Даже туфли, — теперь уже Ира усмехнулась.

Лицо Алины вытянулось. Намек на туфли ее больно уколол — Алина однажды пришла на уроки в туфлях своей соседки по комнате. «Вот, Ленка дала поносить», — объяснила она. Кузнецова уже тогда знала, что носить чужую обувь не стоит, о чем и сказала Новгородцевой.

Ира редко когда позволяла себе резкость. Она не пожалела, что так ответила подруге. Но зря не сумела скрыть, как ей нравится Быстров.

А тем временем события в классе развивались стремительно. Полноватая, медлительная, с большими зелеными глазами и румяными щеками Марина Ежова неожиданно завладела самым красивым и видным мальчиком школы-интерната. Как это случилось и почему так произошло — никто не понял. Но факт остается фактом — Быстров провожал Марину из школы, они ходили в кино и гуляли по набережной. Она помогала ему делать алгебру и писала за него изложения. Понятно, что все это происходило тогда, когда Быстров был в городе. Когда он уезжал на сборы, Марина Ежова предпочитала быть одна. Она почти не общалась с одноклассниками. Оставалась такой же тихой и молчаливой, как и до дружбы с Быстровым. Слава «подружки самого лучшего спортсмена школы» ее никак не изменила.

В конце шестого класса все разъехались на каникулы. Алина вернулась к себе в деревню, Кузнецова была в городе и только на дней десять с родителями съездила на море. Все три летних месяца она думала о Быстрове. «В седьмом классе он вряд ли с Ежовой будет... Целое лето пройдет. А это очень много!» — думала она с надеждой. Сашка у нее из головы не выходил. Но, к удивлению всех, первого сентября Быстров и Ежова появились вместе. Словно не было этих трех месяцев, на которые так рассчитывала Кузнецова.

— Сашка вернулся в город двадцать пятого августа. Маринка двадцать шестого. Все эти дни они шатались вместе, — сообщила Новгородцева Ире.

Кузнецова сделала вид, что не услышала этого, но всю торжественную линейку по случаю начала нового учебного года внимательно наблюдала за Быстровым и Ежовой. И поняла, что в их отношениях появилось нечто новое. И это заставило Иру в конце концов отвести глаза.

— Они трахались. Это же понятно, — произнесла Новгородцева над ухом. Ира дернулась, но ничего не ответила. Алина попала в точку. Вот то, новое, что появилось между ними, — уверенность друг в друге.

Это открытие огорчило Иру до слез. Она ждала начала учебного года, надеясь, что Быстров забудет про Ежову. И вот теперь... «Как же так? Как они решились? Они теперь любовники...» — думала Ира. Это слово ей не нравилось, как и слово «возлюбленные».

Первым уроком в этот день была биология. Пока учительница Шишкина рассказывала, на что в первую очередь надо обратить внимание, изучая ее предмет, Кузнецова клялась себе, что отныне она ни под каким видом, ни под каким предлогом не обратится к Быстрову. Она давала себе слово, что забудет о Сашке и он перестанет для нее существовать.

Кузнецова была с характером, в этом она не уступала Новгородцевой. Решение, принятое на уроке биологии, определило все дальнейшее отношение Иры к Сашке. Он перестал для нее существовать. Нет, она, конечно, проплакала пару ночей, чуть не отрезала свои длинные волосы, чтобы сделать такую стрижку, как у Ежовой, сделала попытку написать Быстрову письмо. Но это все заняло от силы недели две. После она превратилась в прежнюю Иру Кузнецову...

...И вот теперь, когда в их школьной жизни остались только выпускные экзамены, Саша Быстров вдруг совершенно недвусмысленно оказывает ей знаки внимания. Ира, обойдя весь отдел женского белья, так и не нашла объяснения этому факту.

Она посмотрела на часы, попрощалась с весьма раздраженной продавщицей и отправилась на верхний этаж торгового центра. Там уже должен был ждать ее Быстров.

В будний день здесь, наверху, почти никого не было. Быстров сидел за столиком, что-то искал в телефоне, на столе перед ним стояли два больших стакана с колой. Ира подошла не сразу, она замедлила шаг, чтобы рассмотреть Сашку. «С тех пор он стал еще красивее», — вздохнула она. Какое-то суеверное чувство заставило ее медлить, словно она вступала в новую жизнь, но была предупреждена о событиях, которые случатся впоследствии. «Может, мне не подходить к нему?» — подумала она, но в этот момент Быстров поднял голову, и все ее сомнения куда-то исчезли. Невозможно было устоять перед этими глазами!

— А где покупки? — спросил Сашка, указав на ее пустые руки.

Она пожала плечами:

— Не нашла ничего подходящего. А ты? Купил картридж?

— Да. Садись. Вот кола. Может, ты что-нибудь съешь?

— Нет, спасибо. Так что там у вас с Ежовой? — по-деловому спросила Ира. Она решила притвориться, что их встреча, прогулка и разговор — исключительно результат стремления Быстрова получить совет и поддержку в сложной ситуации.

— С Маринкой? — переспросил Быстров. — Ничего. Именно что — ничего.

— Как это?

— Рано или поздно такое заканчивается.

— А как же наши родители живут? Мои вместе уже двадцать лет. И ничего. Правда, ссорились одно время... Но ведь живут.

— Мои тоже живут, хотя мать грозится уйти от отца, сколько я себя помню. Хорошо, что я на сборах все время, а то не представляю, как бы жил с ними. Они все время цапаются.

— Мы, наверное, тоже такими будем. Я не знаю, что сказать тебе, Быстров. Марина — хорошая девчонка. И вы с ней шестого класса.

— Дураками были. Казались себе взрослыми. А сопляки сопляками.

— Но сейчас совсем уже не сопляки, — улыбнулась Ира и добавила: — Слушай, что было — от того никуда уже не денешься. Но, если ты так настроен, мне кажется, надо все Ежовой сказать. Честно.

Быстров промолчал. «Еще бы! — подумала про себя Ира. — Честно сказать Марине, что все закончилось! Я даже не представляю себе, что это будет!»

— Ладно, — вздохнул Быстров, — ты-то историю сделала? А то могу помочь.

— Сделала. Спасибо, вроде справилась. Там просто надо было к прошлым темам вернуться. — Ира не подала вида, что удивлена. Быстров, который вечно отсутствовал на уроках, сам частенько списывал домашнее задание.

— Быстрей бы все эти экзамены прошли. А то висят над головой...

— ...как дамоклов меч, — закончила фразу Кузнецова. — Кстати, вот у некоторых такой проблемы нет. Новгородцева уже все сдала. Только за аттестатом приедет.

— Знаю, хвасталась. Она сейчас в Питере. Квартиру смотрят с матерью. Заодно она и документы подаст в «Лесгафта». Если все будет нормально, говорит, вернутся формальности закончить и Байку забрать.

Кузнецова удивилась — даже она не знала таких подробностей. Алина, уезжая, сказала, что она провожает мать, поскольку «смотреть квартиру — дело серьезное».

— Откуда ты знаешь? Про документы в институт?

— А ты что, не знала?

— Что она собирается поступать в физкультурный, знали все. Алина, как и ты, член юниорской сборной. Но я думала, что она просто с ознакомительной поездкой. Варианты не спеша посмотреть...

— Они уже нашли вариант. Он им понравился очень. А теперь вот им надо встретиться с хозяином квартиры.

«Вот это да! — подумала про себя Кузнецова. — Новгородцева общается с Быстровым, но мне ни слова не сказала. Как и про институт. А ведь хотела ехать в Москву».

— Да, я слышала про ее планы, но я знаю Новгородцеву. Она же человек решительный и планы меняет достаточно быстро.

— Не говори. Это ее идея выступать за сборную другой страны — тоже не от большого ума. Я ей так и сказал: «Ты сначала спортивный авторитет приобрети, а потом уже предлагай себя. А еще лучше, когда за тебя клубы драться будут». Но она не слушает.

— Алина упрямая, это верно.

— Не упрямая. Она — упертая.

— Ну, может, и так...

Ира не захотела обсуждать подругу с Быстровым. Но удивление от услышанного не проходило. Оказывается,

Новгородцева общается с Быстровым и рассказывает даже то, что она, Кузнецова, ее лучшая подруга, на знает. У Иры испортилось настроение.

— Саш, я пойду. Мама просила помочь. И еще я хочу поговорить в ЖЭКе с тетками. У нас опять сырость в подъезде.

Быстров внимательно посмотрел на Иру:

— Ты — молодец. Такая спокойная, тихая, а все у тебя как-то получается И думаешь ты о таких вещах, о которых кто-то еще и не подумал бы.

— Ты о чем? — не поняла Ира.

— Понимаешь, другая бы плюнула на этот ваш подъезд и дом. Рано или поздно его снесут, а вас переселят. Такая, как ты, красивая... — Быстров тут замялся, — выйдет замуж и будет жить в собственном доме на берегу Енисея. Или Москвы-реки.

— Ты что такое говоришь?! — рассмеялась Кузнецова.

— Ты красивая. И не дура, — сказал Быстров вставая, — ладно, пойдем.

Дошли до дома Иры они быстро. Разговаривали о ерунде — о том, что видели на улице, о погоде, о планах на лето.

У подъезда Кузнецова постаралась быстро попрощаться — в окне висела баба Света. Дверь подъезда была привычно закрыта, но Ира на это сейчас не обратила внимания. Она хотела быстрей оказаться у себя и подумать обо всем, что сейчас произошло.

Дома уже была мать. Ира для видимости покрутилась рядом, задала какие-то вопросы, потом взялась помыть посуду, разбила тарелку и была выгнана Людмилой Михайловной из кухни.

— Пойди позанимайся. Экзамены на носу. Хоть ты и уверена в себе — повторить еще раз не помешает.

Кузнецова быстро согласилась и заперлась в своей комнате. Она раскрыла учебник, разложила тетради и... задумалась. Стала вспоминать сегодняшний день минута за минутой. И как она была у отца в магазине, и как неожиданно встретила Быстрова, как он был одет, как заговорил с ней. Она долго перебирала в голове мелочи — как Быстров улыбался, какое лицо у него было, когда он говорил о Марине, как он вздохнул, когда признался, что у них все не так хорошо. Ира еще помнила, как Быстров смотрел на нее — на лице его была улыбка, и его красивое лицо стало мягким. «Ой, да это просто невероятно! Вот так, ни с того ни с сего... Взял и встретил на улице... А как он оказался там? Случайно же. Нарочно — это невозможно. Он же не знал, что я пойду туда!» — при этом сердце Кузнецовой билось в каком-то радостном предвкушении. И тут, когда она выскочила из-за стола, подбежала к зеркалу и стала разглядывать свое лицо (которое так хвалил Быстров), она вспомнила про Алину Новгородцеву. «Оказывается, она с ним общалась. И не просто разговаривала. Она советовалась с ним, рассказывала о своих планах, про институт. Мне, своей лучшей подруге, она и половину не говорила!» — подумала Ира, и в душу ее закралось подозрение. «А он всегда ей нравился! Только она виду не подавала, не то что я, дура такая! Я же тогда в седьмом классе вела себя как дура. И Новгородцева еще и насмехалась надо мной. Правильно, кстати, делала. Нечего мне было все напоказ выставлять. Ну нравился мне Быстров... Ну и что...» — Ира отошла от зеркала. Ее красота, расхваленная Быстровым, стала неочевидной. Она сделала круг по комнате и, не совладав с собой, выскочила на кухню.

— Мама, понимаешь, я сегодня встретила Быстрова. Сашу. Ну, ты же знаешь его?

— Конечно! — отозвалась Людмила Михайловна. — Самый красивый мальчик в вашей школе. И еще очень способный. Знаешь, все говорят, что его место в сборной. И...

— Так вот... — нетерпеливо перебила ее Ира, — мы сегодня с ним столкнулись у магазина нашего. Ну, прошлись немного, поболтали. Он же с Ежовой уже много лет дружит. И, как многие считают, у них отношения. Ну, серьезные.

— Интересно как, — заметила мать, — отношения серьезные, но в школе учатся...

— Мама, — поморщилась Ира, — ты же знаешь, сейчас все иначе. И все знают, у кого с кем любовь.

— Да понимаю я, но все же мы привыкли к другому.

— Знаю, мам! Но ты послушай про Быстрова!

«Господи, да быстрей бы она школу окончила! — подумала Людмила Михайловна. — И этот Быстров исчез бы с горизонта. В седьмом классе по уши была в него влюблена. Я уж думала, все, перегорела, выросла. Но нет, все не так просто. Одна надежда — в институт пойдет, новые знакомства будут, забудет этого самого Быстрова».

— Так что же с ним случилось? — вслух произнесла Людмила Михайловна.

— Он с Алиной общается! Вернее, она с ним. Понимаешь, она мне ничего не говорила, а ему про все рассказала — куда поступает, где квартиру они покупают, когда уедет, приедет. Понимаешь, я даже половины не знаю. Какая же она скрытная! Мне, конечно, плевать, но я бы так не поступила!

«Вот тебе и взрослые отношения. В сущности, они дети совсем. Так переживать из-за того, что кто-то о чем-то поговорил! Ну и что, что подруги... Необязательно всем делиться. Хотя, конечно, у Алины часто вероломство было связано с излишней опекой и ревностью». — Людмила Михайловна смотрела на раскрасневшуюся дочь.

— Ира, не беспокойся из-за ерунды. Каждый человек имеет право на свою жизнь. И на разговоры, в частности. Поэтому пусть Алина общается, и ты-тоже. Тем более что у Саши и Марины, как ты говоришь, отношения серьезные. А вы дружите. Друзья могут болтать о чем угодно!

— Мама, он сегодня сказал, что не хочет больше общаться с Маринкой. Понимаешь, так и сказал. Я даже растерялась.

— Вот как? Ну что ж, никто никому не гарантировал вечные отношения. Но вот когда будет семья, тогда надо будет поступать иначе. Придется искать компромиссы. Так просто сказать, что «все надоело», нельзя будет. Хотя бы из-за детей.

— Ну, не знаю, — вдруг задумчиво произнесла Кузнецова, — когда я была поменьше и вы с папой ссорились, я очень нервничала. Вряд ли хорошо, когда дети это все время видят и переживают. Лучше, чтобы родители разошлись.

Людмила Михайловна внимательно посмотрела на дочь:

— Мы с папой любим друг друга до сих пор. Просто с течением времени любовь меняется. И к этому надо быть готовыми.

— Мама, — отмахнулась Ира, — но я же права? За спиной общаться с парнем и ничего не говорить!

— Это ее личное дело! Ира, в шестом классе, помнится, мы вели такие же разговоры. Господи, ребенок просто! — рассмеялась мать. — Не надо ссориться с подругой из-за мальчика. Понимаешь, вы с Алиной дружите больше десяти лет, а Саша Быстров с вами общается совсем недавно. И нравится ему Марина Ежова. Так надо ли вашу дружбу под удар ставить?

— Да, ты права, — вздохнула Ира. Но в голове и в душе у нее ничего не прояснилось — вероломство Новгородцевой было очевидным. К тому же возмущение вызвали слова матери о том, что Быстрову нравится Ежова. «Мама даже не поняла, что Маринка ему больше не нравится. А... нравлюсь я!» — думала про себя Ира.

Июль пролетел быстро. Подготовка, экзамены, консультации, волнение и ожидание результатов — все это съедало время. Ира Кузнецова просто не успевала заводить будильник. Весь июль она жила по режиму, который сама и определила. Ранний подъем, учеба, повторение вчерашнего, еще два новых вопроса, затем завтрак, потом опять учеба. Наблюдая, как дочь занимается, Людмила Михайловна иногда даже переживала.

— Хорошо, что весной сдала два экзамена, а то сейчас бы переутомление заработала, — говорила она.

— Мама, два экзамена тоже надо сдать, — отвечала Ира.

— Иди, прогуляйся, воздухом подыши, — настаивала Людмила Михайловна. Но Кузнецова сидела за столом так долго, что начинали ныть виски, а вместо текста в глазах прыгали отдельные буквы. Тогда она наскоро что-то перекусывала и уходила на улицу. Она действительно уставала, но не могла себе позволить сбросить темп. Ира всегда была ответственным человеком, но получение школьного аттестата повлияло на нее совершенно неожиданным образом. Кузнецова поняла, что детство закончилось. И как бы ни манили студенческие развлечения и свобода, она должна уже сейчас думать о будущем. А его она видела в интересной работе, путешествиях и... семье.

Весь июль Кузнецова занималась и сдавала экзамены. И целый месяц общалась с Сашей Быстровым. Их встречи были как бы случайны, внешне они не проявляли никаких особых чувств. Мол, что такого, столкнулись вчерашние одноклассники, отчего бы и не поболтать, не пройтись пару кварталов? Кузнецова и сама верила в этот миф, но как только она становилась честной и принципиальной, такой, какой старалась быть всегда и во всех вопросах, она признавалась, что ничего случайного тут нет. Ира понимала, что интерес, любопытство, симпатия и еще что-то такое будоражащее, что сложно побороть, неудержимо тянут ее на эти встречи. Она себе признавалась, что все эти занятия в течение дня, непрерывные, на износ, не что иное, как взятка совести. «Я же весь день сидела не поднимая головы, даже мама говорит, что много работаю и мне надо гулять!» — говорила себе Кузнецова и ровно в пять вечера собиралась на улицу — надевала заранее приготовленное платье, причесывалась тщательно, красила глаза. И получалось, что ровно в пять Ира Кузнецова шла на свидание с Сашей Быстровым. Только себе она в этом не признавалась.

А Быстров вылавливал ее на улице — видимо, уже понимал, когда она будет. Они некоторое время стояли и разговаривали о пустяках. Потом один из них произносил фразу:

— Я вообще-то шел/шла в аптеку/магазин/химчистку, которая на улице...

И при этом назывался один из самых отдаленных районов города, где почти не было шансов встретить знакомых. Затем они шли быстрым шагом, почти не разговаривали, и оба хмуро посматривали по сторонам. Если бы кто-то их увидел, то даже не догадался бы, что этих двоих на окраину города гонит чувство, в которое они сами еще поверить не могут. Оказавшись в глухом районе, они выдыхали, и плечи их словно распрямлялись, и посмотреть друга на друга они уже не боялись. Голоса их становилась громче, жесты свободнее. Именно здесь, в запущенных, но еще не застроенных промзонах и неухоженных кварталах они обсуждали самые важные вещи.

— Я хочу заниматься спортом. Я знаю, что это — мое. Но потом я хочу дело свое открыть.

— Какое же?

— Машины продавать буду. Мне копеечный вариант типа кафе не годится. Я хочу, чтобы заработок был сразу хороший.

— Смотря какое кафе, — размышляла Ира. Она мало что понимала в этих вопросах, но после подобных разговоров читала статьи в интернете и внимательно читала меню городских кафе и ресторанов. Она делилась своей информацией с Быстровым, а он иногда даже сразу не понимал, о чем это она.

— Ты же вчера сам говорил про рестораны. Вот я и решила узнать, что да как...

— А, — морщился Быстров. И Ира понимала, что эти разговоры ведутся просто так. «Игра все это!» — думала Ира. Ей было жаль, что нельзя с ним обсудить полезную информацию, но потраченного на это времени жаль не было. Кузнецова знала уже: никакое знание не пропадает. Через два дня Саша будет так же серьезно и увлеченно говорить о торговле лесом или нефтью, но это его легковесность не вызывала у нее отторжения. «Чего это я хочу? Мы только школу окончили! Нельзя же требовать от человека четкого планирования и постоянства!» — думала Ира. О себе она говорила редко, ей казалось, что яркому и удачливому Быстрову совершенно не интересны ее мелкие заботы и планы. К тому же бесконечный глянец, который, казалось ушел в небытие, научил женщин подстраиваться под мужчин. Ира сама того не заметила, как пошла наперекор себе и признала главенство Быстрова. Теперь все эти встречи и разговоры крутились вокруг него. Во всяком случае, она никогда ни на чем не настаивала и почти не спорила с парнем. Впрочем, Ире хватало чутья и сообразительности делать так, чтобы эта податливость не выглядела покорностью. Их диалоги выглядели примерно так:

— Мне не нравится, как переделали старую набережную! — говорил Быстров.

Кузнецова после короткой паузы — вроде она размышляет — отвечает ему:

— Мне всегда казалось, что чугунные ограды придают вес и солидность. Но если присмотреться, то, похоже, ты прав. Надо было что-то другое придумать.

Так Кузнецова и льстила ему, и сохраняла лицо. По реакции Быстрова она видела, что попала в цель, угадала линию поведения. Ему нравилось, что к нему прислушиваются и серьезно относятся к его суждениям. «Ну а если быть до конца откровенной, он по большей части прав!» — убеждала себя Ира.

Наконец закончились экзамены. Они оба стали студентами. Ира понимала, что Саша поступил благодаря своим успехам в спорте, для него это был довольно формальный шаг, и в исходе он совершенно не сомневался. За себя Кузнецова особенно не боялась, была уверена. Попав в общий настрой, она, конечно, немного попереживала, у дверей аудитории охала и бегала курить в парк, но когда дело доходило до самих ответов, Кузнецова старалась отвечать спокойно. Впрочем, произошел эпизод, который озадачил Иру, а потом заставил рассмеяться.

Последний экзамен был самым трудным, народ особенно волновался. Ира накануне просмотрела все темы, удостоверилась, что пробелов нет. Спала она спокойно, встала вовремя и в десять часов была уже в институте. Когда она вошла в аудиторию, оказалось, что там только один преподаватель.

— Здравствуйте, — сказал он. В этот момент Ира запнулась, задела ногой стул и чуть не упала. Преподаватель внимательно посмотрел на нее.

— Волнуетесь? — спросил он вместо приветствия.

— Э-э-э, — только и смогла ответить Ира, потому что очень больно ударила ногу.

— Волнение — плохой помощник, — сказал преподаватель.

Ира кивнула и поспешила занять первый стол. Всего их было четыре. «Сейчас он пригласит еще троих, а потом предложит взять билеты», — подумала она. Но преподаватель никого не пригласил. Более того, когда кто-то заглянул в дверь, преподаватель вежливо попросил подождать.

— Ну, все? Успокоились? — улыбнулся он Ире.

Кузнецова кивнула — не объяснять же, что мизинец из-за этого стула болит.

— Пожалуйста, возьмите билет, — сказал преподаватель.

Кузнецова вытянула билет, показала преподавателю.

— Готовьтесь, — кивнул он.

Кузнецова села на свое место, еще раз прочитала вопрос и... похолодела. Она не учила эту тему. «Господи, как это получилось?! Я же все вчера повторяла?» — Ира была в ужасе. Она даже представить себе не могла, что такое с ней может случиться. «Это все Быстров. Это все эти прогулки! Что же делать?!» — думала она.

— Все хорошо? — спросил преподаватель.

— Да, да, — пролепетала Ира, хотя ее вид говорил об ином.

Преподаватель поправил на своем столе книги, потоптался, нерешительно покашлял и обратился с Кузнецовой:

— Я должен отойти. Меня срочно просят подойти в деканат. Я вас оставлю...

— Да, — растерялась Кузнецова.

— Но я должен вас закрыть. Понимаете, экзамен...

— Закрывайте, — махнула рукой Ира.

— Хорошо. Вот ваши бумаги, вы оставили на столе.

С этими словами преподаватель положил перед Ирой тоненькие книжицы. Они были изданы в институтской типографии.

— Это... не...

— Ваше, да. Я буду минут через двадцать. — С этими словами преподаватель покинул аудиторию. Кузнецова все быстро сообразила и, полистав брошюры, накатала ответ. Преподаватель вошел как ни в чем не бывало уселся за свой стол.

— Ну-с, я готов вас слушать.

На экзамене Ира получила пять.

Эту историю Кузнецова рассказала Быстрову. Тот усмехнулся:

— Что тебя удивляет? Очень красивая девушка пришла сдавать экзамен. Почему бы не помочь?

— Да брось ты! — отмахнулась Ира.

— Только не говори, что ты не понимаешь, в чем дело!

Ира покраснела, словно ее поймали на лжи.

— Я так испугалась, растерялась. Он просто пожалел меня.

— Была бы некрасивой, не пожалел бы, — отрезал Быстров.

«А он ревнует!» — вдруг догадалась Кузнецова.

Они встретились уже студентами.

— Поздравляю, — сказал Быстров и вручил Ире маленькую смешную брошку в виде двух играющих собачек.

— Ой, — зарделась та, — спасибо, а я тебе ничего не приготовила.

— А я бы и не взял, — спокойно ответил Быстров. — Это женщинам дарят подарки. А мужчины сами себе все добывают.

— Ну, по-разному бывает. У мужчин же дни рождения, например, тоже бывают, — отреагировала Ира. Ей было приятно такое внимание. Она вообще была рада, что спустя месяц регулярных встреч отношения между ними становятся все ближе. И за руку он ее берет, и слегка обнимает за плечи, и заботится, чтобы не замерзла. Как бы невзначай поправляет волосы, заправляя локон за ухо. От этих прикосновений Иру бросало в дрожь. Ей очень хотелось ответить таким же ласковым жестом, но нерешительность и даже стыд сковывали ее. «Какая же я дура! Весь наш класс переспал друг с другом, а я...» — корила она себя, хотя и не была до конца уверена в таком полномасштабном падении нравов. Но самым сложным было забыть про Ежову. Поначалу Ира старалась не думать, что делает Марина, когда они с Быстровым проводят вместе целые вечера. Потом Кузнецова себя уговорила, что Быстров объяснился с Мариной и теперь их ничего не связывает. Когда же их прогулки приобрели откровенный романтический оттенок, Ира сказала себе, что Ежова сама виновата, надо понимать, что все не вечно. Вот так и получалось, что ни дня не проходило без Марины Ежовой. Она присутствовала незримо, то ли укором, то ли предостережением.

Наступил август. Лето выдалось жарким, в воздухе пахло то ли сухой листвой, то ли дымом. Ира и Быстров продолжали встречаться. Даже Людмила Михайловна обеспокоилась:

— Саша приятный парень. И в школе был на хорошем счету. И все знают, что он спортсмен. Но, Ира, рано вам, рано...

— Мама! — Кузнецова зарделась. — Ты о чем?

— О том же. Вот где, скажи, Марина Ежова?

— Ты же сама говорила, в этом возрасте вечных отношений не бывает.

— Я не так сказала. Я сказала, что их никто не обещает. Но я не говорила, что самой себе надо яму копать. Ира, пусть он разберется с Мариной. Ты же понимаешь, что...

— Ты что-то знаешь? — вдруг заподозрила Ира.

Людмила Михайловна замялась:

— Я встретила ее маму. А та видела вас.

— И что?! Они больше не встречаются. Мало ли что говорит мама Марины и сама Ежова. Если один человек больше не хочет встречаться?! Что делать?

Людмила Михайловна промолчала. Только уже когда Ира лежала в постели, она сказала:

— У тебя так много всего впереди. Подумай об этом.

Кузнецова уткнулась в подушку и заплакала:

— Мама, я в него еще в шестом классе влюбилась!

Людмила вздохнула и погладила дочь по голове.

На следующий день Быстров и Ира, как обычно, встретились в центре и так же не спеша пошли блуждать. Они кружили по улицам, стараясь уйти как можно дальше от возможных встреч. И почему бы им не встречаться сразу в каком-нибудь укромном месте? Но нет, Кузнецовой казалось, если они это станут делать на глазах у людей, то встречи не будут иметь неприличный смысл. «Мы не делаем ничего плохого, мы даже не скрываемся...» — обманывала себя Кузнецова. Любовь эгоистична. Истина не нова, но каждый постигает ее, выступая либо причиной чужих страданий, либо жертвой в простой фигуре треугольника.

Ира Кузнецова опять влюбилась в Быстрова. Вернее, ей казалось, что она всегда любила Сашу. И тогда, в шестом классе, когда привязанности имеют наивный и немного смешной вид. И когда, к удивлению всех, Быстров стал постоянным спутником Марины Ежовой, она его тоже любила. Во всяком случае, ей сейчас так казалось. «Но я любила его молча, боясь показаться смешной и жалкой», — думала Кузнецова. В ее голове выстраивалась очень удобная для нее схема. Марина Ежова и эти ее с Быстровым отношения — детство и ребячество. Важно то, что происходит сейчас! Настоящее время — это реальность, с которой должны считаться все остальные. Кузнецова не была наивной дурочкой и старалась всегда поступать правильно. Но любовь смешала карты и расставила приоритеты по-своему. И постоянная оглядка на несчастливую теперь Марину Ежову сочеталась с яростным желанием завоевать Быстрова.

Но в этом не было необходимости. Быстров совершенно не скрывал того, что Ира ему нравится. Сначала он еще как-то камуфлировал это и даже иногда заговаривал о Ежовой. Дескать, он понимает, что «отношения зашли в тупик, но как сказать Марине...». Потом он перестал о ней вспоминать. Был занят Ирой.

Саша Быстров привык к вниманию. Взрослые удивлялись, какой он интересный и ловкий ребенок, мальчишки всегда выбирали его своим предводителем и позволяли верховодить, девочки строили ему глазки и тихо влюблялись. Понятно, в детстве это носило безобидный, озорной характер, а в четырнадцать лет превращалось в дружбу-влюбленность. Никто никогда не понимал, почему самый красивый и успешный мальчик обратил внимание на бесцветную, полноватую и очень тихую девочку. Марина Ежова всегда была на обочине школьной жизни. Но, что удивительно, внимание Быстрова она восприняла как должное. Без глупых ужимок, сплетен и зазнайства. В седьмом классе она повела себя так, как иные взрослые девушки не ведут. Школа сплетничала и потирала руки в предвкушении «трагедии расставания». Но его не произошло. В конце девятого класса школьники стали любовниками. Внешне все оставалось таким же невинным — встреча на перекрестке, вместе в школу и из школы, выходные тоже вдвоем. А если Быстров уезжал на сборы, Марина писала ему письма. Одно из них обнаружил отец Быстрова и устроил выволочку сыну. «Тебя посадят, она несовершеннолетняя!» — кричал. «Я тоже», — спокойно заметил сын. Что происходило в семье Марины, никто не знал. Ежова всегда была сдержанна и спокойна. В учительской школы этот роман вслух старались не обсуждать. Озвучить проблему означало признать ее. Тогда пришлось бы как-то реагировать. А как? Никто не знал. Не беседы же о возможных последствиях проводить? Поэтому все делали вид, что ничего не происходит. Школа вздохнула с облегчением, когда Быстров и Ежова станцевали вальс на выпускном. К облегчению примешивалось любопытство — а что же будет дальше?

А дальше случилось неожиданное. Саша Быстров на одном из уроков оглянулся назад, встретился взглядом с Ирой и обнаружил, что она превратилась в красавицу. «Как я ее не замечал?!» — с недоумением спросил себя Быстров, и Марина Ежова отошла на второй план. Наверное, они расстались бы незамедлительно, если бы не удивительная способность Марины не замечать очевидное и неприятное. А уж коли заметила, то постараться не реагировать. Поэтому, прекрасно зная о прогулках Быстрова, она делала вид, будто ничего не изменилось.

Как часто это бывает, Саша сначала порывался решить проблему одним махом. «Я с ней встречусь и скажу, что больше мы встречаться не будем!» — думал он, но ничего не предпринимал. Сказать правду, глядя на безмятежное красивое лицо Ежовой, смелости не хватало. Марина была так же приветлива, ласкова, заботлива. Потом Быстров стал ставить себе сроки. «Сразу после вступительных экзаменов все ей скажу!» — решал он. Но прошли вступительные, лето двигалось к концу, а Быстров по-прежнему проводил вечера с Ирой, Марина же ждала, вопросов не задавала, делала вид, что все по-прежнему. В конце концов малодушный Быстров себе сказал: «Ну что, она сама не догадается? Взрослая же! Не ребенок!» На этом он и успокоился и никаких угрызений совести и душевного неудобства больше не испытывал. Его теперь волновала только Ира Кузнецова. Он радовался, что она никуда не уезжает, остается в их городе, поэтому можно будет видеться. «Понятно, я буду уезжать на сборы, но возвращаться-то буду сюда. Она станет меня ждать», — планировал он, но тревога присутствовала. Быстров не был уверен, что Кузнецовой он нравится: «Она красивая. Очень красивая. На улице обращают внимание». Эта неуверенность породила активность. Быстров, зная, что наступит сентябрь и он уедет, удвоил усилия. Теперь он приходил на свидания с букетами цветов, они не скрывались больше, а частенько сидели в кафе в самом центре города. О том, что они встречаются, теперь знали все. Родители Иры очень переживали. Быстров им нравился, но они не хотели раннего брака для дочери и в уме держали Марину Ежову. «Мама, это же очень глупо! Наверняка до тебя у папы был кто-то еще. Это же у всех так бывает!» — как-то сказала Ира. Людмила Михайловна только вздохнула. Она не могла толком объяснить, почему так тревожится из-за этих отношений с Быстровым. Она видела, что дочь влюблена по-настоящему, как взрослая женщина.

А Ира была счастлива. Этим летом в ее жизни все складывалось максимально благоприятно. Она прекрасно окончила школу, поступила в институт, в нее влюбился красивый и талантливый Быстров. Еще полгода назад она и вообразить такое не могла. Ира была так счастлива, что позволила себе мечтать. «Замуж за Быстрова? Да! И что бы там мне ни говорили!» — эта мысль не покидала ее.

В конце августа родители Иры уехали в деревню. Когда-то там был дом каких-то дальних родственников. Теперь вместо него стояла большая хозяйственная постройка — в ней можно было переночевать летом. Еще там имелся огород, малинник и пяток низкорослых яблонь. Родители туда уезжали собрать урожай и просто немного отдохнуть. Когда Ира была поменьше, ее брали с собой. Теперь она ехать туда отказывалась. «Что там делать? Помочь — помогу. Но один только день. Потом в город вернусь!» — говорила она родителям. На этот раз она отказалась ехать совсем.

— Не хочу, мам! У меня скоро начинаются занятия. Скоро вообще никуда не смогу вырваться. Я хочу остаться в городе.

— Я даже знаю почему, — проворчала Людмила Михайловна.

— И почему же? — с вызовом спросила Ира. Намек она поняла, и он был ей неприятен — мать была недалека от истины.

— Ира, ты все сама понимаешь. Я тебе сейчас только советы могу давать.

— Мама, я вполне взрослый человек, — сказала Кузнецова.

— Ты только вчера окончила школу, — напомнила ей мать.

— А через год ты скажешь, что я школу окончила только год назад. Мам...

— Хорошо, оставайся. — Людмила Михайловна вздохнула.

Родители уехали в пятницу в шесть вечера. В семь вечера Ира позвонила Быстрову.

— Саша, приезжай ко мне.

— Что-то случилось? — обеспокоенно спросил Быстров.

— Ничего. Только я свободна целых два дня, — рассмеялась Ира. Она хотела было сказать, что квартира свободна целых два дня, но постеснялась, это прозвучало бы уж слишком откровенно.

— А... да... — Быстров даже дар речи потерял.

— Кстати, купи по дороге хлеб. И яблоки... — попросила как ни в чем не бывало Кузнецова.

— Да, конечно! А может, что-нибудь еще? — с готовностью отозвался Быстров.

— Да нет, все есть, — ответила Кузнецова и повесила трубку. «О господи, главное, чтобы теперь ничего не случилось! — подумала она. — Не вернулись родители, не торчали в окне соседки, и Быстров не заблудился!» Ира первым делом помчалась в душ, потом она красила глаза, выбирала домашнюю, но при этом стильную одежду. Соблазнительного домашнего наряда она не нашла и в результате встречала Быстрова в коротких джинсовых шортиках и клетчатой рубашке. Еще Ира быстро навела на кухне порядок. Постелила на стол скатерть, поставила тарелки, положила приборы. Меню на этот случай она придумала давно — омлет по ее собственному рецепту и салат из огурцов и зелени. «Потом чай или кофе. И конфеты». — Ира удовлетворенно оглядела кухню. Все было нарядно, аппетитно, уютно. Еще у нее были приготовлены бокалы, а вино у родителей всегда стояло в шкафу. «Я ему предложу, если не откажется, можно выпить по бокалу!» — решила она. Когда все было готово, Кузнецова прошлась по квартире. От волнения у нее даже руки холодными стали. Она была уверена, что очень скоро они окажутся наедине, и ей надо будет решиться на шаг, который Марина Ежова сделала еще в девятом классе. «Господи, опять эта Ежова! — разозлилась про себя Ира. — Нет спасу никакого!»

Она еще покружила по квартире, снова заглянула на кухню, поправила зачем-то салфетки на столе, потом решила полить цветы на балконе, но в этот момент раздался звонок в дверь.

Кузнецова замерла, услышала собственное сердце. «Если это случится, то пусть произойдет здесь, в моей комнате, на моем диване. А не где попало!» — подумал она и тут же мысленно назвала себя дурой. В это время в дверь позвонили еще раз. Ира кинулась открывать.

— Привет, — на пороге стоял Быстров с полными пакетами. Из одного выглядывал длинный хвост зеленого лука.

— Это что? — оторопела Ира.

— Ты же сказала зайти в магазин.

— Да, но...

— Слушай, я ничего особенного не купил.

— Деньги... Неудобно. Я тебе отдам. У меня как раз есть. Ты же знаешь, у меня есть своя страница...

Про интернет-страницу Кузнецовой знали многие. Там она с некоторых пор писала о том, как можно решить всякие бытовые и коммунальные проблемы. Разыскивала всякие постановления и объясняла, как и куда

писать жалобы. Казалось бы, нехитрое дело, но странич-
ка очень быстро стала популярной, и рекламодатели потихоньку стали там размещать свои материалы. Денежки
от этого Ира тратила на всякую девичью ерунду.

— Я знаю. Но я тоже не сижу на шее у родителей, —
заметил Быстров.

— Я в курсе, — кивнула Ира.

— Так куда сумки-то? — Быстров потряс пакетами.

— Давай на кухню. Разбирать будем.

Они прошли на кухню Быстров огляделся:

— Здорово у вас. И скатерть такая... У нас почему-то
клеенка лежит на столе.

— Скатерть уютнее. И красиво. А стирает все равно
машинка, — улыбнулась Ира.

Кухня в квартире Кузнецовых была маленькая, и
впервые в жизни Ира порадовалась этому обстоятель-
ству. Они стояли у стола, почти касаясь друг друга.
Казалось, это мгновение промелькнет — и они начнут
странную хозяйственную деятельность. Из пакета по-
явятся лук и яблоки с красными боками... Но Быстров
повернулся к Ире и обнял ее. Потом поцеловал. Не так,
как это он делал раньше, на улице — легко, мельком, немного небрежно, почти по-родственному. Нет, он сейчас
целовал ее долго, сделав больно губам. Но Ира не отстранилась. Она обняла его и постаралась ответить. Потом почувствовала, как его руки поднимают ее рубашку.
«Надо расстегнуть...» — пробормотала она, но Быстров
справился и с рубашкой. Когда он целовал ее плечи и
грудь, она уже почти ничего не соображала. Только гладила его волосы и вдыхала запах... свежего зеленого лука, который лежал рядом на столе и который никто и не
думал доставать из пакета. Как они добрели до ее комнаты, как оказались на ее диване — Ира хорошо помнила.
Она словно фотографировала каждое движение. Только

вот, когда лицо Быстрова оказалось над ее лицом, когда она не смогла пошевелиться под тяжестью его тела, тогда она закрыла глаза...

— Я себе представила, что сейчас вернутся родители, — проговорила Кузнецова. Ее голова лежала на плече Быстрова.

— Да, будет сцена. Но, если это случится, может, оно и к лучшему... — проговорил тот.

— Что ты имеешь в виду?

— То, что рано или поздно они обо всем узнают. Так вот лучше, когда рано.

— Да, не чувствуешь себя виноватой. И не боишься, что узнают.

Быстров промолчал. Потом он обнял Иру и спросил:

— Ты такая красивая. И ты ни с кем не встречалась?

— Вообще-то я училась И к экзаменам готовилась. Некогда было.

Именно сейчас Ире захотелось задать ему вопрос о Марине Ежовой. Но это было страшно сделать после того, что сейчас случилось. Ира обвела взглядом свою комнату и подумала, что ее самостоятельная жизнь начинается совсем неплохо. Она — студентка, у нее отношения с красивым парнем, он стал ее любовником. «Ну, что ж... я совершенно счастлива. Я люблю, меня любят...» Ира даже рассмеялась.

— Что это ты? — подозрительно спросил Быстров.

— Ничего. Это я про себя. Мне ужасно хорошо. Понимаешь, как будто кто-то подслушал меня — все, как я мечтала.

— Ты и обо мне мечтала? — улыбнулся Быстров.

— С ума сошел! Я мечтала, что ты зеленый лук принесешь, — рассмеялась она.

— Кстати, — невозмутимо произнес Быстров, — там, кроме лука и прочей ерунды, еще и мороженое было.

— Так оно уже не мороженое! — воскликнула Ира.

— О чем и речь.

Эти два дня они провели прекрасно. Из дома они не вышли ни разу. Зато вместе готовили ужин, выпили немного вина, заморозили растаявшее мороженое и сделали из него молочной коктейль. Они спали, разговаривали, занимались любовью, Кузнецова показывала свои фотографии, потом Быстров рассказывал о соревнованиях. Они пили чай, сидели на кухне и смотрели, как жаркая летняя ночь сменяется свежим утром. Ира была счастлива, Быстров — тоже. Во всяком случае, он сам так сказал. В воскресенье в три часа дня Ира выразительно посмотрела на часы и вздохнула.

— Пора.

— Расходиться?

— Да.

— А давай мы тут все приберем и пойдем гулять. Свежий воздух полезен для организма. А мы с тобой сутки не выходили на свет, — сказал Быстров

— А давай! — согласилась Ира.

Они быстро навели порядок в и без того чистой квартире и отправились гулять.

Им везло в эти выходные — соседок они не встретили, знакомых — тоже. Город вообще был пустым — близился новый учебный год, и все отправились в короткие отпуска. Быстров и Кузнецова гуляли, пока ноги не стали гудеть. Они теперь не болтали без остановки, боясь, что пауза может их разлучить, они могли теперь молчать. И это молчание было любовное, интимное, сокровенное.

— Мне надо быть дома не поздно. Чтобы родители не волновались, — сказала Ира.

Быстров расстроился и проводил ее до дома.

В квартире пахло яблоками, укропом и смородиновым листом.

— Молодец какая, — похвалила ее мать, — в доме порядок, еды наготовлено. А ты гуляла?

— Да, немного. С Быстровым. — Полуправда иногда прекрасный выход из положения.

— Ты Сашу своего, Быстрова, как-нибудь пригласи к нам, — предложила Людмила Михайловна, — а то вы все ходите по улицам...

— Обязательно, — сказала Ира и покраснела, — только, по-моему, у него сборы скоро.

В понедельник Ире позвонили из института и попросили срочно зайти в деканат — там не могли найти копию какого-то документа. Кузнецова помчалась в институт. В деканате она пробыла часа три — сделали копию, потребовалась подпись, нужного сотрудника не было, она его дожидалась, появились вопросы. Наконец все было улажено, но Ира встретила тех, с кем сдавала вступительные. Поболтали, посмотрели аудитории, расписание, обсудили новости, посплетничали о преподавателях, познакомились с ребятами из другой группы. Домой Кузнецова собралась только в четыре часа дня. Она вышла из здания института в прекрасном настроении и только теперь вспомнила, что Саша Быстров еще ни разу сегодня не позвонил. «Да у меня телефон, наверное, выключен. Или звук!» — охнула она и полезла в сумку. Телефон работал, звук был на максимуме. Ира посмотрела — не было ни одного входящего звонка. «Так, сеть «упала»! — догадалась она. — Не может быть, чтобы ни мама, ни отец не позвонили ни разу. И уж тем более Саша. После...» При воспоминании о том, что было вчера у них с Быстровым, Ира даже покраснела. «Господи, как же я его люблю!» — подумала она и перезагрузила телефон. Аппарат погас, потом опять заиграл красками. Но ни одного сообщения о том, что ей кто-то звонил, по-прежнему не было. Тогда Ира набрала телефон матери:

— Мама, ты мне не звонила?

— Нет, — удивленно ответила Людмила Михайловна, — а что?

— Нет, все нормально, просто телефон что-то барахлит, — упавшим голосом ответила Ира.

Итак, уже был почти вечер, но ни разу Быстров ей не позвонил.

«А что такого?! — воскликнула про себя Ира. — Дела, мало ли, тренер вызвал. Занят. Институт... Вот как меня сегодня... Да я и сама могу ему позвонить...»

Ира опять достала телефон. Но не позвонила. Она решила еще немного походить по улицам. Казалось, она встретит Быстрова. Он скажет, что никак не может дозвониться до нее. «И все дела...» — подумала Ира.

Сделав пару кругов по центру, она совсем погрустнела. Во-первых, устала, во-вторых, была совершенно растеряна. «Почему? Что же случилось? Может, я просто с ума сошла? — задавала она сама себе вопросы. — Почему же я решила, что он должен сегодня позвонить?! Да, но он в день звонил по десять раз! А тем более вчера мы...»

Ира дошла до магазина отца. Там было много покупателей, она покрутилась и вышла. «Все, надо идти!» — Ира повернула в сторону дома. В окне первого этажа висела соседка:

— Ирка, кто в субботу к тебе приходил? Парень какой-то?

— Доставка продуктов, — коротко ответила Кузнецова и нырнула в подъезд. Соседка думала над ее ответом: «Ну да, парень с сумками был. Но когда выходил-то, я и не заметила... Наверное, стирала как раз».

Людмила Михайловна лепила вареники. На столе в кухне была все та же скатерть, которую Ира постелила перед приходом Быстрова.

— Знаешь, я еще куплю пару таких. Будем пользоваться. Кухня очень симпатичная стала с ней.

— Угу, — буркнула Ира. Ей хотелось плакать.

— Ужинать будешь? Сейчас вареники будут, — сказал мать.

— Мам, я с утра в институте была. Столько там всего... Я ужасно устала, пойду полежу, а может, и поспло.

— Да, хорошо, я тебе ужин под салфеткой оставлю.

— Спасибо. — Ира готова была заплакать. Ее любили все — родители, однокурсники... И только Быстров ей не позвонил сегодня.

Она закрылась в своей комнате, легла на постель и затихла.

Через два дня начались занятия в институте. Ира Кузнецова приезжала на лекции первой. Она тщательно все конспектировала, задавала вопросы и вообще была самой активной студенткой. Еще она записалась на факультативы и на семинары. Кто-то в учебной части удивился:

— Ты когда все успеешь?

— Успею, — отрезала Ира, — у меня много свободного времени.

И она успевала. Не надо было бы спать, она бы и ночью что-нибудь делала. Только чтобы не думать о Саше Быстрове, который после той их встречи так и не позвонил. Ира не искала встреч с ним, не звонила одноклассникам, чтобы узнать какие-нибудь новости или сплетни.

Догнать любовь

Она не нашла объяснения этому странному молчанию и исчезновению. И не искала. Внешне казалось, что она забыла о нем, вычеркнула его из памяти. И никто не догадывался, что с ней происходит. Только однажды Людмила Михайловна, посмотрев на дочь, сказала:

— Я же говорила — маленькие вы еще. Школу-то только вчера окончили.

— Да, мам, ты была совершенно права, — спокойно ответила Ира.

ЧАСТЬ ВТОРАЯ

Июнь и июль для Новгородцевых промелькнули мгновенно. Дел было много, а потому некогда было отмечать даты на календаре.

Квартира на Черной речке им понравилась — не такая запущенная, чтобы делать глобальный ремонт. Удобная планировка, приличные соседи и вполне себе спокойный район. Елена Владимировна договорилась с риелтором, сопровождающим сделку, что все документы они оформят сейчас же, в этот их приезд.

— Понимаете, за деньги, которые мы потратим на переезды туда-обратно, мы купим часть бытовой техники, — поясняла она.

Алина опять морщилась — ей была неприятна откровенность матери. «Почему нельзя просто сказать: «Нам удобно оформить все сейчас». И точка. Солидно, весомо. Нет, надо обязательно рассказать о своих обстоятельствах». Вообще, Алина невольно отмечала все промахи и неловкости, которые допускала Елена Владимировна. Новгородцева постоянно одергивала мать и делала ей замечания. Особенные придирки вызывала одежда. Елена Владимировна в поездку взяла с собой минимум вещей и одну пару обуви — кроссовки. Хозяйственно-полуспортивный вид никак не шел ей. Казалось, что она приехала на рынок продавать мясо.

— Мама, с твоим типом внешности надо носить особенно элегантную одежду.

— А какой у меня тип? — удивилась мать.

— Такой, деревенский. И эти волосы... Давно надо было стрижку сделать.

— За ней ухаживать надо. А мой график работы и жизни не позволяет такой роскоши. Времени у меня на парикмахерские всегда мало было.

— Неправда это. Тебе кажется, что в этих длинных волосах твоя индивидуальность, — жестко ответила Алина, — так всегда бывает. Человек вобьет себе в голову ерунду и свято верит в нее. А на самом деле...

— На самом деле, дочка, у тебя плохое настроение и ты пытаешься меня обидеть, — спокойно произнесла Елена Владимировна. Алине стыдно не стало, и маму она не пожалела. Только расстроилась, что ее раскусили.

Да, настроение у нее было плохое. Пока мать договаривалась с нотариусом, риелтором и открывала счет в соседнем отделении Сбербанка для совершения сделки, Алина пыталась дозвониться до Саши Быстрова. Ей хотелось с ним поговорить, рассказать о том, что она скучает по Красноярску и даже представить не может, что будет делать в Питере, где нет знакомых. Еще она собиралась ему сказать, что, если он будет на сборах в Питере или рядом, пусть обязательно сообщит — они могут встретиться. Алина раз десять набрала номер мобильного, но ей сообщали, что телефон абонента отключен. На какой-то момент ей пришла в голову шальная мысль, что Быстров летит в Петербург, поэтому телефон молчит. «Я просто дура! — мысленно одернула себя Новгородцева. — С чего я взяла, что он сюда прилетит?» Алина походила по улицам, посидела в сквере, вышла к сфинксам на Невке. Она постаралась свыкнуться с мыслью, что все это — теперь ее окружение, ее жизнь. Теперь, когда у нее плохое настроение, она не в лес сбегать станет, а будет ходить среди этих красивых старых домов или уезжать на море. У нее было странное чувство — они с матерью перебирались туда, где было визуальное многообразие, а пища для ума и души имелась в неограниченном количестве. Она сожалела, что этого не произошло раньше — хотелось стать своей в этом мире. Но детская память не отпускала то, что было видно из окна ее деревенского дома. И, наверное, сама того не подозревая, в Быстрове она видела кусочек той жизни. Она сидела на парапете у зеленого сфинкса, когда зазвонил телефон.

— Это ты?! — ответила она, не посмотрев на номер.

— Ты что так кричишь? — раздался голос матери. — И вообще где ты?

— Недалеко.

— Завтра сделка. Я решила, что мы пробудем тут неделю, или сколько там надо, чтобы получить ключи, и уже тогда полетим за Байкой.

— Да, за Байкой, — вдруг растрогалась Алина, — она думает, что мы ее бросили.

— Дочка, перестань. Я сама переживаю, как она без нас.

— Мама, я сейчас приду. Ты же в отеле?

— Да, я только вернулась.

— Вот. Подожди меня. Мы с тобой пойдем просто гулять. Надо привыкать к этим местам.

Елена Владимировна удивилась — что-то в голосе дочери поменялось. «Она расстроена. Скучает. Она — между небом и землей. Оттуда еще не уехала. Сюда еще не переселилась. Ну, ничего. Теперь все будет, как должно быть», — думала Елена Владимировна и тут же с сожалением воскликнула:

— Зачем мы ее в этот интернат отдали?! Почему все вместе в город не переехали!

Тот вечер запомнился им обеим — перед ними был город, с которым предстояло породниться. А потому необходимо было стать доброжелательными, внимательными и снисходительными. Ибо стать родным и близким можно, только приложив усилие.

Покупка прошла без проблем, получение документов и ключей — тоже. Как только это свершилось, Алина с матерью вылетели в Красноярск. И хотя перелет был долгим, а вся дорога — тяжелой, они сразу же поехали в деревню. Сосед Юра Шелепихин уже лег спать, когда они постучали к нему в окно.

— Юра, извини, мы за Байкой, — проговорила Елена Владимировна. А в ответ из дома донеслись повизгивание и лай, было слышно, как упал стул, раздался топот, потом опять повизгивание.

— Мама, она нас ждала! — Алина чуть не плакала. — Мам, а может, мы не должны уезжать... Мы же так будем скучать.

Елена Владимировна обернулась:

— Нет, мы уедем. Так надо. Давно надо было это сделать. Мы уезжаем. А Байка поедет с нами.

Через месяц, собрав все собачьи справки и документы, они втроем вылетели в Петербург. Это дорога была еще тяжелей. Но собака вела себя прекрасно, словно понимала, что от ее поведения зависит ее судьба, ведь недовольные придирчивые люди могут запретить ей лететь самолетом или не пустить в поезд. Байка словно осознала серьезность ситуации, а потому забыла про лай и не капризничала в еде. В Петербург она прибыла похудевшей, но целой и невредимой. Как только они ступили на невскую землю, Алина сказал матери:

— Мама, погоди! Собака заслужила угощение!

Елена Владимировна согласилась, и тут же была куплена и отдана Байке самая большая и аппетитная сосиска в тесте. Собака благодарно заглотила лакомство и прижалась к ногам Алины.

— Добро пожаловать домой! — сказал та, потрепав псину по голове.

Новоселье они справляли на чемоданах. Ремонт делали постепенно. В одной комнате жили, другую ремонтировали. Елена Владимировна прикинула, сколько осталось денег, мысленно поблагодарила покойного мужа за экономность и предусмотрительность — после покупки квартиры у них оставались деньги на жизнь. Ну, при условии, что они будут жить скромно. К тому же Елена Владимировна переводом устроилась в ближайший детский сад.

— Вот, буду педагогом в старшей группе. Платят немного, но все же это заработок.

Алина пожала плечами. Ей показалось странным, что мать довольствуется любой работой, а не идет устраиваться в школу, в лицей, в какое-нибудь серьезное или известное учебное заведение. Нет, похоже, она выглянула в окно, увидела здание районного детского сада и решила далеко не ходить. «А как же мечта? Работа, которая нравится?» — подумала Алина. Вслух же она сказала:

— Мама, знаешь, в нашем интернате меня однажды назвали дочерью Корейки?

— Корейки? — переспросила Елена Владимировна.

— Ну, тот, который миллионер. Ильф и Петров.

— Ах, забавно! Но почему?

— Потому что мы квартиру в Петербурге покупаем. И все знают теперь, что сколько стоит. Откуда у нас деньги?

— Отец хорошо зарабатывал. Мы почти ничего не тратили. Понимаешь, в деревне не на что тратить. В отпуск мы ездили раз или два. Мебель у нас была старая. Я не любила наряжаться — в деревне нравы простые.

— А я училась в интернате на всем готовом.

— Неправда. Тебе мы ни в чем не отказывали. У тебя были самые дорогие беговые лыжи, которые можно было достать в Красноярске. А у нас лыжный край, где знают толк в этих вещах.

— Все равно. Эта квартира стоит миллионы.

— «Волга» тоже стоит миллионы. А конкретно — два с половиной. Прибавь к этому папины накопления. Он откладывал в валюте. А сейчас курс какой? Знаешь, не переживай. И не обращай внимания на идиотов. Мы не воровали. Твой отец был известен на всю область. И никто плохого о нем не сказал. Ни при жизни, ни после смерти. И потом, мы не шикуем. У нас второй этаж старого дома. Маленькие две комнаты. Спасибо бывшим владельцам, они аккуратными были. Поэтому мы — не Корейко, мы — Новгородцевы.

— Да, и все равно... Я даже не знала, что у нас такие деньги были.

— Мы тебя в чем-то обижали? Игрушек не было? Карманных денег? Одежды хорошей?

— Да нет, мама. Все было хорошо. Только, живя в деревне, в старом доме, который топили дровами и углем, я и подумать не могла, что у нас есть миллионы.

— Их собирали для такого вот случая. Чтобы ты выросла и смогла жить в красивом городе. Знаешь, совсем не поздно переехать, если тебе вот-вот будет двадцать лет.

— Мама, мне уже девятнадцать.

— Двадцать уже не за горами, — улыбнулась Елена Владимировна и добавила: — Подойди, я тебя поцелую. Мы с папой очень тебя любили. И никого дороже у меня нет.

Алине стало совестно. Сколько раз в мыслях она упрекала родителей. Причем маму больше, чем папу. Отец в ее глазах был энергичным, успешным. Он всегда улыбался и вечно был в движении. И с ней, с Алиной, он быстро находил общий язык — любые темы можно было обсудить с ним. Елена Владимировна была в первую очередь школьной учительницей. Алине она казалась слишком правильной. Не строгой, но нотки менторства мешали дочери быть с матерью до конца откровенной. Всегда думалось, что мать тиха и без амбиций, что она — за спиной яркого и успешного мужа. Тот самый тыл, который никогда не сможет быть передовой. Но сейчас, когда Елена Владимировна практически самостоятельно осуществила этот переезд, Алина вдруг поняла, что мать — сильная женщина. И что ее стремление быть за спиной мужа — это не робость, а сознательное желание дать свободу любимому человеку и обеспечить ему душевный покой.

Елена Владимировна занималась ремонтом, Алина в это время сдавала вступительные экзамены. Собственно, она знала, что поступит — ее спортивные достижения позволяли рассчитывать на место в институте, к тому же по тем дисциплинам, которые предстояло сдавать, она занималась усиленно. Исправно посещая предэкзаменационные консультации, она присматривалась к будущим однокурсникам. «Девицы, надо сказать, все спортивные. Мышц много, вкуса — ноль!» — презрительно хмыкала Алина про себя. Ребят было меньше, но и те подверглись критике. С ней попытались познакомиться, но Новгородцева подчеркнуто сохраняла дистанцию. Впрочем, один из парней был особенно настойчив. Он всегда оказывался рядом с Алиной, на консультации рядом садиться не решался, но устраивался вполоборота неподалеку. Иногда задавал вопросы, которые были обращены не к преподавателю, а к Новгородцевой. Алина иногда отвечала, иногда не обращала внимания. Парень не отставал. Накануне первого экзамена он подошел к Алине с предложил:

— Пойдем по Невскому пошляемся?

— В смысле? — высокомерно спросила Новгородцева.

— А какой смысл может быть? — не растерялся парень. — Погуляем, город посмотрим.

— А что его смотреть?

— Ты что, питерская? — удивился парень.

Алина хотела было сказать, что она из Красноярска, из маленькой деревни, но вдруг осеклась.

— Да, я местная, — с каким-то озарением воскликнула Алина, — что мне Невский смотреть! Я нагляделась на него.

— Тогда — да, — отступился парень. — Я думал, ты приезжая.

— А что ты еще думал? — прищурилась Алина.

— Что ты бегаешь хорошо.

— На мне написано?

— Ага. Ноги. — Парень простодушно посмотрел на Алину. — Ноги у тебя такие, как у лыжниц. Наработанные. Устойчивые такие.

Новгородцева покраснела. Она ждала, что парень вот-вот скажет, что ноги у нее кривые. Но он промолчал. «Село. Просто село какое-то. Не знает, что можно говорить, а что — нельзя. Урод комнатный!» — рассвирепела Алина. Она почувствовала, что у нее горят уши.

— Слушай, давай так — ты отстанешь от меня. Не будешь мелькать перед моими глазами. Нигде. Ни на улице, ни в аудитории. Договорились?

— Ты что, обиделась?! Я же ничего не сказал. Только про ноги. Вот, у меня ноги тоже кривые. Только в джинсах этого не видно. А как костюм надеваю, так ужас какой-то, — решил «исправить» ситуацию парень.

Новгородцева даже задохнулась от злости:

— Я тебе все сказала. Вали от меня. Чтобы я тебя не видела. — Она повернулась и быстро зашагала к автобусной остановке.

Успокоилась тогда, когда уже подошла к дому. Она не сразу вошла в подъезд, сначала присела на скамеечку в углу двора. Алина смотрела, как играют дети в песочнице, как рабочие красят заборчик палисадника, как выгуливают лохматую псину. «А ведь это теперь мой дом. Навсегда», — думала Новгородцева. В ее душе вдруг исчезла тоска по детским местам и появилась радость обретения. Она именно сейчас поняла, что в ее жизни появилось нечто, что придаст ей уверенности. «Что ж, я теперь — питерская!» — самодовольно подумала Алина. Она достала мобильник и набрала номер Быстрова:

— Саш, у меня завтра первый экзамен. Еще чего. Это на соревнованиях я волнуюсь. А здесь — нет. Оно не стоит того. А как у тебя дела? О, здорово. Из наших кого-нибудь видел? Нет? Никого? Ах да, все ж готовятся, как полоумные. Ладно, пока. Позвоню... И ты звони...

Алина спрятала телефон в сумку. Она намеренно не спросила про Ежову. Она вообще делала вид, что никакой Марины не существует и Быстров не «дружит» с ней с седьмого класса. Она звонила Быстрову так, словно они были одни на свете. Новгородцева умела сделать вид, будто весь мир ее не касается. Впрочем, чувство ревности Алину настигало совершенно внезапно и безотносительно Марины Ежовой. Она ревновала к Ире Кузнецовой. Почему и откуда это чувство взялось — никто не знал. Сама Новгородцева — тоже. Но оно было и иногда мешало жить.

Алина Новгородцева стала студенткой Государственного университета физической культуры имени П.Ф. Лесгафта. Она собиралась изучать то, что отчасти уже постигла на практике — теорию и методики лыжных видов спорта. Обнаружив свое имя в списках, она позвонила не матери, а Быстрову.

— Саш, я прошла.

— Кто б сомневался. — Голос Быстрова был мрачным.

— Ну, мало ли? Всякое могло быть. Хоть я и на хорошем счету среди юниоров, но университет — это совсем другое дело.

— Между прочим, раньше это был обычный институт. С чего это он теперь университет, — зачем-то съязвил Быстров.

Алина замолчала, а потом спросила:

— Ты чего это такой? Все ок?

— А что может быть не ок? — прозвучало в ответ.

— Ладно, пока. — Алина прекратила разговор.

Такие иногда диалоги случались между ними — Быстров что-то бурчал, но Алина не отвечала резкостью, старалась не оборвать ниточку общения. Сейчас она обиделась — все же можно было поздравить ее с поступлением. «Черт с тобой! Через неделю мне уезжать. Месяц тренировок, новые места, впечатления. В конце концов и отдохнуть надо. Год был тяжелым!» — успокоила она себя.

Сборы были нервными, поскольку в квартире шел ремонт, те вещи, которые привезли с собой, стояли в коробках, новые, купленные по необходимости, были сложены по углам. Алина психовала, швыряла одежду и бросала книги.

— Возьми себя в руки, — урезонивала ее мать, — с чего ты так нервничаешь? Все же хорошо. Ты — студентка. Ремонт вот-вот закончится, едешь на сборы. Ребята все знакомые, дело твое любимое. Места новые и, говорят, очень красивые. Почему ты такая злая? Что-то случилось?

Алина промолчала. Она не хотела говорить матери, что Саша Быстров уже пару дней не отвечает на ее телефонные звонки. Сама Алина раз пять давала себе слово не звонить ему, но вдруг что-то такое происходило, и она посылала вызов.

— Мама, я просто боюсь что-то забыть, — соврала Алина и пообещала: — Я больше не буду. Извини.

Их самолет улетал из Москвы рано утром. Алина провела ночь в поезде и приехала в Шереметьево раньше всех. В еще не заполненном людьми аэропорту она устроилась в кресле и вдруг обнаружила, что совершенно спокойна. Ей наплевать на Быстрова, который так и не ответил и не перезвонил ей, она не вспоминает школу, которую только что окончила, а вступительные экзамены, казалось, вообще прошли почти незамеченными. Сейчас у Алины было только настоящее и ближайшее будущее. Она с удовольствием окунется в атмосферу соревнований, изматывающих тренировок, небольших, но важных побед над собой и своим телом. И от этого ей станет легко и спокойно. Алина купила в автомате кофе и стала ждать свою команду.

Самолет кружил над красными крышами и квадратами полей. Поля были красивыми — желтыми или бледно-зелеными.

— Рапс выращивают, — пояснила Оля Семенова. Она была из Липецка, родители ее были агрономами.

— Здорово. Почему у нас его не выращивают?

— Выращивают. Но не в таких масштабах.

— Семенова, почему ты не поступала в сельскохозяйственный? Ты же из сухой ветки можешь ананас вырастить!

— Ладно тебе. Может, еще и поступлю. А сейчас пока побегать хочется.

— Вот и мне тоже, — сказала Алина, — азарт, что ли, это? Или уже не представляешь себя без нагрузок? Знаешь, как допинг.

— И это. Спорт — это образ мыслей. Хоть и костерят спортсменов за безголовость.

— А, это в любом деле. Хоть врач, хоть инженер, хоть спортсмен.

— Верно. Но я бы хотела поучиться. Нет, со спортом не буду связываться. Скорее пойду как родители.

— Правильно. Из тебя отличный специалист получится.

— И замуж выйду потом, позже. Ты знаешь, я терпеть не могу эти скороспелые свадьбы.

Семенова попала в точку. Алина рывком повернулась к подруге:

— Вот-вот. Это просто какой-то бред — ранняя семья. На что жить? Как работать? Как учиться?! Это какими мозгами думать надо, если на такое пойти?

— Не мозгами, другим местом, — рассмеялась Семенова.

— Да, именно. Ненавижу таких, — с чувством произнесла Новгородцева.

Семенова покосилась на нее:

— Ты про кого это...

— Есть там одна. Глаза коровьи, сама как буренка. И тихая такая. Словно сено жует.

— И что?

— А то, что парня хорошего зацепила и держит, как клещ. Понимаешь, я так и представляю, как ему хреново!

— Да ладно. Было бы хреново — не имел бы с ней дела. А так...

— Нет, — замотала головой Алина, — не все способны вот так сразу отношения порвать. Есть люди, которые нерешительны, боятся обидеть.

— Ну, такие тоже есть. — Семенова сочла за благо согласиться, поскольку Новгородцева разгорячилась не на шутку.

Тем временем самолет подкатил к «трубе», и пассажиры стали подниматься со своих мест.

— Так, проходим контроль, получаем багаж и стоим на выходе. Мне уже позвонили. Автобус нас ждет, — раздался голос тренера Ульянкина.

— Сразу на базу поедем? — раздались голоса. — Может, в городе задержимся?

— Сразу, — оборвал гомон Ульянкин, — а город успеем посмотреть. Как-никак месяц здесь будем.

Формальности прошли быстро, багаж получили, и наконец все уселись в автобус.

— Знаешь, я в Германии не была ни разу, — сказала Семенова, которая опять была соседкой Алины.

— Я была. Только неделю. В Берлине. Там спортивные школы соревновались. От нашей — я выступала.

— И как? — поинтересовалась Семенова.

— Нормально. Была третьей, но для того периода это было неплохо.

— Да нет же! — отмахнулась Оля. — Я про Берлин. Как город?

— А я знаю?! — удивилась Новгородцева. — Я почти никуда не ходила. Тренировалась, бегала лыжню, ногу еще там потянула. Массаж пришлось делать.

— А, — несколько удивленно протянула Семенова, — я думала, экскурсии, может, были.

— Были, — сказала Алина, — но мне некогда было по экскурсиям ездить. А дома у них красивые. И цветов много.

Оля Семенова уже знала Новгородцеву, но все равно удивилась. Сама она побежала бы на любую экскурсию, хоть пешую, хоть на автобусе. Это так интересно — побывать в другой стране, походить по музеям, да и просто погулять по улицам.

— Знаешь, я уже посмотрела, мы будем жить в небольшой альпийской деревушке. Вернее, это уже не деревня, а городок. Но от него близко и в Инсбрук, и в Мюнхен, а еще можно в Италию. Представляешь, Италия?! Там, правда, рядом тоже небольшие городки, но чуть дальше.

— Я была в Италии, — так же скучно произнесла Алина.

— Да ты что? Где именно?

— Не помню. Трентино вроде... А еще в Милан нас возили. Но там мы были один день. Устали как собаки. Я проспала в автобусе, пока все бегали по городу.

— Новгородцева, ну ты даешь!

— Семенова, ты это уже говорила, — в тон ей произнесла Алина.

Любой другой человек, оказавшийся на месте Семеновой, удивился бы не меньше. Любопытство — в природе людей. И уж тем более к новым местам. Иногда нас завораживают просто карты. Обычные географические, где темно-синим обозначен океан, оранжевым — горы и зеленым — леса. Мы готовы блуждать по схемам городов — по улицам, где вместо домов их номера, а памятники имеют вид занятных букашек. Мы переносимся через границы, иногда на удивление правильно представляя то или иное место. И ничего странного в этом нет. Нам помогают книги, которые мы читали, фильмы, которые мы смотрели, истории, которые нам рассказывали, и даже музыка, которую мы когда-то слушали. Путешественники и туристы, меняющие места жительства и оказавшиеся в странах и городах волей случая, мы приходим в новые места со своими представлениями и готовой «картинкой». Придутся ли по сердцу незнакомые места — не угадать. Но начало всему положено тогда, когда мы снимаем с полки книгу или покупаем билет в кино.

Алина Новгородцева выросла в культурной семье, но книги читать не любила. Кино она не смотрела. Только если про спортсменов. С музыкой дела были и вовсе плохи. Этому всему можно было найти объяснения и оправдания. То, что она училась в интернате и с детства занималась спортом, — одно из них. Да, она неделями не видела родителей и не имела возможности узнать, чем жили они. Что читали, что слушали, что любили. Она редко ходила в театр — только со школой. Но эти походы сопровождались возней и баловством мальчишек, окриками учителей и общей суматохой. На сцену смотреть было некогда и не всегда интересно. Выходные она любила, потому что виделась с родителями. Они, уставшие за неделю, субботу и воскресенье проводили в хозяйственных хлопотах, но и дочери уделяли внимание. Они разговаривали с ней, расспрашивали об уроках. Но Алина чувствовала эту «разорванность отношений» — два дня мало для откровений и задушевности. Самыми яркими воспоминаниями выходных дней были лыжные походы с отцом. Она помнила снежный лес и поле перед ним. Она не забыла и продолжала любить азарт тех минут.

Увы, во взрослую жизнь Алина вошла человеком неподготовленным. Не было в ней того необходимого запаса интеллектуальных эмоций, который позволяет оценить окружающий мир. К окончанию школы Алина побывала во многих городах, но ни об одном она не смогла бы сказать более десяти слов. Даже понятное девичье желание купить что-то такое, что украсит или преобразит, ей было практически недоступно. Алина всегда помнила о родителях — из каждой поездки она, экономя карманные деньги, матери привозила недорогие духи или помаду, отцу — чашку. Этих чашек у Бориса Ивановича скопилась целая коллекция, но он всегда благодарил дочь, ибо любил чай, и ему нравилось пить его из толстостенных больших бокалов. Чтобы сделать приятное дочери, он по выходным долго и громко выбирал себе чашку. «Ну, попробуем сегодня из этой. Ты же ее из Минска привезла? Еще на тех соревнованиях у вас лыжню засыпало!» — говорил он. Алине было приятно все. И то, что отцу пригодилась чашка, и то, что он помнит ее поездки и соревнования.

Чем старше она становилась, тем шире делалась география поездок. К концу школы Европа уже не была чемто загадочным и далеким. Но на Алину эти новые возможности не произвели никакого впечатления — она выкладывалась на физподготовке, соревновалась так, словно от этого зависела ее жизнь, и старалась много спать. Сон восстанавливал силы. И когда все бродили по улочкам Милана или любовались польскими Татрами, Алена спала, шла в спортзал или изучала книжки по спортивной медицине. Она давно поняла, что травмы неизбежны и бороться с их последствиями ей придется в одиночку...

Вот и сейчас, пока все из окна автобуса рассматривали улицы красивого Мюнхена, Алина вытащила брошюру и стала изучать методику массажей при растяжении стопы.

Семенова покосилась на нее и сказала:

— Слушай, тебе мрачно плевать на все, что там за стеклом. Давай местами поменяемся, я у окна хочу сидеть.

Новгородцева уступила ей свое место.

— Спасибо, — поблагодарила Семенова, — но ты зря так. Приедешь, даже рассказать не сможешь, где была, что видела. И самой тоже надо знать...

Конец фразы Алина не услышала, потому что зацепилась за ее начало. «Приедешь, даже рассказать не сможешь, где была и что видела...» — повторила она про себя и представила, как они встречаются с Быстровым. «Вот о чем я с ним буду разговаривать! Вряд ли кто-то из наших бывал в этих местах», — с удовлетворением подумала Новгородцева. И тут же пожалела, что поменялась местами с Семеновой.

Через полтора часа автобус съехал с автобана на неширокую дорогу, миновал тоннель, над которым возвышалась гора, и остановился на небольшой площади. Первым со своего места поднялся тренер:

— Выходим, не забываем багаж и собираемся вон у того дома.

Все посмотрели в окна автобуса, чтобы разглядеть дом.

— Красота какая! Просто сказка, — восхищенно пропела Семенова. Алина только хмыкнула.

Но когда она вышла и огляделась, сердце ее замерло. То, что она сейчас увидела, поразило даже ее скептическую и чуждую умиления натуру. Вокруг были горы. Они короной возвышались над городом. На одних были ледники, другие зеленели, третьи выглядели сурово в сером каменистом убранстве. Внизу же, там, где сейчас все они стояли, расположился город. От площади расходились лучи улочек, вдоль которых стояли милые, разукрашенные всяк на свой лад дома. Фасады были аккуратными, свежими, словно только сейчас мастера разобрали строительные леса и начисто вымыли тротуары. Дома украшали цветы — красные шапки пеларгоний, фиолетовые петуньи и желтая календула. Вывески витиеватым шрифтом, окошки в кружевных занавесочках... И все это было залито солнцем.

— Ну, все выгрузились? Все свои вещи разобрали? Тогда идемте. — Ульянкин подхватил свой кофр и зашагал через площадь. — Мы живем в пансионе, который называется «Три мавра». Раньше здесь было общежитие для монахов. Рядом монастырь, теперь они себе построили еще одно здание, а тут пансион открыли. Недорогой, но приятный. Напомню, что надо соблюдать порядок, не мусорить, поддерживать чистоту в комнатах, в душевых. А еще не сушить свои вещи на балконах, они здесь не для этого.

— А где же сушить? — спросила Семенова.

— И стирать? — подал голос кто-то другой.

— Обычно в немецких домах, в гостиницах и пансионах тоже, в цокольном этаже располагается комната, где можно постирать, высушить и погладить вещи. Понимаю, после тренировок все мокрое и грязное, но вот сделать все можно там.

Новгородцева раз десять уже слышала все это — не первая ее поездка за границу. Ульянкин повторял для новеньких, таких как Семенова.

В холле отеля их уже ждал управляющий. На английском он поговорил с тренером, тот отвечал запинаясь, но, судя по всему, управляющий его понял.

— Так, нам на второй этаж. На третьем живут спортсмены из Болгарии. А на первом, то есть где мы с вами стоим, — администратор, гостиная и ресторан, где мы будем есть. Да, и как я сказал, стирать, сушить и гладить внизу.

Все загалдели и стали подниматься наверх.

— Можно с тобой в одном номере поселиться? Всех же по двое распределяют, — спросила Алину Оля Семенова.

— Валяй, — пожала та плечами. Новгородцевой было все равно, кто у нее в соседях.

— Спасибо, — заулыбалась Оля, — ты такой бывалый человек, а я ведь не так часто езжу. Результаты не те. Но я всегда изучаю историю тех мест, куда собираюсь.

— Дело хорошее, — рассеянно кивнула Алина, а потом вдруг спросила: — А зачем тогда занимаешься лыжами? Если результаты плохие? Бросай. Если сейчас середняк показываешь, значит, потом хуже будет. Не теряй времени. Иди куда-нибудь учиться.

— Да? — растерялась Семенова. — Я же тренируюсь...

Новгородцевой стало ее жаль:

— Я шучу. Я иногда шучу.

— А, ну ладно... — успокоилась Семенова. Она была впечатлительным человеком, но долго обижаться или расстраиваться не могла. Еще она много читала, и на каждую собственную историю у нее находилась подобная из книжки. Это Семеновой тоже помогало.

Номер, в который их поселили, был достаточно большой. Он состоял из прихожей и двух маленьких спален.

— Вполне прилично, — сказала Семенова.

— Ага, выбирай, где устроишься, в какой комнате.

— Все равно, — поторопилась ответить Семенова.

— Мне тоже, — пожала плечами Новгородцева, — я засыпаю быстро, мне ни телевизор, ни свет не мешают. Могу и в проходной расположиться.

Стены в комнатах были белеными, мебели почти не имелось — резная тумба с телевизором, коврик на полу и небольшой шкаф. В углу каждой комнаты висело распятие, на полке рядом — Библия. На других стенах — маленькие картины. Алина на полотна не обратила внимания, как и на распятие с Библией, а Семенова сразу стала все рассматривать.

— Это старые фотографии. Видимо, популярные места этого города.

— Это — деревня.

— Пусть. Но выглядит лучше города. Наш Южнореченск на море стоит, туристов полно, а местами такая грязь и разруха... Тут же, смотри, каждый угол выметен. Специально смотрела, пока мы шли.

— Что мы там видели?! Площадь одну. Немного улиц. Может, где и грязь с разрухой присутствуют.

— Это вряд ли. Здесь даже изнанка аккуратная. Мне мама всегда говорила: «Не смотри, что на ковре, смотри, что под ним».

— А что под ковром? — не поняла Алина.

Семенова терпеливо объяснила:

— Понимаешь, это аллегория. Как бы иносказательно. Смотри не на то, что на поверхности, то есть на ковре, а на то, что запрятано. То есть под ковром.

— А, поняла. Это правильно. Согласна.

— А где здесь ванная? — вдруг переполошилась Оля.

— Господи, вот она. — Алина указала на дверь прихожей.

Ванная тоже вызвала у Семеновой восторг. Новгородцева иронично посмотрела на соседку.

— Слушай, ты так реагируешь, словно жила в каких-то допотопных условиях.

— Ну, почему же?! — тут же опять обиделась Оля. — У нас в Южнореченске свой дом. Настоящий. Еще от бабушки остался. Мы туда летом ездим. Зиму живем в Липецке, а летом туда... Дом хороший, с отоплением. У нас все хорошо. Может, не так красиво, как здесь, не настолько по уму, но условия вполне цивилизованные. А Южнореченск по масштабу очень похож.

— Что значит — не по уму? — заинтересовалась Алина.

— Смотри, как проводка здесь в короба убрана? Ни одного проводка на поверхности. А у нас на потолке хоть косы плети из проводов.

— Не знаю... У нас был деревенский дом, я даже не знаю, какие там провода. Но теперь мы в Петербурге, — вдруг с гордостью произнесла Новгородцева.

— Переехали? — уважительно спросила Семенова. — Я Питер ужасно люблю. Это такой город...

— А мы на Черной речке живем... — уточнила Алина.

— О, грустное место. Во времена Пушкина там дачи стояли богатые. Усадьбы...

— Знаешь? — иронично проговорила Новгородцева.

— Про что? Про Черную речку? Смеешься, кто ж не знает, что это такое... — искренне удивилась Семенова.

«А я вот не знала», — с каким-то злорадством подумала Алина.

Они быстро разложили вещи, приняли душ. Семенова развесила в шкафу платья и теперь выбирала, какое надеть.

— Ты всегда с таким гардеробом на сборы ездишь?

— Отчего же с гардеробом? Я взяла несколько платьев и брюки. Знаешь, может пригодиться. Нас однажды на ужин пригласили в ресторан всей командой. Девочки просто с ума сошли — что надеть, в чем пойти. А я брюки надела, топ шелковый черный, сверху жакет. И все — наряд готов.

— Это ты здорово, — заметила Алина, — все практично. В брюках и когда холодно можно, а топ вместо майки под свитер вполне пойдет.

— Ну, так тоже можно, просто шелковый топ — это круто. Это не майка.

— Понятно. — Алина кивнула и подумала, что соседство с Семеновой может оказаться очень полезным. «Во-первых, она много знает. Надо слушать, запоминать и записывать. Потом в разговоре можно будет упомянуть». — Алина даже в мыслях не решилась уточнить, что именно в разговорах с Быстровым постарается блеснуть полученными от Семеновой знаниями. Она помнила, как судорожно придумывала темы, чтобы продлить разговор. Сейчас, наблюдая, как Семенова ловко прихорашивается, Алина подумала, что и этот навык стоит позаимствовать. «Ну и, конечно, одеваться. Семенова умеет это делать. Буду тоже учиться», — заключила она, а вслух сказала:

— Это здорово, что мы с тобой поселились. Знаешь, будем вместе ходить по городу, в магазины, в киношку сходим. Хоть и на немецком, все равно можно...

— Ага, — согласно кивнула Оля, а потом осторожно спросила: — Алина, а тебе ребята нравятся?

— В смысле? — не поняла Новгородцева.

— Ну, в прямом. У тебя же есть парень?

— Парень? — все еще не понимала Алина.

— Ну да. С которым встречаешься...

— А, в этом смысле... Да, конечно. Вот, кстати, надо позвонить... — ответила Алина, вспомнив Быстрова.

— Ну, слава богу. Я просто боялась. Знаешь, среди спортсменок есть такие девушки... Которым нравятся... Ты понимаешь меня...

— Не-а, — растерянно ответила Алина

— Ну, одним девушкам нравятся другие. Знаешь, это и от гормонов бывает, и просто так...

— О, господи. — Тут Новгородцева расхохоталась. — Кстати, это ты первая предложила вместе поселиться. И в автобусе подсела сама. Ты-то в этом самом смысле как?

Семенова покраснела до слез:

— Знаешь, я бы тебе сказала. И не предложила бы... Если бы.. И вообще... — Семенова совсем растерялась.

А Новгородцева расхохоталась:

— С тобой все ясно. — Алина подмигнула Оле. — Да перестань так реагировать. Я же пошутила. Мне тоже нравятся парни. И у меня есть свой. Я вот думаю, что осенью я ему предложение сделаю.

— Что?! — округлила глаза Семенова. — Сама? Ты сделаешь предложение парню?

— Господи, а что еще делать, если его одна охомутала и не отпускает. А чуть отпустит — все, нет парня, подберут тут же. Уведут из стойла!

— Откуда? — Семенова так и стояла с круглыми глазами.

— Так, все, не обращай внимания. Раз мы с тобой разобрались в самом главном вопросе, пошли вниз. Жрать хочется. Кормежка в самолете плохая была.

— Да что ты! Там такие булочки кругленькие были, очень даже ничего, — залепетала Оля.

«Она дурочка, что ли? Как я буду пример брать с такой наивности первобытной? Но, с другой стороны, много знает, философов цитирует и все мелочи подмечает», — подумала Новгородцева, наблюдая, как Семенова не может справиться с магнитным ключом.

— Оля, в номере не будет света, если ты вынешь из гнезда магнитный ключ.

— О, господи, — в своей манере отреагировала Семенова.

Внизу, в ресторане был уже накрыт шведский стол. Ульянкин придирчиво ходил вокруг.

— Так, витамины, белки, углеводов немного... Будем считать, что с питанием порядок, — бормотал он, пока ребята заваливали свои тарелки снедью. Семенова и Алина выбрали столик у окна, бросили на него свои ключи и пошли за едой. Новгородцева была неприхотлива в еде, к тому же всегда и везде соблюдала режим. Для нее не существовало вкусного. Она признавала только полезное. Соблазнить сладким ее было невозможно. Пока она укладывала на тарелку салатные листья и половинки отварных яиц, Семенова набрала жареного бекона, паштет из сырого фарша, тонких кружочков колбаски. Оля отнесла полную тарелку на стол и принялась изучать десерты. Она пропустила йогурты и пудинги, но с большим вниманием отнеслась к булочкам и сдобным рулетам. К этому она добавила джем, масло и густые сливки. Потом подошла очередь кофе.

— Оль, если ты так будешь питаться, никакие тренировки не помогут. Лыжник должен быть худ и вынослив. Жирная пища этому не способствует.

— Я только сегодня, — пробормотала Семенова, пытаясь заслонить свои тарелки от Ульянкина. Но это было совершенно бесполезно.

— Олечка, — прогрохотал на весь ресторан его голос, — а пивка тебе не налить? В этих местах пиво отличное. Тебе темного? Светлого?

Семенова смутилась, но тарелки с едой отстояла:

— Мы практически двенадцать часов не ели. Поэтому по калориям я не нарушу режим. А завтра начнем питаться сбалансированно.

Произнесла она это спокойно, но твердо. Алина даже позавидовала. Она бы в этой ситуации огрызнулась, много наговорила бы, и тон у нее был бы возмущенный, но в конце концов она отставила бы тарелки с «вредной едой». Семенова же отвечала на все улыбкой и даже не подумала отказаться от запретного. Ульянкин вздохнул:

— Ладно. Живите. К тому же сегодня тренировок не будет. Устали, во-первых. Во-вторых, у нас намечен пробег, даже не один, на лыжероллерах. Так вот, подготовьте форму для этого. Защиту на колени, локти. Сами знаете что... Вообще сегодня день на отдых, разбор вещей, подготовку амуниции. С завтрашнего дня — физподготовка, бассейн, гонки.

— Здорово! — тихо сказала Семенова, намазывая паштет на хлеб, — сегодня пойдем на разведку.

— Куда? — переспросила Алина.

— Город изучать. Что, где и как. Кофе в городе попьем.

— Нам надо форму подготовить, и вообще.

— Успеется. Вечером подготовимся.

— Вечером надо немного позаниматься и спать вовремя лечь, — возразила Алина.

— Слушай! Все это еще успеется — и позаниматься, и вовремя спать лечь. Сейчас полным ходом пойдут тренировки, и на прогулки времени не будет хватать. И сил. Поэтому сегодня надо своими делами заняться. Кстати, знаешь, у меня денег немного, но если с умом подойти, то можно и приодеться здесь.

— На фига? На фига отсюда барахло везти? Дома все купить можно.

— Не скажи. Понимаешь, в другой стране иногда можно найти что-то необычное.

— Например, фрак, — хмыкнула Алина.

— Фрак и у нас можно купить. — Семенова смаковала сдобную булочку. — Знаешь, про одежду долго можно объяснять. Я тебе на примере покажу.

— Договорились. Но где здесь можно приодеться?

— Ты думаешь, здесь нет магазинов? Так не бывает. Магазины есть везде.

— Ошибаешься. В нашей деревне магазина не было. Только лавка.

— Ну, у вас, наверное, не настоящая деревня была.

— Точно. У нас поселок был. Все начиналось с временных построек.

— Вот видишь, — пожала плечами Оля.

«Какая она уверенная в себе, хоть временами и смешная», — подумала Алина и посмотрела в окно. Там были видны горы, небольшой фонтан и улица, сбегающая вниз. «А городок ничего!» — подумала Алина.

Городок действительно был хорошим. Типичный альпийский городок, который еще лет семьдесят назад считался деревней. Стоял он в долине неширокой реки. Она делила его на две части — верхнюю и нижнюю. Верхняя чуть поднялась на гору, нижняя вытянулась вдоль берега. В городе высились шпили церквей, но два трамплина на соседних горах были доминантами пейзажа.

— Господи, как же вкусно. — Семенова допила кофе и поторопила Алину. — Давай, времени не так много.

Алина, которая не терпела ничьих указаний, беспрекословно поднялась со своего места.

Они вышли из гостиницы, опять пересекли площадь и направились как раз по той улице, которую Алина видела из окна ресторана.

— А куда мы так выйдем? — спросила она Семенову. Та достала из сумки маленькую карту.

— Там река, вокзал и парк.

— А откуда у тебя карта?

— На стойке администратора в отелях есть карты города. В нормальных отелях — бесплатные.

— Откуда ты знаешь? Сама говорила, что ездишь нечасто.

— Но если езжу, то всегда все подмечаю.

— Это правильно, — согласилась Алина.

— Вот, например, в магазины будем заглядывать по дороге. На потом оставлять не будем.

— Почему?

— Потому что здесь они работают до семи часов. И все очень строго. Понимаешь, профсоюзы стоят на страже. Они не дают перерабатывать своим сотрудникам.

— И это ты знаешь. Вот я никогда этим не интересовалась.

— Зря. Информация лишней не бывает.

— Кстати, а зачем это профсоюзам? Так беспокоиться?

— Вроде как положено. А еще в Европе перепроизводство товаров. А потому иногда искусственно придерживают темпы.

— Господи, ты и это знаешь.

— В данном случае не знаю, просто что-то такое слышала. Но это все ерунда. Лучше посмотри, как красиво! Как это людям удается так свой быт обустроить?

Новгородцева уже давно хотела сказать что-то подобное. Благодаря Семеновой и желанию при встрече произвести впечатление на Быстрова Алина стала внимательно присматриваться к жизни вокруг. Она уже отметила сказочную красоту домиков, продуманный уют садов, чистоту мостовой. Когда они подошли к реке, Алина увидела, что дворы домов спускаются к самой воде, и там на берегу стоят красивые столы и стулья, висят фонарики на деревьях, разложены подушечки на скамейках. Заборы были низкими, и не составляло труда все это рассмотреть. Более того, некоторые калитки были открыты, словно приглашали зайти в гости.

— Знаешь, я же много где была, — задумчиво произнесла Алина, — но ничего подобного не замечала. А теперь не понимаю, почему в нашей деревне не так было. Все то же самое — природа и жилье человека. Ну, гор таких не было. Но в остальном — никакой разницы. Почему здесь так красиво и уютно, а там — одно покосилось, другое сломалось. И грязно на дорогах, несмотря на асфальт.

— В Индии еще грязнее, — молвила Семенова.

— При чем тут Индия? — опешила Алина.

— При том, что в каждой стране свои устои, привычки, манеры. Главное, перенять то, что хорошо.

— А, да... — саркастически хмыкнула Новгородцева, — это мы с тобой сделаем. А остальные либо это не увидят, либо даже не подумают скопировать.

— Надо стараться. Ты вот за все время только сейчас это все заметила. Тебе в голову не пришло поучиться. Тебе было неинтересно, а ведь путешествие — это работа.

«Надо запомнить фразу, — подумала Алина. — Красиво звучит и не глупо. Сразу видно, что человек думал на эту тему». Новгородцева представила, как она обстоятельно рассказывает Быстрову об этом городе, а потом как бы невзначай добавляет такую фразу. От этой картинки потеплело на душе. Она сказала Семеновой:

— Напомни мне позвонить вечером. Сейчас не буду. Занят человек. А вечером — самый раз.

— Хорошо, — кивнула Семенова, и сразу стало ясно, что она обязательно напомнит.

Тем временем они по мосту перешли на другой берег и оказались в торговой части города. Семенова, рассматривая вывески и витрины, прошла мимо трех магазинов, у четвертого остановилась.

— Ну, что ты скажешь? — спросила она. — По-моему, сюда имеет смысл зайти.

— Да? — удивилась Алина. Она обратила внимание, что они миновали солидный магазин с красивыми витринами, прошли мимо средненького универмага и еще одного развала, где вещи были выложены прямо на улице в больших пластмассовых контейнерах.

— Ты мне объясни, почему именно сюда мы зайдем? А не в те, которые проходили?

— Первый дорогой. Буржуазный-буржуазный. Это по ценам видно, по витринам. Нам не по карману, да и не по возрасту. Это для солидных дам с хорошей чековой книжкой. Второй — скучный. Обычный универмаг. Знаешь, что ты там встретишь?

— Что?

— Примерно то же, что в питерских и московских магазинах. Ну, почти...

— А третий? Там же цены низкие? И много всего...

— Барахло. В таких местах одеваются иммигранты, когда экономят на всем абсолютно.

— А что в этом магазине? Почему именно он?

— А здесь интересная витрина и средние цены. Это не универсальный магазин. Тут ты встретишь разные стили и фасоны. Здесь будет и новая одежда, и нет.

— А, поняла... У нас такие в Красноярске были — секонд-хенды.

— Необязательно это секонд-хенд. Впрочем, сейчас посмотрим.

Они зашли в магазин.

Алина никогда не придавала особого значения одежде. Что-то покупала ей мама, исходя из своего несколько строгого учительского вкуса. Что-то Алина выбирала сама, потом мама придирчиво осматривала и после долгих споров покупала. Так или иначе, стиля в одежде у Новгородцевой не было, а самыми удобными она считала широкие брюки, футболки и байковые свитшоты. Ее бы воля, на платье и юбку она бы даже не посмотрела.

— Вот, это тебе пойдет, — сказала Семенова, показывая Алине чуть удлиненную юбку в клетку. Пока Новгородцева растерянно блуждала между стоек с одеждой, Оля уже все обежала.

— Зачем мне юбка? У меня и туфель-то здесь нет.

— Ну, дома-то есть?

Алина пожала плечами. Туфли были, но она их не надевала года два.

— Так, давай примеряй юбку! — скомандовала Оля. — Такую можно и под кроссы носить. Ну, несколько вызывающе, но можно. Тебе пойдет.

— А может, не надо? — Алина скептически оглядела яркую вещь.

— Знаешь, ты неприлично выглядишь. Прям как зачуханная домохозяйка в возрасте. Вот у тебя такие волосы красивые. Длинные, густые. Цвет каштановый, благородный. И где они? В кукише нелепом.

— А где им еще быть?! Я же тренируюсь все время.

— Вот сейчас ты не тренируешься. И вечером не будешь. А все равно на голове луковица лохматая.

Алина обиделась, хотела сказать в ответ колкость, но, посмотрев на Семенову, а потом увидев в зеркале себя, осеклась. Оля была в легкомысленных джинсиках голубого цвета с ярким ремнем. Сверху — широкая футболка с мультяшной кошачьей мордой, волосы заплетены в две косы. Выглядела она без претензии, но очень здорово. «Классно, конечно, как-то лихо и... кокетливо...» — подумала Алина и послушно пошла в примерочную. Юбка ей не нравилась, но мысль, что Быстров увидит ее преображенную, заставила смириться с диктатом Семеновой. Та уже принесла в примерочную две рубашки — белую и голубую.

— На хрена?! — спросила Алина.

— Ты о чем?

— Да зачем мне белая и голубая? Они же пачкаются.

— А ты что, не стираешь вещи? — с оттенком высокомерия спросила Оля.

— Стираю. Но предпочитаю цвета оливковые и коричневые. — Алина выдернула из ее рук вешалки.

Через некоторое время Алина вышла из примерочной.

— Отлично. Ты видишь, как тебе это идет? — спокойно спросила Семенова, совершенно не обижаясь на грубость, с которой Новгородцева отреагировала на помощь.

— Да, извини. Но мне кажется, я это не буду носить.

— Дура, — спокойно ответила Оля, — понимаешь, ты должна быть в светлом. Ты же шатенка.

— Ладно. Заметано. Теперь обувь бы купить.

— Купим.

— Слушай, — Новгородцева вдруг остановилась, — у меня же ноги кривые. Как я в юбке буду ходить?

— Она же удлиненная. Ничего не видно. Плюс она в складку. Понимаешь, есть общий вид, а не отдельно ноги или руки.

— Ясно. А что ты выбрала?

Семенова показал жакетик из твида, темные брюки и две рубашки. Одна в полоску, другая в клетку.

— Здорово. А почему белую не взяла? Не было больше?

— А белых у меня несколько штук. Я белые больше всего люблю. И они самые удобные.

— Так это не секонд-хенд?

— Нет, это просто магазин, где товар подобран с умом, а не сто пар одинаковых юбок, которые отличаются только размером. Короче, это не универмаг!

Алина внимательно запоминала все, что говорила Семенова. Поэтому, когда они набрели на недорогой обувной, она безошибочно подошла к лоферам темно-вишневого цвета.

— Супер! — отреагировала Семенова. Алина довольно улыбнулась.

В приятных хлопотах, в прогулках, в рассматривании пейзажей день пролетел быстро. Уже повеяло свежестью, с гор стал спускаться туман, когда Алина и Семенова вышли из кафе. Они потратили много денег, а жить еще надо было месяц.

— Знаешь, нас будут кормить, поить, а потому даже не будем расстраиваться. В конце концов, мы купили то, что хотели и что нам нужно было.

— Ага, а теперь пойдем готовиться к завтрашней тренировке. Мне еще надо сумку разобрать. Я так собиралась — у нас же и переезд, и ремонт, все в коробках и узлах! — забеспокоилась Алина.

— Все сделаем, — улыбнулась Семенова.

Их день был длинным — ранний подъем, дорога в аэропорт, перелет, переезд сюда. Они обе устали, а еще предстояло приготовиться к завтрашнему дню. Но путь назад оказался коротким.

— Да уж, действительно, деревушка, — улыбнулась Алина, когда они увидели гостиницу.

Во всех вопросах, которые касались спортивной формы, амуниции, инвентаря, Алина была аккуратной и бережливой. Более того, она на это никогда не жалела денег. Все вещи в ее рюкзаке имели свое место и были упакованы в пакеты. Она была педантом, понимая, что от пары перчаток может зависеть результат. Поэтому, когда они оказались в комнате, она со спокойной душой принялась развешивать свою форму.

— Это же надо! Я так спешила, что положила свою «защиту» вниз. Хотя там у меня всегда футболки, — сказала она Семеновой. Та не спешила заняться разбором формы, а вертелась перед зеркалом, примеряя обновки.

Алина же принялась пересматривать содержимое рюкзака, хотя и понимала, что такую вещь, как наколенники, не заметить сложно. Новгородцева все выложила, еще раз переворошила, но нужного не нашла.

— Да это просто кошмар. — Алину прошиб пот. Ей не верилось, что все это осталось в Питере.

— Хорошо посмотрела? — спросила Семенова, оторвавшись от зеркала.

— Да. — Алина заново стала перебирать вещи.

— Оставь. Беги в магазин. У вокзала огромный спортивный магазин. Я сама видела. Там все для лыж, лыжников и вообще для спорта. Целых два этажа.

— Откуда ты знаешь?

— Во-первых в путеводителе реклама, во-вторых, сама видела. Давай, бегом! У тебя всего тридцать минут. Они закрываются в семь, я тебе это говорила.

Новгородцева подскочила, как ужаленная, подхватила сумку.

— Вот, возьми, денег может не хватить. Мы не знаем, сколько это стоит! — Семенова сунула ей купюры.

— У меня есть!

— Ну и хорошо, не потратишь — отдашь. У меня мало денег.

— Спасибо, обязательно! — Алина высочила из номера.

Догнать любовь

Она пробежала почти квартал и только потом спохватилась — надо было взять карту! «Ладно, постараюсь успеть!» — подумала она и помчалась дальше. Новгородцева хорошо помнила, как они прошли по мосту, потом вышли на площадь к вокзалу. Сейчас ей казалось, что она повторила этот путь точь-в-точь. Но нет, в каком-то месте она перепутала перекрестки, свернула не туда, и ее путь увеличился на две улицы. Когда Алина прибежала к магазину, там с жужжанием плавно закрывались рольставни.

— Подождите! Постойте! Пожалуйста! Мне нужна помощь! Help me, please! — закричала Алина.

На звук ее голоса появилась голова в окне соседнего дома, остановилась пара прохожих, а рольставни так же продолжали двигаться.

— Господи, да откройте же! — громко проговорила по-английски Алина и постучала в большие стеклянные двери.

Народ на улице с удивлением разглядывал ее.

Алина обернулась:

— Не беспокойтесь! Все нормально! Don't warry! Но мне нужны наколенники!

Удивленные прохожие сделали вид, что ничего не происходит.

Наконец в дверях магазина показался человек. Лицо его было сердитым. Он заговорил по-немецки, указывая на расписание.

— Я знаю, но я забыла наколенники. Господи, вот сейчас закроют дверь, и все! Завтра я потеряю целый день! Вы понимаете мой английский?!

Новгородцева сейчас была очень рада, что английский она изучала основательно. Конечно, говорила она не очень бойко и понимала не все, но в такой ситуации объясниться могла.

— Да что ж такое! — в сердцах по-русски сказала она.

Тут человек внимательно посмотрел на нее, потом оглянулся и что-то прокричал. На его крик вышла тетка со шваброй. Они перемолвилась фразами.

— Слушай, ты чего кричишь? Хозяин английский знает, но тебя понять не может. Ты мне по-русски скажи, я ему переведу. Ты что-то забыла в магазине?

— Ой, как хорошо, что вы русский знаете! Что ж он английский не понимает...

— Да ты давай быстрей объясняй, мы уже закрыты.

— Понимаете, я прилетела сегодня. Я спортсменка. Я член юниорской сборной. Но я забыла защиту — такие штуки на колени и на локти. И шлема тоже нет.

— Ясно, — кивнула тетка и стала что-то объяснять по-немецки.

Человек с сердитым лицом резко ответил.

Тетка со шваброй что-то сказала. Тон у нее был упрашивающий.

Наконец человек кивнул и прошел в магазин.

— Давай, быстро за ним. Показывай, что надо. Я же сказала, это сам хозяин. Он и торгует и руководит. Остальные продавцы уже ушли. Тебе повезло, что он задержался.

— Спасибо вам. — Алина чуть не обнялась с теткой. Она ворвалась в магазин и рысью пробежала по залу.

— Здесь нет этого.

— А ты на второй этаж поднимись, — посоветовала тетка. Она вытирала пол, но делала это медленно. Видимо, тянула время, чтобы задержать хозяина и тем самым помочь Алине.

Новгородцева поднялась на второй этаж и оттуда прокричала:

— Ура! Нашла!

— Спускайся к кассе, — скомандовала тетка, а хозяину по-немецки сказала: — Бедная девочка очень волновалась. Она спортсменка. Прилетела сегодня. Багаж потеряли.

Лицо человека разгладилось, на нем даже появилось участие.

— Вот, деньги. — Алина выложила купюры.

Человек все посчитал. Потом посмотрел на ее покупки и отложил шлем.

— Что это? — оторопела Алина.

— Денег тебе не хватает.

— Но без шлема нельзя.

— Бери остальное и уходи, — посоветовала тетка, — завтра вернешься и купишь этот шлем.

— У меня завтра тренировка.

— Плати и уходи. Он кассу должен закрыть.

Алина пробила чек и взяла пакет с покупками. Несмотря на спешку и неурочное время, все покупки были аккуратно сложены в фирменную сумку. Алина, забывшая от расстройства все английские слова, поблагодарила хозяина по-русски и вышла из магазина. Тетка со шваброй мела теперь порог.

— Ты где остановилась?

— Я? Мы? В каких-то «маврах».

— Это не так далеко. К открытию подходи. И успеешь до всех своих занятий.

— Да, только деньги занять надо.

— Ну, реши как-нибудь.

— Да, спасибо вам. Вы помогли мне.

— Иди. Завтра приходи.

Алина кивнула на прощанье и пошла в сторону отеля. Она сделала всего несколько шагов, когда почувствовала, что слезы наворачиваются на глаза. «Идиотка! Послушалась Семенову. Тряпья накупила, а на шлем денег не хватило! — сказала она сама себе. — И в Питере все забыла. Как? Почему? Ведь никогда не забывала. И как можно этот дурацкий шлем было оставить?! Это же как голову забыть!»

Алина почувствовала усталость. Отель находился недалеко, но сил идти не было — видимо, нервное возбуждение и страх остаться без «защиты» выжали из нее последнюю энергию. Алина огляделась и увидела скамеечку. Она присела на нее, достала телефон и набрала номер Быстрова. Тот не ответил. Алина набрала его еще раз, но как только услышала первый гудок, сразу же отключилась. Положила телефон в сумку и заплакала. Она редко плакала, но сейчас слезы текли рекой, и остановить их было невозможно. Алина сидела на центральной улице альпийского городка и рыдала, даже не пытаясь делать это незаметно. Впрочем, если бы она и постаралась, вряд ли бы это получилось — скамейка стояла на проходе, на виду, напротив были окна жилых домов. Но, к счастью, здесь не имели привычки совершать вечерние прогулки и ложились спать рано. Не было ни прохожих, ни автомобилей. Только на ближнем перекрестке, на светофоре остановился синий «Фольксваген». Алина посмотрела сквозь слезы на улицу, на горы, которые еще были освещены заходящим солнцем, на то, как красный сигнал светофора сменился зеленым и как тронулась с места синяя машина. Новгородцева хлюпнула носом — ей захотелось к матери. Впервые, пожалуй, за долгий срок ее спортивных поездок она не радовалась предстоящему дню. Впервые она не чувствовала нетерпения и азарта. Впервые ей не хотелось бегать, прыгать, соревноваться и преодолевать собственные возможности. «Вот бы еще один день отдыха. Просто поваляться, погулять», — подумала она. Алина зачем-то заглянула в пакет с покупками, вздохнула и двинулась в отель. Этот день действительно оказался длинным.

Догнать любовь

А утро началось со скандала. Тренер Ульянкин был человеком жестким, требовал беспрекословного подчинения и не выносил, когда подопечные проявляли инициативу. Алина проснулась очень рано. Она еще с вечера приготовила все необходимое к тренировкам и договорилась с Семеновой, что та сделает ей за завтраком пару бутербродов. Сама же Алина собиралась быстро сбегать в магазин за шлемом. Но, на ее беду, Ульянкин тоже рано встал и уже прохаживался в холле отеля. Когда Алина спустилась вниз, он ее окликнул:

— Куда? На пробежку? Успеешь. Сегодня главное на лыжероллерах. А то вы мне всю технику забудете. И потом тут отличные для этого дорожки. Я уж и маршрут проложил.

— Нет, я в магазин. В спортивный. Я забыла шлем.

— Как забыла? — внимательно посмотрел на нее Ульянкин.

— Сама не пойму, — доверительно произнесла Алина, — знаете, переезд, эти все коробки, хлопоты. Собаку еще везли. Потом экзамены.

— Отлично. Жизнь бьет ключом. Знаешь, тебе совершенно не стоит морочить себе голову такой ерундой, как беговые лыжи. Давай, дуй в свой Питер, в свой институт и к своей собаке. Тут тебе делать нечего, — перебил ее Валерий Николаевич.

— Почему это? — растерялась Алина. Она уже сталкивалась с гневом Ульянкина и знала, что тот на пустом месте, из-за сущей ерунды может устроить показательную порку. Но обычно это проходило на глазах «своих», тех, кто и сам не раз сталкивался с подобными выволочками. Сейчас же в холле отеля за стойкой администратора стояла сама хозяйка — улыбчивая приятная женщина, рядом с ней суетился клерк, который

126

оформлял вновь приезжих. Стояли и сами гости — они с удивлением прислушивались к грозному тону Ульянкина. А еще тут девушка поливала герань на подоконнике. Новгородцева покраснела, понимая, что свидетелей несправедливого гнева предостаточно.

— Валерий Николаевич, вы же знаете, у меня все всегда нормально. Но сейчас просто все одно к одному. Поэтому так и произошло. К тому же я сейчас куплю шлем. У меня и деньги есть, и шлем в магазине подходящий.

— Откуда ты знаешь?

— Я вчера там защиту на колени покупала... — начала было Новгородцева и прикусила язык.

— То есть ты ехала на сборы и забыла все, что полагается взять?! Быстро на завтрак! И без разговоров!

— Но как же...

— Завтракать! — прорычал Ульянкин.

Алина развернулась и прошла в ресторан. Там уже была вся команда. Семенова за своим столом тщательно мазала хлеб маслом. «Мне бутерброды делает», — подумала Новгородцева. Она было двинулась к столу, но голос Ульянкина нагнал ее:

— Вот, смотрите, человек приехал прогуляться в Альпы. Поди плохо! Спонсор оплачивает, федерация деньги дает. — Валерий Николаевич раскланялся, словно ждал аплодисментов. Все затихли, старались не привлекать к себе внимания. Только Семенова продолжала мазать хлеб маслом. На Ульянкина она не смотрела.

— Я тебе не мешаю? — резко повернулся к ней тренер.

— Нет, — спокойно ответила Семенова.

Ульянкин на мгновение растерялся, но больше Семеновой ничего не сказал. Он теперь обращался к Новгородцевой:

— Альпы красивые, да. Но не за этим приехала ты сюда! Результаты нужны, медали нужны. Я что, просто так с вами вожусь?!

— Нет, — тихо ответила Алина, — но я же уже объяснила...

— Да плевать мне на объяснения! Повторяю, мне нужны результаты!

— Они будут!

— Как же! Если так относиться к делу!

— Вы же знаете!

— Ты что, думала, тебе поблажки будут за то, что ты просто делала, что положено?!

— Я... я... — Алина поняла, что плачет.

— Ты! Ты! — орал в ответ Ульянкин.

И в это время в ресторан зашел человек. Это был высокий мужчина лет тридцати. Он был одет в джинсы и легкую куртку. В руках он держал сверток.

— Простите, — произнес он по-немецки и тут же перешел на английский, — вот вы. Я принес вам это.

Английский у него был так себе, но мужчина вручил Новгородцевой сверток. Она растерянно повертела его в руке.

— Шлем?!

— Ja, ja! Helm! — обрадовался мужчина.

Алина растерянно произнесла:

— Но я не могу заплатить... у меня сейчас нет достаточно денег, чтобы купить такой шлем!

— Nein! Wenn Sie eine Goldmedailly bekommen!

— Я не понимаю!

— Алина, господин говорит, что потом отдашь, когда чемпионкой станешь, — вмешалась Семенова. Она бесстрашно подошла к Новгородцевой, взяла ее под руку и отвела к столу.

— Извините, — обратилась Семенова к мужчине, — моя подруга очень перенервничала вчера. И у нее очень сложный год был. Она окончила школу, поступила в университет, переехала из одного города в другой. Поэтому вот так все получилось. Она вам деньги принесет сегодня.

Мужчина, судя по его виду, почти все понял.

— До свидания, — попрощался он со всеми и вышел из ресторана.

Семенова налила в чашку кофе и поставила ее перед Новгородцевой.

— Пей. И ешь. И перестань психовать. Наш тренер в своем репертуаре. Не обращай на него внимания.

— Он меня сожрет теперь. И так-то орал при каждом удобном случае.

— Давай все потом обсудим. Ты мне лучше скажи, кто этот мужик?

— Хозяин магазина.

— Ого! А как он узнал, что мы здесь живем? И с какой радости приволок сюда бесплатно шлем?

— Откуда я знаю? — всхлипнула Алина. Она опять собиралась заплакать.

— Перестань. Не реви. Все же разрешилось.

— А, — вдруг подняла голову Алина, — у него тетка такая приятная убирает. Наша, русская. Ну, во всяком случае, русский знает. Так вот, она спросила, где я живу. Я ответила, что у «мавров» каких-то.

— Да, здесь с таким названием только одна гостиница, — улыбнулась Семенова.

— Но почему принес? С какой стати? Надо обязательно деньги отдать.

— Отдадим. После тренировки сходим.

— Да... — Алина вздохнула и принялась за завтрак.

Никакие неприятности не смогли нарушить ее режим. Она опять ела яйца и овощи. Краем глаза она видела, как Ульянкин уселся за дальний столик и пил там чай. Все остальные завтракали в полном молчании.

Тренировка прошла нормально. Если, конечно, можно считать нормой грубые окрики Ульянкина. Народ морщился, но молчал. Все знали, что тренер успокоится сам по себе. Главное, не дать повода для «эскалации напряженности». Поэтому все старательно прыгали, бегали, качали пресс. Под конец Ульянкин устроил гонку на лыжероллерах. Глядя, как Алина надевает шлем, он громко сказал:

— Не забудь расплатиться.

Эта фраза так была сказана, что Новгородцева покраснела. Кровь ей бросилась в голову, и она бы наверняка ответила грубостью, если бы не Семенова.

— Тихо. Не реагируй. Ему только и надо, чтобы ты сорвалась. Вообще постарайся на сегодня оглохнуть. Ты же знаешь, у него такое — на сутки. Потом отойдет.

— Он не имеет права.

— Не имеет. Но ни ты, ни я, ни кто-то другой не пожалуется. Потому что у него — результаты. Наши результаты. Впрочем, это не обо мне. Я так, середнячок. Вообще непонятно, почему он меня к себе взял.

— Потенциал видит. У него звериная чуйка, — ответила Алина.

— Сомнительно это, — пожала плечами Семенова, — но допустим. А вообще-то он со строгостями слегка перебарщивает. Это просто не нарвался на решительного человека.

Дистанцию Алина пробежала лучше всех девушек. Под конец у нее почти не было дыхания и в глазах рябило. Но она сделала усилие и рванула вперед.

— Нормально, — процедил Ульянкин, — сойдет.

Алина даже глазом не моргнула. Сама она понимала, что пробежала отлично. И, если бы не нервы, которые тренер ей потрепал, может быть, пробежала бы еще быстрее. Настроение у нее улучшилось. Так бывало всегда, когда хорошо получалось то, что она так любила. «Отлично, дождусь сезона, прибавлю прыти и, глядишь, выйду на хорошие цифры. Мне, главное, в сборную попасть. А тогда я этого Ульянкина пошлю куда подальше», — думала она, стоя под душем.

— Ты там скоро? Пойдем в магазин. Деньги отдавать, — окликнула ее Семенова.

Деньги еще утром Алине перевела мать.

— Ну, теперь-то я деньги за шлем отдам! И еще на всякие мелочи останется! — воскликнула Алина.

— Мама тебя балует! — усмехнулась Семенова.

Они шли той же дорогой. Домики, цветы, мостик, мельница, речка. Потом были вокзал и скорый поезд, который с шипением отходил от перрона.

— Вот. Пришли, — сказала Семенова, указав на магазин. Двери были открыты, маркизы защищали витрины от яркого солнца.

— Так, надо вспомнить английские слова. Я, когда волнуюсь, забываю все. Но язык я хорошо учила. У меня пятерка была. Я понимала, что английский мне нужен! С немецким сложнее, но для этого есть словари, — рассмеялась Алина.

Семенова внимательно посмотрела на нее:

— А знаешь, ты отлично выглядишь! Как будто не было вчерашнего перелета, беготни по магазинам и утреннего скандала.

— Я показала лучший результат, — рассмеялась Новгородцева, — поэтому и выгляжу так.

— И, пожалуйста, не убирай волосы. Они у тебя красивые.

Новгородцева покраснела. Направляясь в магазин, она нарочно распустила волосы и надела белую футболку. Алина помнила совет той же Семеновой — не носи мрачное.

В магазине было прохладно. И пусто.

— Интересно, как они выживают? — заметила Семенова. — Ни одного покупателя.

— Если не закрылись, то выживают. Сама понимаешь, в убыток никто себе работать не будет. И потом тут такие цены...

— Зато товар — сплошь крутые спортивные бренды. — Семенова потрогала коньки, выставленные на круглом подиуме.

— Hallo! — поприветствовал их мужской голос.

Они обернулись — в зале стоял хозяин магазина.

— Добрый день, — по-английски произнесла Новгородцева, — я принесла деньги. Спасибо вам.

Она положила рядом с кассой купюры. Мужчина улыбнулся, но не взял их. Тогда Алина строго сдвинула брови:

— Я буду иметь большие проблемы, если вы этого не сделаете.

— Я не хочу этого, — серьезно сказал хозяин.

— Хорошо. Тогда все хорошо! — рассмеялась Алина. А Семенова добавила:

— Моя подруга сегодня показала лучший результат. И ваша помощь была очень... очень...

— Хорошей, — по-русски произнес хозяин магаина.

— Да. — Алина и Ольга рассмеялись.

— Меня зовут Фишер. Эрик Фишер. Я — хозяин магазина.

Алина растерялась — надо было произнести свое имя, но как этот самый Фишер выговорит ее фамилию.

— Меня зовут Алина, — наконец сказала она, — Новгородцева.

Фишер вежливо наклонил голову.

— Меня зовут Ольга. В немецком и скандинавском есть Хельга.

— О, вы знаете?! — рассмеялся Фишер.

— Да, читала.

— Отлично. — Фишер вышел из-за прилавка. — Мой английский — не очень. А русский плохой.

— У нас примерно так же, — пробормотала Алина и громко добавила: — Если люди хотят, они поймут друг друга.

— Was? — Фишер перевел взгляд на Семенову.

— Вы поняли, что вчера у Алины были проблемы.

— Она плакала. На улице. Я видел, — ответил Фишер.

— Он тебя видел. Вчера. Ты плакала, — перевела Алине Семенова.

— Да поняла я! — с досадой сказал та. — Как это он мог заметить? Из окна? Я отошла уже от магазина.

— Как вы это заметили? — поинтересовалась Семенова.

— Я ехал в машине, — ответил Фишер.

— Не переводи, я все поняла, — повернулась Алина к Семеновой, — его английский на уровне пятого класса. У меня тогда пятерка была.

— Спасибо. Вы мне помогли, — сказала она Фишеру и подтолкнула Семенову.

— Да, спасибо. До свидания! — прилежно повторила за подругой Оля.

Они оказались на улице, чинно прошли до угла. Свернув, Семенова остановилась:

— Ты ему понравилась. Я тебе точно говорю. Понимаешь, понравилась. Не знаю когда. Но он тебе симпатизирует.

— Слово-то какое-то... Симпатизирует.

— А что? Почему тебя оно смущает? Нормальное слово. И точное. Понимаешь, вроде и не влюблен, и не равнодушен. Ты ему симпатична, приятна. Короче, дело не в словах. Я заметила, как он смотрел на тебя.

— Ты в своем уме? Немец из альпийской деревни, который видит меня второй раз...

— Третий...

— Третий раз в жизни — и ты говоришь, что я ему понравилась.

— Так бывает. И потом, ты реально сегодня красотка!

— Что? Я? После всего этого...

— Да, я тебе уже говорила. Все замечательно — румянец, и глаза подкрашены. И волосы! Они такие красивые. И охота была себя портить этим нелепым «кукишем»?

— Ох, помолчи. Я так устала... — вздохнула Алина, но по ее лицу было видно, что она довольна словами подруги.

К удивлению многих, отношения Новгородцевой и Ульянкина не наладились. На следующий день, когда все приехали на стадион, чтобы бежать кросс, тренер вздумал всех взвешивать. Вообще-то в летний период это делалось не так часто. К тому же эти сборы, которые проходили за границей, были отчасти и отдыхом спортсменов, а потому дозволялось послабление режима. Алина, для которой в спорте не существовало каникул, даже здесь держала себя в руках. Но, когда она встала на весы, а помощник тренера Милкина назвала ее вес, Ульянкин возмущенно воскликнул:

— Это что еще такое? Откуда это? Булки? Торты? Чем думаем? Тем, что выросло? Жопой думаем?

НАТАЛИЯ МИРОНИНА

Надежда Лазаревна Милкина вздрогнула и выразительно посмотрела на тренера.

— Ай, не надо этих вот педагогических штук. Девка здоровая. Все понимает. Куда она жрет?!

— Ее вес в пределах нормы, — спокойно заметила Милкина.

— Какой нормы? Здесь нормы устанавливаю я. Потому что я знаю, кто на что и в какой форме способен. А эти ваши книжные нормы...

— Она может сбросить килограмм. Не больше, — твердо сказала Милкина.

— Разберемся, — отрезал Ульянкин. — Новгородцева, с сегодняшнего дня ты сидишь за моим столом.

Алина молчала.

— Ты слышишь меня?

— Слышу. Но я хочу сказать, что соблюдаю режим. В том числе и диету. И я не поправилась за последний месяц ни на грамм. Это легко проверить.

— Я считаю, что твой вес никуда не годится. Поэтому питаться будешь под моим присмотром.

— Хорошо. — Алина вышла из кабинета.

В коридоре ее ждала Семенова.

— Слушай, а чего он к тебе цепляется? Как думаешь? — спросила она.

— Знаешь, он цепляется ко всем по очереди. Я тебе уже говорила. Выбирает жертву и доводит тихо. Потом эта жертва показывает отличные результаты. А он всем говорит: «Вот, оказывается, не просто так орал!» И все молчат. Потому что всем кажется, что да, не просто так. Что тренер хотел как лучше. Ради тебя самой и твоих успехов в спорте.

— Говнюк вообще-то, — заметила интеллигентная Семенова.

— Как говорит Милкина — «метода у него такая».

Сидеть за обедом с Ульянкиным было невыносимо. Он приходил за стол, не здоровался и следил за каждым движением Новгородцевой. И все комментировал. Например:

— Ты чего вцепилась в этот салат? Думаешь, похудеешь? Нет. Ты только жрать будешь хотеть. Похудеешь от мяса. Но без жира. Ешь индейку. Вон, она на блюде горой лежит.

Алина терпеть не могла индюшачье мясо. Оно было сухим и безвкусным. Но ела, поскольку Ульянкин мог вынести мозг и испортить настроение на весь день. Семенова предложила носить ей что-то вкусное в комнату. Но Новгородцева отказалась.

— Нет, я не хочу. По существу, он прав. Диета должна быть. До сезона не так далеко. Набрать вес — проще простого. А вот сбросить, когда начнутся холода и нервотрепка...

— А сейчас у тебя нервотрепки нет, — хмыкнула Оля.

— Сейчас я плюю на нее.

Семенова ничего не сказала. Она видела, как переживает Алина наезды тренера.

— Знаешь, мы будем хитрее Ульянкина. Мы не будем его замечать. А обратим это время себе на пользу, — рассудительно заметила Семенова. — Он хочет, чтобы ты похудела? Хорошо. Твоя фигура от этого только выиграет. Он хочет, чтобы мы выкладывались на физподготовке? Отлично. Нам это тоже пригодится. Мы ради себя это делаем. Он цепляется к тому, что мы носим на тренировке? Ок! Мы будем следовать его советам. Будем носить только хлопок и шерсть. Знаешь, и в этом есть рациональное зерно.

— А что мы будем делать с его оскорблениями? С его криками и хамством.

— Ничего. Мы их просто не будем замечать. Можно даже улыбнуться в ответ.

Новгородцева посмотрела на Семенову. Она чем-то ужасно напоминала ей школьную подругу Кузнецову. Та тоже такая правильная, рассудительная, умненькая и вместе с тем немного авантюристка.

— Знаешь, давай сегодня всем своим домашним позвоним. И вообще кому надо. А то я из-за этого шлема и защиты что-то совсем всех позабыла.

— О! — подняла палец Семенова. — А вот это самое главное, ты меня опередила. Мы будем думать только о себе и о наших близких!

Ульянкин же словно испытывал всех на прочность. Программа подготовки, составленная им, была на пределе возможностей.

— Валерий Николаевич, ребята и девочки могут надорваться, они в сезон войдут обессиленными. Вы даете им совсем не юношеские нагрузки. — Надежда Лазаревна вызвала Ульянкина на серьезный разговор. — А заметим, я за них отвечаю так же, как и вы. Во-первых, мне их жаль. Во-вторых, я опасаюсь за последствия.

— Надежда Лазаревна, давайте работать со спортсменами, а не опасаться. Вы же помните, что уже в конце октября соревнования. И в этих соревнованиях заявлены Новгордцева, Семенова и еще двое ребят? Если мы сейчас не подготовимся, у нас не будет больше возможности.

— Как знаете, но имейте в виду, я против вашей методы. Я считаю, что людей надо уважать. И детей, и подростков. А мы имеем дело с почти взрослыми людьми.

Ульянкин ничего не ответил.

В тот день тренер орал меньше, но ситуацию это не спасало. Все чувствовали, что очередной всплеск эмоций — всего лишь дело времени. Оля Семенова пробежала дистанцию плохо. Она не рассчитала силы и уж под конец проиграла сразу трем девушкам. Первой в этот день была опять Новгородцева. Она бежала легко, почти без напряжения, контролировала ноги — знала: главное, чтобы не заболели икры. Алина следила за дыханием и ни разу не сбилась. Она бежала круг за кругом сосредоточенно, целеустремленно, словно это была не разминка, не просто физкультурное упражнение, а настоящие соревнования, которые она должна выиграть. Финишировала она с большим отрывом от всех.

— Молодец, — улыбнулась ей Надежда Лазаревна, — отлично. Просто супер! Тебе в бегуньи!

— Да я и так бегунья, только на лыжах, — отдышавшись, ответила Алина. Тренер ничего не сказал. Только отметил что-то в своем гроссбухе. Этот его толстый ежедневник знали все. Считалось, что там досье на каждого, кого взял к себе Ульянкин.

Семенова было расстроилась своим результатом, но уже очень скоро улыбалась:

— Ну, не получилось на этот раз, получится в другой.

— И получится, — спокойно сказала Алина.

Она уже знала, что спортсмены бывают разными. Есть те, кто «выколачивает» результаты из организма. Есть те, кто пользуется выигрышной ситуацией — например, наличием слабого соперника. Есть те, кто одарен природой — тот и тренироваться мало будет, и результаты у него окажутся приличными. А есть такие, кем правит вдохновение. Алина, понаблюдав за Семеновой, поняла, что та относится именно к этой категории. В меру усердная, в меру выносливая, в меру целеустремленная, Семенова обладала творческим началом, поэтому ей был свойствен порыв. И рекорды ждали ее там, где никто их от нее не ждал. Новгородцева старалась ВСЕГДА быть победительницей, будь то тренировка, соревнования, дружеские состязания. Семенова же занималась спортом как творчеством. А в нем, как известно, постоянных удач не бывает. Вот и сейчас Оля пробежала эту дистанцию так, как иной художник делает набросок — слегка небрежно, весело, но подмечая мелочи и детали.

— У тебя все получится. Вот увидишь, — повторила Алина.

Семенова засмеялась:

— Ты очень добрая.

— Да ладно. — Новгородцева даже остановилась. О ней отзывались по-разному, но никогда не говорили, что она добрая.

— Да, ты добрая, — уверенно произнесла Оля.

В этот вечер они никуда не пошли. Похлопотали по хозяйству — постирали форму, погладили свежие рубашки и футболки, навели порядок в шкафах. Уже почти стемнело, когда Алина вышла на улицу позвонить.

Вернулась она скоро. Семенова читала книжку. Алина молча уселась в кресло.

— Ты почему не ложишься? — Оля оторвалась от планшета.

— Сейчас, — ответила Алина.

— Дозвонилась? Как мама?

— Мама — хорошо. Только устала. На ней одной все — переезд, ремонт, вещи, покупки.

— Да, тяжело. — Семенова вздохнула. — Но ты же могла пропустить сборы.

— Она не жалуется. Да и я понимаю, что выхода не было.

— Что-то случилось? Не хочешь, не говори. Только у тебя такое лицо.

— Нормально.

— Слушай, а как этот твой человек поживает? Которому ты предложение руки и сердца собралась делать? — спросила Оля. Она задала не вполне тактичный вопрос. Но она спросила таким тоном, что обидеться было нельзя. И ответить можно было по-разному — от односложного ок до подробного рассказа обо всех обстоятельствах. Семенова словно почувствовала, что сейчас именно в этом человеке дело.

— Он не отвечает.

— Что, пока мы здесь, он ни разу не ответил тебе?

— Почему? Пару раз. Но долго говорить не мог.

— А он сам звонит тебе?

— Редко. Я же тебе говорила, что в него вцепилась одна корова.

— А он что, во всем ее слушается?

— Я не знаю. Понимаешь, тут такая история... Я же в интернате училась. Он, кстати, тоже. А там все на виду — кто с кем дружит, кто что ест, у кого родители нормальные, у кого так себе.

— А как получилось, что ты оказалась в интернате?

— Как? — задумалась Алина, а потом ответила: — Родители очень любили свою работу. Особенно папа. И еще они любили место, где мы жили. Маленький такой поселок. Они туда, кстати, из Питера приехали. И остались. Отец просто обожал это место. И в лес на лыжах меня впервые именно он повел. Знаешь, я сама часто задумывалась над этим. И пришла к выводу, что родители хотели, чтобы я серьезно занялась спортом. Интернат же спортивный. В нашем поселке школа только четырехлетняя была. Да и ту прикрыли. И населенного пункта нашего больше нет. Все почти уехали. А в интернате мне нравилось.

— Ну да, — проговорила Семенова, — а этот парень твой...

— Знаешь, он — не мой, — перебила ее Новгородцева.

— То есть как это? — изумилась Оля.

— Ну, понимаешь, он с седьмого класса с этой девчонкой. Дружили, ходили вместе. Сейчас, я думаю, у них отношения. Ты понимаешь, о чем я?

— Да что ж тут непонятного, — хмыкнула Семенова.

— А я вроде как этого всего не замечала. Понимаешь, она — это она. А я — это я. И у нас с ним совсем другое. Это и дружба, и...

— Он догадывается, что ты влюблена в него?

Алина покраснела:

— Ну, не дурак же он!

— Видишь ли, твои слова о том, что у вас «все по-другому», ни о чем не говорят. Это у тебя все по-другому. А он, может, это видит вообще не так.

— А как он это может видеть?

— Ну, как дружбу, как внимание обычное женское. Он симпатичный?

— Очень. Он — красивый. И талантливый спортсмен. У него — будущее.

— Я даже не знаю, что сказать... Ты не расстраивайся. На телефонные звонки могут не отвечать по разным причинам.

— Я тоже так думаю, — грустно сказала Алина.

— Хотя я бы немного пересмотрела ситуацию, — деликатно посоветовала Оля.

— Это как?

— Тебе он сильно нравится?

— Очень. И никто об этом не знал и не знает. Только ты теперь. Я уже тебе говорила, в интернате нет секретов. Там вся жизнь на виду. Но о том, как я к нему отношусь, никто не догадывался.

— Ты подумай, он уже несколько лет с этой девочкой. Не просто же так. И они не поссорились, не расстались. Может, ему эти отношения дороги?

— Послушай, это же еще школа была. Понимаешь, что там серьезного могло быть?!

— Ага, ты влюблена серьезно, а он — нет?

— Не передергивай! Я сказала, что между нами есть что-то. Мы с ним разговаривали много, часами обсуждали все на свете. Он помогал мне с уроками. Я по его лицу видела, что я ему нравлюсь. Ему интересно со мной!

— Не сердись. Я просто не очень понимаю, как это все может быть. Откуда у тебя такая уверенность, что у него к тебе какое-то особенное отношение.

— Знаешь, иногда достаточно только интуиции. Не нужны доказательства и конкретные факты. Просто кажется, что так. И этого достаточно.

Семенова смотрела на Алину и удивлялась — столько чувств сейчас было в этом во всем. «Она его любит, и сильно. И она будет за него бороться. Как за спортивный результат. Как за рекорд. Используя все средства», — подумала она, а вслух сказала:

— Давай спать, а то завтра наш милый тренер покажет нам кузькину мать.

— Давай, — согласилась Алина.

Семенова уснула сразу. Новгородцева еще повертелась, повздыхала, прикрывая ладонью, включила телефон и отправила кому-то сообщение. После этого свернулась калачиком и уснула.

Эрик Фишер, коренной тридцатипятилетний житель городка Граубах, был вдовцом. Анна Фишер погибла в то лето, когда случился пожар в горном тоннеле. В те дни об этом писали все газеты, без конца крутили репортажи. Эрик чуть не разбил телевизор. Смотреть и слушать это он не мог, а выключить мешало какое-то ужасное чувство вины и желание причинить себе боль. Хотя, казалось, что могло быть еще страшнее и больнее, чем то, что тогда творилось у него в душе. Чувство вины не давало дышать. «Вот, не поехал с ней, теперь мучайся, смотри на этот ужас и помни всегда, что случилось!» — говорил Эрик сам себе. Дело в том, что ехать в соседний город на слет планеристов они должны были вместе. Но фирма их (то есть магазин) получила огромный заказ на спортивную униформу, и Эрик, зная, как жене хочется попасть на красочное открытие слета, уговорил ее поехать без него.

— Как только все отправлю клиенту, сразу выезжаю, — сказал он жене.

— Я буду тебя ждать, — ответила она.

И это были последние слова, которыми обменялась чета Фишер.

Прошло четыре года, боль утраты чуть притупилась. Но до сих пор не хватало сил взять в руки семейный альбом, вещи Анны, которые хранились на верхнем, подсобном этаже. По-прежнему стояла посуда в серванте, висели ее вышивки, и точно так же каждый вечер Эрик граблями ровнял гальку вдоль дорожки. Он помнил, как Анна сказала:

— В саду может расти что угодно. Хоть сорняки. Но дорожки должны быть чистыми.

Она сама любила ухаживать за садом и приучила к этому Эрика. Соседи, которые не менялись уже лет десять, с сочувствием относились к господину Фишеру. Впрочем, в душу к нему не лезли, вопросов не задавали, а заглядывая в магазин, обязательно что-то покупали. Было ясно, что после гибели Анны семейный бизнес переживает не самые лучшие времена, потому соседи не тратили времени на соболезнования, а поддерживали Эрика, как у нас бы сказали, рублем. Он же сам всегда удивлялся тому, как Анна плохо считала деньги и как здорово она просчитывала ходы. Ее идеи всегда «выстреливали». На третий год вдовства Фишер решил познакомиться с одинокой дамой, но его хватило только на два свидания. То ли он невольно сравнивал всех с Анной, то ли время для других отношений не подошло.

Тот день, когда он увидел плачущую Алину, был не самым удачным. Во-первых, за целый день не пришел ни один покупатель. Вот только эта русская, которая прибежала уже к закрытию. Во-вторых, выяснилось, что партия роликовых коньков, которую он получил еще в мае, оказалась с браком. Разошлись они быстро, а потом потянулись покупатели с жалобами. Фишер уже месяц вел переговоры с поставщиком, писал рекламации, а, несмотря на довольно четкий регламент, дело с места не сдвинулось. Еще в этот день у него сгорела кофеварка и он остался без обеда из-за телефонных звонков. Когда опоздавшая русская обнаружила, что ей не хватает денег на шлем, он злорадно про себя хмыкнул. «Что ж, всякое бывает. Завтра придет», — подумал он.

Но когда он увидел ее плачущей на скамейке, ему стало стыдно. Он отлично понимал, что эта девушка одна из тех, кто приезжает сюда с командами и тренируется, не жалея сил, потому что для них спорт — это вся жизнь. Поэтому ничего удивительного в этих слезах он не увидел. Он просто пожалел, что не договорился с ней в магазине. А не договорившись, подвел ее. «Вот если бы Анна оказалась в таком же положении?» — подумал он. Фишер с недавних пор все события соизмерял с прошлым, с тем временем, когда жена была рядом с ним.

Именно поэтому он утром появился в «Трех маврах» и постарался вежливо исправить свою ошибку. Правда, он не ожидал увидеть и услышать то, чему стал свидетелем. Он вошел в ресторан в момент разборки, которую устроил тренер Ульянкин. «Интересно, так в России положено? Недаром говорят, что они беспрекословно слушаются начальство. Но тренер был груб. Надо ли это?» — наивно размышлял Фишер. Эти мысли были смешными, но породили любопытство. Поэтому Эрик Фишер уже два дня тайком наблюдал за тем, как тренируются члены юниорской сборной.

Все городские закоулки Эрик знал отлично. Но еще лучше ему был известен так называемый спортивный квартал. Эта часть города была застроена до войны, специально к Олимпиаде. Небольшой стадион, отделанный белым туфом крытый каток и многоцелевой манеж — все это сохранилось прекрасно. Во-первых, бомбежек здесь не было, а во-вторых, местный народ усердно занимался спортом, поэтому запустения и обветшания спортивных объектов не допустили. Здесь же были проложены трассы для лыжных гонок. Мальчишкой Эрик тут играл в хоккей и бегал кросс на школьных соревнованиях. Он отлично знал, как можно проникнуть на территорию никем не замеченным и устроиться так, чтобы видеть все, что происходит в округе.

Поручив магазин помощнику, Фишер сначала отправился подсмотреть, как юниоры бегут на лыжероллерах. Понятно, основным объектом внимания была Алина. Эрик рассмотрел ее коренастую, устойчивую и довольно атлетическую фигуру, заметил яркий румянец и красивые каштановые волосы, а также сосредоточенность и абсолютную неулыбчивость. Единственным моментом, когда на ее лице появлялась радость, был миг победного финиширования. «Она здорово бегает! Легко!» — подумал Эрик, отметив, что тренер совершенно не проявил никакой радости по поводу ее победы. Более того, он что-то выговаривал девушке. Лицо его при этом было строгим. Эрик заметил, что Алина выслушала все внимательно, даже кивнула, но радость не исчезла с ее лица. «Интересно, он недоволен, а ей все равно. Она радуется успеху. В гостинице, когда он кричал, она обиделась!» — подумал Эрик. Как только стало ясно, что победительница Алина, Фишер отправился домой.

На следующий день магазин спортивных товаров опять оказался под присмотром помощника. Эрик Фишер, покружив по городу, зайдя для вида в лыжную мастерскую и поболтав там с хозяином минут двадцать, отправился на стадион. Там он спрятался на последнем ряду высокой трибуны и стал внимательно следить за происходящим. И опять Эрик отметил фигуру Алины — загорелую, ловкую, сильную. На разминке она выкладывалась, не жалея себя. Эрик, имеющий представление о методах тренировок, счел это неразумным. «На забеге она скиснет», — подумал он. Еще было заметно, что из раздевалки девушка вышла грустной, расстроенной. Но к началу забега она была сама сосредоточенность, а на финише ее лицо светилось от торжества. «Сильная. Умеет собраться», — отметил Фишер, понимая суть происходящего. Он вырос в спортивной среде, жил в спортивном городе, работал со спортсменами. Эрик не ушел, когда стало ясно, что Алина победила, он оставался до тех пор, пока команда не погрузилась в автобус.

Теперь у Эрика Фишера появились важные дела. Ранним утром он забегал в булочную, покупал свежий хлеб и тут же заглядывал в «Трех мавров». Делал это под разными предлогами — «шел мимо», «взять телефон нового сантехника», «спросить, когда откроют подъемник на соседней горе». Эрика все знали, к нему в магазин посылали в экстренных случаях, и вообще он был «отличный парень, у которого случилось такое горе». Поэтому ранним утром персонал был разговорчив, делился новостями и сплетнями. Так Эрик узнавал точно, где, когда и сколько будет тренироваться группа русских юниоров. К тому же отель — это такое место, где все про всех знают, как бы ни хотелось сохранить тайну. Поэтому Фишеру рассказывали, как тренер доводит до слез подопечных, повышает на них голос, заставляет сидеть на диете. Последнее обстоятельство особенно возмущало всех. «Понимаете, у русских там же нет таких продуктов. Эти ребята хоть бы здесь поели!» — округлив глаза, шептал персонал. Фишер не спорил, хотя работа в магазине сводила его с русскими туристами. И, глядя, как они тратят деньги на спортивную экипировку, видя, на каких машинах они подъезжают к магазину, он понимал, что слухи о тотальной бедности и лишениях, особенно в смысле быта, скорее расхожая байка. Но Эрик никого не перебивал, ему важна была любая информация, особенно если она касалась той самой шатенки, которой он продал шлем и которая так легко побеждает. Как-то утром, держа в руках пакет с кайзеровскими булочками, он небрежно заметил:

— Вот у вас сейчас хлопот! Из-за этих спортсменов. Но скоро они уедут и будет возможность передохнуть.

— Да нет особенно хлопот. У них режим. Строгий. Спать лежатся рано. Не пьют, не шумят. Тренер у них лютый. А вот уезжать им не скоро — еще почти месяц жить у нас будут. Даже со стариком Мауэром договорились. Он теперь их будет возить везде.

Эрик знал Мауэра. Тот раньше работал на подъемнике горы, где был трамплин. Потом подкопил денег, купил один большой автобус, а пару минивэнов взял в лизинг, и теперь возил туристов и спортсменов. Благо и тех и других в Граубахе полно. Это была отличная информация. Стоила она дорогого. И Эрик Фишер решил ею воспользоваться. Он навестил Мауэра.

— Слушай, знаю, ты возишь туристов, — сказал небрежно Эрик, — можно, я иногда буду с вами ездить? Понятно, не бесплатно. На моей машине товар будут возить. А мне надо по округе поездить, договориться перед зимним сезоном.

— Какие проблемы, — отвечал старик Мауэр, — я тебе буду говорить, куда едем. А ты к «Маврам» будешь подходить. Оттуда трогаемся.

— Спасибо тебе. А кого ты возишь-то сейчас? — нарочно задал вопрос Фишер.

— Русских. Спортсмены. Юниоры. Нормальные. Спокойные. Но больно загнанные. Тренировки у них — жуть.

— А, ну ладно, — улыбнулся Эрик.

Мауэр позвонил на следующее утро, но Фишер отказался ехать, сославшись на внезапные дела. Это было сделано для отвода глаз. Зато на следующий день Эрик с большим свертком в руках подошел к отелю.

— Привет, — поздоровался он с Мауэром.

— Привет, — отвечал тот, — ну, вот график мне дали. Поездки каждый день. Планируй свои дела.

— Здорово! — откликнулся Эрик.

В следующие три дня Фишер, практически не замеченным попутчиками, пропутешествовал в олимпийский бассейн, в легкоатлетический комплекс, который находился на границе с Австрией, и на спортивную базу в Мюнхене. И везде он старался не упустить из виду Алину.

На четвертый день, уже традиционно оставив магазин на помощника, Эрик подошел к отелю «Три мавра». На улице уже толпились спортсмены. Вскоре подъехал Мауэр.

— Я тебе уже говорил, в Миттенвальд едем. Там у них небольшая тренировка, а потом свободное время. Ты успеешь все дела сделать, — доверительно шепнул старик.

Эрик кивнул и занял место в конце салона. Он видел, как вышла из отеля Алина, она о чем-то разговаривала с подругой, потом они поднялись в автобус. Фишер сидел в конце, никем не замеченный. Он прислушивался к незнакомому говору и внимательно следил за Алиной. Та была хмурой, смотрела в окно, изредка обмениваясь фразами с соседкой. Фишер ничего не понимал, но звук этой речи казался ему приятным и даже волнующим. Словно загадки скрывались за чужими словами с большим количество гласных. Эрик не особенно любил путешествовать, ему нравился родной маленький город и дом, где хозяйничала Анна. Они редко уезжали. А если и случалось такое, то, как правило, это были близлежащие места — приграничные городки Италии, Австрии или Швейцарии. Впрочем, однажды они полетели в Турцию. Там Эрику не глянулось совсем. Жара, острая еда, толпы людей... Куда больше ему нравились снежные вершины, ледяной воздух и ослепительное солнце, тишина долин и аккуратность тихих селений. Это был маленький уютный «космос», в котором каждой травинке, казалось, положено свое место. Сейчас же вместе с этой коренастой и выносливой девушкой в его мир просочилось нечто иное. Эрик пока не мог сформулировать, что именно, но чувствовал, что масштаб и сила этого другого калибра.

Когда они приехали на место, тот самый суровый тренер произнес несколько коротких фраз. Все ответили небольшим шумом. Эрик заметил, что девушка промолчала, она смотрела в окно. Но тренер сурово окликнул ее и, разрубая рукой воздух, что-то резко сказал. Девушка молча кивнула.

Догнать любовь

Когда автобус опустел, Эрик прошел к выходу.

— Мы тут часов до четырех. Так что занимайся своими делами, — сказал старик Мауэр.

— Да, спасибо, — ответил Фишер, — этот у них всегда такой? Вроде ругается?

— А, всегда. Сколько ездим — всегда. И эту девчушку все время дергает. То ему не так, это ему не так. Я-то не понимаю слов, но вижу. Ее даже переворачивает. И в слезах она иногда. Тетка с ними еще. Она нормальная. Но командует этот.

— Ясно, — отвечал Эрик. Он вышел из автобуса, помахал рукой Мауэру и отправился в лыжную мастерскую.

Почти каждый альпийский городок состоит из отелей, проката лыж, мастерской по их ремонту и пункта заточки коньков. Довеском к этому обязательно идут спортивный магазин и лавка сувениров. Понятно, что в городке есть продуктовые магазины, аптеки, практикующие врачи и даже молочная ферма. Но основой быта этих мест являются именно вышеперечисленные объекты. И как настоящий антиквар не может существовать без ювелира, так и владелец спортивного магазина не может работать без лыжных и конькобежных мастерских. Связь очевидна — покупатель скорее приобретет вещь, если окончательную подгонку инвентаря можно будет сделать тут же, сразу после покупки. Система взаиморасчетов была у всех разная. Эрик, например, за то, что его покупателям готовили лыжи и коньки, «платил» хорошими отзывами и при случае рекомендовал дружественные мастерские тем, кто приезжал в их городок. Вот и сейчас Эрик собирался навестить коллег-знакомых, потолковать о жизни, напомнить о себе и подтвердить намерение сотрудничать в следующем сезоне. Он уже знал, что у него есть пара часов, а потом он соби-

150

рался подняться на гору и, устроившись незаметно, понаблюдать за тренировкой русских спортсменов. Эрик испытывал определенную неловкость — он подглядывал за незнакомыми людьми. Но удержаться сейчас от этого он не мог. Любопытство, интерес и участие, которые вызвала у него русская девушка по имени Алина, требовали информации, хоть какой-то пищи для размышления.

Через два часа, обойдя знакомых, Эрик поднялся на гору. Он знал, что для тренировок обычно выбирают небольшое плато, обрамленное низкорослыми кустарниками. Чуть выше лежали куски ледника, а тут была зелень и пахло медоносами. Фишер устроился на веранде маленького гастхауза. Для отвода глаз он взял пиво. Эрик видел, как спортсмены делают упражнения на растяжку и наклоны, прыгают через скакалки и кидают друг другу мячи. Фишер знал, что эта тренировка не затянется — высота была приличная, здесь все давалось труднее. Потягивая пиво, он искал глазам Алину, но вспоминал об Анне. И думал о ней спокойно. «Ничего не поделаешь, так случилось. Нельзя бесконечно корить себя. И думать об Анне нельзя. Это ничему не поможет. Я просто знаю, что время, которое мы прожили вместе, было для нас очень хорошим. И ссорились, и ругались, а помню я только самое лучшее». Он сидел, щурился на солнце, видел, как Алине что-то говорит тренер и девушка согласно кивает, а потом раз за разом повторяет сложное упражнение, а тренер сердится. «Как он может ее ругать?! Она старается. И вообще она лучше всех тут!» — думал Эрик Фишер. Он даже не понял, что здесь, на этом склоне, свел воедино доселе необъединимое — прошлое, настоящее и будущее. «Завтра я не буду скрываться, подойду к ней», — решил Фишер.

Он допил пиво, наблюдая, как спортсмены собирают вещи. Когда они вереницей потянулись к подъемнику, Эрик быстро расплатился и помчался за ними. Он успел сесть в кабину, которая шла сразу за той, в которой находилась Алина со своей постоянной спутницей. Эрик наблюдал, как они беседовали и рассматривали окрестные места. Потом вдруг Алина оглянулась, заметила кабинку, двигающуюся следом, и в ней Эрика. Она какое-то мгновение смотрела на него. А он вдруг поднял руку и помахал ей. Она сначала не ответила, а потом рассмеялась. Эрик почувствовал себя совершенно счастливым.

Из Миттенвальда в Граубах он добирался сам, на поезде. Было неловко ехать в автобусе, тем самым рассекречивая свои маневры. Эрик был убежден, что Алина умная и наблюдательная девушка. Поэтому Фишер позвонил Мауэру, сказал, что дела его задерживают, и еще раз поблагодарил за помощь. Вернулся он домой поздно, лег спать сразу после душа, не поужинав. И впервые за долгое время засыпал без воспоминаний и вполне счастливым.

Вечером на следующий день Эрик Фишер зашел в холл отеля «Три мавра». Он поздоровался с дежурным портье и сказал:

— А можно позвать Алину, — при этом Эрик заглянул в длинную шпаргалку.

Портье вытаращил глаза:

— А-ли-ну?! — повторил он. — Кто это?

— Это девушка из команды русских. Такая с длинными волосами. Каштановыми.

— Ээ, я их всех не знаю, — пробормотал портье.

Диалог, само собой велся на немецком языке.

— Простите, вам нужна Алина Новгородцева? — вдруг произнесли на английском. Эрик оглянулся — перед ним стояла та самая постоянная спутница интересующей его девушки.

— Да, наверное, — ответил Фишер. И добавил: — Я так думаю.

Эта часть фразы прозвучала по-русски.

Оля Семенова (а это была она) рассмеялась:

— У вас отлично получается!

— Я учу! — в ответ рассмеялся Фишер.

— Я сейчас ее позову. У нас уже свободное время. Так мы говорим. Но скоро — спать. Спортивный режим.

— Я не буду долго говорить. Я только...

— Я вас поняла. — Девушка достаточно бойко говорила по-английски, и Эрик подумал, что ее надо взять в переводчицы. Хотя бы для начала. Пока они не выяснили, как могут общаться.

— Вы передайте Алине, что я хочу пригласить ее... и вас, — Эрик наклонил голову, — на самую высокую вершину. На Цугшпиц. Мы туда можем поехать, когда у вас будет свободное время.

— Спасибо, — с любопытством посмотрела на него Семенова, — Алина будет очень рада.

— Рада? — переспросил Эрик.

— Довольна, рада. Она обрадуется. Ей это будет приятно, — перечислила Оля варианты ответов. Ей хотелось, чтобы Фишер точно понял ее.

— Да, хорошо. Вы позовете ее?

— Конечно, — ответила Семенова.

Фишер прошелся по холлу. Только сейчас он заметил, что портье подслушивал, а гости в холле еще и подсматривали. Причем совершенно не таясь. «Плевать!» — подумал Эрик.

Тем временем Семенова бегом пробежала по коридору второго этажа и ворвалась в номер, где отдыхала Новгородцева.

— Алина! Только спокойно! Вставай, приведи себя в порядок и спускайся в холл. Тебя там ждут!

Алина посмотрела на Олю:

— Я не понимаю!

— Тебя внизу ждут! Понимаешь, ждут тебя!

— Внизу?!

— Ну да, в холле. Господи, Алина! Просто причеши волосы и спускайся!

— Я поняла! Я тебя поняла! — Новгородцева заметалась по комнате в поисках щетки для волос. Не найдя ее, она сунула ноги в мокасины и стремглав полетела вниз. «Господи, я же говорила! Я же говорила!» — бормотала она.

Внизу в холле были люди. Алина обежала взглядом пространство, никого из знакомых не увидела. Она заставила себя успокоиться, приняла строгий вид и еще раз внимательно осмотрела холл. «Где же?! Наверное, на улице!» — подумала она, и тут над ухом раздался мужской голос:

— Добрый день!

Фразу произнесли на очень плохом русском. Потом ее повторили по-немецки, а после еще по-английски.

— Здравствуйте, — откликнулась Новгородцева, а сама пыталась разглядеть тех, кто толпился у выхода.

— Я жду вас. Постараюсь говорить по-русски. У меня тут записаны слова.

Алина очнулась. Она увидела перед собой Эрика Фишера, владельца магазина, который принес ей шлем в то злополучное утро, а вчера помахал рукой на подъемнике в Миттенвальде.

— Я жду вас, — повторил Фишер.

— Так это вы? — растерянно произнесла Алина.

— Я, — довольно улыбнулся Эрик. Похоже, растерянность он принял за изумление.

— А. — Алина посмотрела на Фишера. — Что вы хотели? Я же деньги вам отдала за шлем.

Она сама не поняла, зачем это сказала. Немец ее не понял.

— Я, — Эрик заглянул в бумажку, — приглашаю вас. Цугшпиц. Самая высокая гора. Прогулка.

— Не понимаю. — Алина чуть не плакала.

Она бежала сюда, думая, что прилетел Саша Быстров. Она думала, что смогла его уговорить приехать — она знала, что он может это себе позволить. А еще у него тоже должны были быть сборы, только в Австрии. Она каждый вечер писала ему. «Собрание сочинений, только в Вотсапе», — усмехнулась она про себя. Но это не он. Это тот, из магазина.

Семенова появилась вовремя. Она понимала, что ее английский понадобится этим двоим, но и помешать им она не хотела. Она деликатно дала им обменяться словами, а потом только подошла.

— Алина, ты представляешь, господин Фишер приглашает нас на Цугшпиц! Это самая высокая гора в Германии. Думаю, нам надо обязательно съездить!

Новгородцева посмотрела на Семенову, как на сумасшедшую.

— Какой Цугшпиц? Когда? И с какой стати! — проговорила она.

Семенова широко улыбнулась Эрику:

— Господин Фишер, мы обязательно поедем с вами. Огромное спасибо, — по-английски проговорила Оля. — Вам когда удобно? У нас же тренировки...

— Э... Завтра? Завтра суббота.

— Отлично, завтра. Во сколько? — мило поинтересовалась Семенова, но в сторону Новгородцевой прошипела: «Ну, вспоминай ты свой любимый английский язык!»

— Можно часов в одиннадцать. Вы не будете заняты? — Фишер говорил с Семеновой, но смотрел на Алину. Теперь Оля, все так же улыбаясь, посоветовала тихо Новгородцевой: «Улыбнись хоть! Человек к тебе специально приехал, нашел тебя!»

Алина растерянно улыбнулась, а Эрик даже покраснел.

— Очень рад, тогда до завтра! — проговорил он и покинул отель. Семенова и Новгородцева поднялись к себе.

— Ты что такая обалдевшая? — спросила Семенова.

— Я думала, что это Быстров приехал.

— С чего это ты взяла?!

— Ты так сказала. — Новгородцева посмотрела на Олю.

— Как?!

— «Быстрее! К тебе приехали!» — передразнила ее Алина.

— И где я соврала? К тебе приехали, не ко мне же!

— Я думала, это Саша. Я писала ему. Звала. Он тоже сейчас на сборах. И не так далеко. Он мог приехать. У него и деньги есть, и тренер нормальный. Я же знаю.

— Не приехал, значит, не смог. Наш Ульянкин тоже был нормальным. А сейчас как с цепи сорвался.

— Результатов хочет. И с него тоже требуют результатов, — привычно объяснила Алина.

— Значит, так. Мы с тобой завтра едем на Цугшпиц. Понятно, он нас приглашает из-за тебя. Но я завтра поеду с вами. Мне кажется, так лучше будет. Вроде как местное население показывает достопримечательности членам юниорской сборной. Понимаю, твоего английского и так хватит. Но немецкие слова тоже повтори.

— С чего ты взяла, что он нас пригласил из-за меня?

— Не будь дурой, Новгородцева! — рассмеялась Оля. — Это же очевидно! Знаешь, человек пришел к тебе со шпаргалкой на русском языке. Это что-то да значит. Между прочим, он вдовец. У него жена погибла. Несколько лет назад.

— Откуда ты все знаешь?

— Я аккуратно поспрашивала. — Оля подмигнула. — И я думаю, ты ему нравишься. Я это поняла, когда он с этим дурацким шлемом явился.

— Господи, Семенова, ты просто удивительная! Как в тебе практичность сочетается с идиотскими выдумками? Как в кино фантазии.

— Почему же идиотские? — обиделась Оля. — Как может быть любовь или симпатия — идиотскими. Вот я не считаю, что твоя страсть к Быстрову — идиотская. Придуманная — это да. Боюсь, он даже не знает о ней. Вернее, знает, понимает, но не берет в расчет твои чувства.

— Это почему же? — Алина подозрительно хлюпнула носом, и Семенова пожалела, что «пошла сражаться за правду».

— Прости, я зря так. Просто я очень боюсь, что ты обманываешь себя.

— А ты не волнуйся за меня, я — интернатская. Выкарабкаюсь, если что.

— Не сомневаюсь. Но лучше не влипать.

Этот вечер они провели в сборах. Почему-то обеим показалось, что они не вправе уронить честь страны и должны выглядеть соответственно.

— Я пойду в бирюзовых брюках и такой же футболке, — заявила Семенова. Она тут же полезла в шкаф, чтобы достать нужное.

Алина посмотрела на эту ее суету, подумала и достала из сумки белую джинсовую куртку с расшитой бисером спиной.

— Вот, я надену джинсы и эту куртку.

Догнать любовь

— А на ноги? — спросила Семенова.

— На ноги? — задумалась Алина. — Надену новые туфли.

— Хорошо, — одобрительно кивнула Оля.

— Вот только надо волосы уложить. Там, наверху, ветер и влажно. Жалко, лак для волос я не взяла... — сказала Новгородцева.

Семенова внимательно на нее посмотрела. Перевела взгляд на джинсовую куртку, которая горела расшитой спиной, потом посмотрела на свою бирюзовые брюки и... расхохоталась.

— Что это ты? — удивилась Алина.

Но Семенова даже ответить не смогла, только пальцем указала на приготовленную ими одежду и залилась пуще прежнего. Алина на мгновение застыла, а потом тоже расхохоталась. Давно они так не смеялись. Остановиться не могли — как только их взгляды падали на яркую одежду, заходились снова.

— Две идиотки, — наконец проговорила Алина, — взобраться на Цугшпиц в гламурной одежде. Вот повеселили бы народ.

— Да, — замахала руками Семенова, — мы просто спятили обе.

Они затолкали все свои наряды обратно в шкаф.

— Джинсы и ветровка — вот наше все! — сказал Оля. — А теперь давай ложиться спать. Завтра будет день интересный, но тяжелый.

В субботу тренировок не было. День предназначался для отдыха, приведения в порядок формы и инвентаря, а также для личных дел. В субботу можно было как следует поспать, поесть вкусного и погулять подольше. Все любили субботу. У Алины к этому дню было особенное отношение. Когда она училась в интернате, домой она

158

старалась уехать в пятницу. Тогда суббота — это был целый день дома с родителями. Они с отцом ходили на лыжах, долго обедали, болтали, усевшись в гостиной. Мама в это время что-то пекла. Вечером был ужин. Иногда появлялись гости — коллеги отца, которые давно уже перебрались в город, но частенько приезжали к ним в поселок. Алина видела, каким авторитетом пользуется ее папа, как его слушают и даже спорят с ним уважительно. Новгородцевой это было очень приятно. Она помнила, что мама в разговорах почти не принимала участия, только изредка вставляла фразу-другую. Алина при этом страшно смущалась и исподлобья поглядывала на отца, наблюдая за его реакцией. Самой ей казалось, что мама все делает не так, говорит не к месту и не о том. То, что отец очень внимательно и доброжелательно относился к сказанному матерью, она в расчет не принимала. «Он жалеет ее», — думала Алина.

Воскресенье обычно было рваным — надо было успеть сделать уроки, собраться в школу и вечером вернуться в город. Воскресенье Алина не любила. Это был «день, когда надо уезжать». Мать затевала уборку — отец брался помочь. Зимой выбивал ковры на снегу, чистил дорожки. Летом косил траву на участке и помогал матери на огороде. Внимания Алине доставалось немного, и она злилась. Как-то даже высказала матери:

— Почему все эти уборки надо делать в выходные дни?

Новгородцева хотела добавить «когда приезжаю я», но опомнилась. Елена Владимировна посмотрела на нее и спокойно сказала:

— А в другие дни я работаю.

Алине стало стыдно. Но ровно на минуту.

— Мама, я вас не вижу целую неделю. Мне хочется с вами побыть, поговорить.

— Так давай втроем все дела сделаем, и будет больше свободного времени, — назидательно ответила Елена Владимировна. Алина обиделась на эту фразу. «Она никогда меня не понимает!» — подумала она. Что интересно, с отцом на эту тему Новгородцева заговорить не решалась. Как ни скучала Алина в интернате, сборы она любила. Ей нравилось уезжать на неделю — десять дней. В это время для нее существовали только две вещи — спорт и азарт соревнований. Если Алине вдруг хотелось поговорить с родными, она звонила отцу. Новгородцева знала, что она не услышит тоскливых предостережений и строгих наставлений. Отец не заговорит про оценки, но расспросит про тренировки, результаты, обязательно поинтересуется, как пробежали соперники. Алина с отцом могла говорить бесконечно долго, почти обо всем, не опасаясь строгой реакции. Отец слушал внимательно, старался понять ее и только раз сказал:

— Ты у меня выросла симпатичной девочкой. Помни, что строгость — это не недостаток.

Алина услышала это и покраснела.

— Хорошо. Ты даже и не думай ни о чем таком. Мне надо стать чемпионкой! — ответила она.

В Граубахе интенсивность тренировок была такова, что суббота оказалась долгожданным днем. Алина впервые почувствовала усталость. То ли окрики и требовательность тренера ее так измотали, то ли год выдался тяжелым, но, проснувшись в субботу утром, она порадовалась, что не надо будет садиться в автобус, ехать в спортзал или на стадион. Можно поваляться в постели, не торопясь позавтракать и...

— Пойдем! — окликнула ее Семенова из-за двери. — Ты не забыла? Мы сегодня на Цугшпиц едем.

Алина поморщилась — затея с поездкой ей не казалась удачной, а еще было неловко, что она так себя выдала. «Я идиотка. Действительно, как я могла поверить, что Быстров приедет сюда. А самое главное, как я могла об этом проговориться!» — отругала она себя. Впрочем, из постели она выскочила резво, и уже через полчаса они были в ресторане. Алина по-прежнему сидела за одним столом с тренером. Как правило, к ним присоединялась Надежда Лазаревна. Ее присутствие несколько разряжало ситуацию, но Алина чувствовала, что Милкина не любит тренера и садится за их стол, чтобы спасти Алину от излишних придирок. Новгородцева была благодарна ей за это, хотя не знала, как это выказать. Сегодня же Алина решила сесть за стол с Семеновой.

— Знаешь, нынче суббота. Мы сегодня свободные люди. Я не хочу с ним сидеть, — сказала Новгородцева, ставя на стол Семеновой тарелку, полную совсем не диетической еды.

— Опасно, конечно. Не знаешь, к чему он прицепится. Но, надеюсь, сегодня обойдется, — рассмеялась Семенова и добавила: — Ну, человек же он, в самом деле.

К их удивлению и радости, Ульянкин ничего не сказал, когда увидел Алину за другим столом. Он спокойно завтракал, что-то писал в телефоне, просматривал свой ежедневник. Минут через двадцать он встал и подошел к Новгородцевой и Семеновой.

— Сегодня никуда не уходите. Вы и еще двое опять поедете в Миттенвальд. Небольшая силовая тренировка. Потом небольшая дистанция на стадионе. На время. Мы за неделю не успели сделать намеченное.

Семенова с плеском опустила ложку в йогурт, Алина наклонила голову и кивнула.

Ульянкин спокойно повернулся и пошел прочь.

— И что мы будем делать? Понимаешь, этот самый Фишер сейчас приедет. Неудобно ужасно. Надо успеть ему позвонить.

— Как? У тебя есть его телефон? — удивилась Новгородцева.

Семенова с сочувствием посмотрела на подругу:

— Телефон магазина в рекламе. Там наверняка есть мобильный.

— Да, верно. Я не догадалась.

— Но вообще-то это неправильно, — сказала Семенова. Она отставила йогурт, отложила булочку с маком и бутерброд с колбасой.

— Почему же? — спокойно ответила Алина. — Соревнования — это самое главное. Тренировки очень важны.

— Ты сейчас издеваешься? — возмутилась Оля.

— Нет, я действительно так думаю. Я сюда приехала не туристом, а спортсменом. Поэтому ничего страшного, даже хорошо, что сегодня будет тренировка.

— А я устала за эту неделю. Нагрузки были большими. Это все почувствовали.

— Оля, так должно быть! Понимаешь, никто еще не поставил рекорд, не напрягаясь.

— Очень хорошо звучит, но довольно избито. Я точно знаю, что мне перегрузки не нужны. Я только хуже потом выступаю. Но ведь спорить с нашим Ульянкиным невозможно. Он же самый грамотный!

— Опытный.

— Знаешь, Новгородцева, у тебя «стокгольмский синдром».

— Что это? — подняла голову Алина.

Семенова секунду молчала, а потом спросила:

— Ты шутишь? Ты же знаешь, что это такое.

— Понятия не имею, — спокойно произнесла Алина. — Мне быстро бегать на лыжах это не поможет.

— Господи, да что же это такое! — всплеснула руками Семенова. — Нельзя быть такой односторонней. Даже дети знают, что «стокгольмский синдром» — это зависимость жертвы от похитителя, насильника, короче, от палача в широком смысле слова. Жертва, находясь вместе с похитителем, например, начинает его оправдывать, видеть в нем положительные стороны. Так и ты. Ульянкин откровенно издевается над командой. Пользуется тем, что ему никто не возражает, не жалуется. Все боятся. Ну как же, все хотят попасть во взрослый спорт. А на то, что он юниоров грузит взрослыми нормативами, можно глаза закрыть. Хотя любой спортсмен тебе скажет, это иногда приводит к выгоранию. Понимаешь, человек так устает, что уже не может мотивировать себя. А победа — это не только подготовка, это кураж, мотивация личная.

— Знаешь, про синдром этот я не слышала. Но я успею еще все узнать и выучить. А вот участие в Олимпиаде — это немножко другое. Тут меня никто ждать не будет. Пройдет много лет, я по стенам развешу свои медали и буду учить то, что не успела выучить когда-то.

Семенова серьезно посмотрела на подругу. Она даже не знала, как реагировать. Почему-то хотелось пожалеть Новгородцеву.

Фишеру они позвонили из холла. Семенова долго говорила английские фразы, извинялась, обещала, что в следующий раз они с удовольствием поднимутся на Цугшпиц, но вот сейчас...

— Ок, я понял. — Голос Фишера был спокойным. — Если можно, я навещу вас вечером. Часов в шесть-семь, это будет нормально?

Семенова сначала хотела посоветоваться с Новгородцевой, но потом передумала.

— Да, мы будем очень рады. В конце концов, мы бы с удовольствием погуляли по вашему городу. Он очень красивый, но возможности внимательно его осмотреть у нас еще не было.

Эрик отреагировал радостно. Условились, что он будет в «Трех маврах» в шесть часов вечера.

— Ну, что это ты так долго с ним болтала? — подозрительно поинтересовалась Алина, когда Семенова отключила телефон.

— Он понял, что у нас проблемы, но подойдет сюда в часов шесть. Приглашает прогуляться и город посмотреть. И, знаешь, он, кстати, не идеально знает английский язык. Поэтому так долго и разговаривала.

— Брось, — возразила Алена, — ты понимаешь английский и неплохо говоришь. Это я думаю целый час, пока слово скажу. Ну, в шесть так в шесть. Если нас Ульянкин никуда не отправит. А сознайся, тебе он нравится, этот Фишер.

— Нет, ошибаешься, — спокойно ответила Оля, — да, он очень приятный, приветливый. Но мне нравится другой.

— Кто? Ты ничего не говорила.

— Да, я как-то не умею об этом рассказывать.

— Я же о Быстрове рассказала.

— Ценю твое доверие. И я буду хранить эту тайну, — серьезно произнесла Семенова, а Новгородцева хмыкнула. «Иногда нормальный человек, а то малахольная какая-то!» — подумала она про себя.

— Мне папин аспирант нравится. Ему тридцать лет. Он умный, способный. Открытие сделал. Но...

— Но он не знает, что ты в него влюбилась?

— Нет, мне папа запретил с ним встречаться.

— Господи, это как?

— Попросил этого не делать.

— А ты?

— А я уважаю отца.

— Вот. Я тоже папу уважала, — понимающе кивнула Алина, — но десять лет разницы — это много. Я про тебя и твоего аспиранта.

— Ну и что. У меня у родителей такая разница.

— Ага. Пример перед глазами, значит.

— Это вообще не имеет значения. Пример — это одно, а твоя жизнь — совсем другое.

Новгородцева посмотрела на Семенову:

— Знаешь, ты очень странная. Ты умная, много читала, любишь порассуждать. Тебя тянет к таким же людям. Но пошла ты в спорт. А здесь таких мало. Нам это некогда. У нас серьезные намерения. Мы не можем тратить время на все это...

— А если не получится?

— Что именно?

— Со спортом не получится. Это же вполне может случиться. А другого тоже нет. Ты и не знаешь, что умеешь, что любишь, к чему душа лежит.

— Если не верить и оглядываться, то точно не получится, — отрезала Алина.

Семенова пожала плечами.

Тренировка проходила на том же плато. Все так же кричал Ульянкин, так же все старались изо всех сил, так же со стороны за всем этим наблюдали туристы, оказавшиеся на горе, сотрудники отеля, ресторана и подъемника. Ульянкина это не смущало. Наоборот, он, заметив внимание, становился еще более резким. Оля Семенова работала так, как она привыкла — прислушиваясь к своему организму, стараясь не навредить. Она знала себя — ей были противопоказаны бессмысленные перегрузки. Когда она распрямилась, перестав совершать бесчисленные наклоны, Ульянкин громко обратился к ней:

— Что это? С чего вдруг остановка?

— Устала, — пожала плечами Семенова.

— Тогда — в школу! Физкультуру преподавать! — отрезал тренер.

— А что, преподавательская работа — это нечто недостойное? Вот вам стыдно нас тренировать? — спокойно спросила его Оля.

Ульянкин замер — это был прямой выпад и откровенная дерзость. Никто из присутствующих не осмеливался на такое.

— А вообще-то я сама буду выбирать. Где, как учиться и работать, — добавила Оля.

Алина все это слышала. Она удивлялась дерзости подруги. «Дура. Ульянкин сегодня есть, а завтра на его месте другой. Нормальный человек. А из юниоров можно вылететь. И во взрослую сборную не попасть. От тренера многое зависит, и не только в подготовке», — осудила она Семенову. Сама Алина старалась не замечать хамства и грубости тренера. Она подчеркнуто сосредоточенно делала все упражнения, всем своим видом давая понять, что тренер — это одно, а ее цели — это другое. И если они совпадают с его методами их достижения — то так тому и быть.

Фронду Семеновой не оставили без ответа. Ульянкин при всех отчитал ее, заключив речь словами:

— Твои результаты самые плохие. Я сделал одолжение, что взял тебя к себе. Думал, подтянешься. Но, как я посмотрю, тебе это и не очень-то надо.

Оля ничего не ответила.

В три часа дня они приехали на стадион. Тренер врал, что дистанция будет небольшая. Они бежали тысячу метров. Попыток было две. Лучшая засчитывалась. После занятий на горе это было тяжело. Алина в душе была готова согласиться с Семеновой — тренер с нагрузками перебарщивал.

— Знаешь, жаловаться здесь не принято. Надо либо остаться с ним, либо уйти. Но мы — никто. Поэтому будем терпеть, — размышляла вслух Новгородцева, завязывая кроссовки.

— Выходов всегда больше, чем кажется, — улыбнулась Семенова.

Первый забег выиграла Оля. Она пробежала легко, оставив позади Алину и еще двух девушек.

Ульянкин с торжеством посмотрел на нее. Семенова ничего не сказала, но вторую попытку провалила — показала самый плохой результат. А первой пришла Новгородцева.

— Устала? — спросила Алина.

— Обойдется. Не все коту Масленица, — рассмеялась Семенова.

— Так ты специально? Сначала доказала, что, несмотря ни на что, можешь победить. А второй раз просто не захотела?

— Вот именно.

— Знаешь, ты похожа на мою школьную подругу. Ирку Кузнецову. Я никогда ее не могла понять. Вроде рохля, такая тихая. Даже бестолковая. А потом вдруг что-то сделает, что просто офигеешь.

— Ага, — рассмеялась Семенова, — значит, я тебе кажусь рохлей и бестолковой?

Новгородцева смутилась:

— Ну нет, просто иногда такое впечатление производишь.

— Ладно, не оправдывайся, — рассмеялась Семенова. — Знаешь, мне казалось, что ты в школе ни с кем не дружила. И в команде тоже.

— Это верно. Да и с Иркой у меня такая странная дружба была. Вот все хорошо, да только что-то мешает.

— Это нормально. Иначе вам не интересно было бы друг с другом.

— Знаешь, мне всегда казалось, что Быстрову такие, как Ирка, нравятся.

— Откуда ты это взяла?

— Она красивая. Очень. И в ней что-то такое есть. Во мне — нет.

— И наоборот.

— Оно-то так, но Саша... Мне кажется, что...

— Послушай. Давай ты не будешь придумывать. Вернешься домой. Еще раз обо всем подумаешь. А потом уже...

— Да, согласна. Мы с этим Фишером будем встречаться-то?

— Обязательно, назло Ульянкину. Понимаешь, не дадим ему испортить нам выходной.

— Зря ты так. Он, конечно, не подарок, грубый. Но он спортсмен и хорошо знает, что нам надо. Я ему доверяю. Он плохого не посоветует.

— Давай так, — неожиданно резко произнесла Оля, — давай я сама буду решать, какой этот Ульянкин. Не надо мне ничего доказывать и объяснять. Для меня цель не оправдывает средства.

— Хорошо, — пожала плечами Алина, — не будем об этом.

Они еле-еле успели привести себя в порядок. Как всегда, Ульянкин не торопился заканчивать тренировку. Потом он устроил разбор ошибок. Это всегда длилось долго, а в этот раз им казалось, что замечания будут бесконечны. Наконец они сели в автобус. Старик Мауэр посмотрел на Алину и Олю, которые всегда ездили на первом сиденье, потом молча протянул им по шоколадке.

— Угощайтесь и будьте здоровы, — сказал он по-немецки.

— Danke, — ответили они одновременно. Отказаться от угощения не было ни сил, ни желания. Шоколад они съели по дороге без всяких угрызений совести.

Эрик подошел к отелю ровно в назначенное время. Семенова увидела его первой.

— Привет! — громко сказала она.

В холле было несколько человек из команды и Ульянкин с Милкиной.

— Здравствуйте. — Фишер опять был со шпаргалкой.

— Добрый вечер. — Алина подошла минуту спустя.

Фишер улыбнулся ей самой своей широкой улыбкой и тут же смутился.

— Можно поехать на машине. Посмотреть интересные места...

— Нет! — в один голос воскликнули они. — Мы не хотим на машине. Мы хотим пешком.

— Не спеша. Останавливаться и рассматривать дома, горы.

— Купить мороженое...

— Посидеть на скамеечке...

Эрик переводил взгляд с одной на другую.

— Ох, простите, — рассмеялась Семенова, — простите, мы забыли, что вы по-русски почти не понимаете.

И она повторила по-английски все, что они только что ему сказали.

— Отлично. Я и сам с удовольствием прогуляюсь, — отвечал Эрик.

— Тогда пойдемте, — громко, на английском языке поторопила всех Алина. Она видела, что Ульянкин пристально наблюдает за ними. «Вот-вот какую-нибудь гадость скажет! Хорошо, что этот Фишер ничего не понимает!» — подумала Новгородцева.

Они не пошли уже знакомым путем до речки и вокзала. Эрик повел их вкруговую, по улицам, которые вплотную примыкали к склону горы. И, вдыхая запах вечерней скошенной травы, сена, коровников, Алина поняла, что Граубах никакой не город. Это самая настоящая деревня, только обустроенная и разукрашенная, как городки из немецких сказок. Новгородцева любила свой поселок, в котором выросла, — природу вокруг него, дома с наличниками, улочки с травой-муравой, соседей, которые все про всех знали. Но сейчас, сравнивая эти два места, Новгородцева расстроилась. Здесь было красиво, уютно и чисто — каждый камешек мостовой уложен на века. Низенькие заборчики и открытая чужому глазу жизнь.

— Как же здесь красиво, — сказала она Семеновой, — и все как игрушечное, такое аккуратненькое.

Семенова исправно все перевела Фишеру. Тот польщенно заулыбался.

— Вообще-то я и сама все это могла сказать, — пробурчала Алина.

— А что же не сказала? — ответила ей Семенова. — Это дурной тон — разговаривать вдвоем, когда рядом — третий. А что касается здешних мест... Да, здесь очень красиво, комфортно и, думается мне, спокойно.

— Почему так?

— А почему должно быть одинаково? Ну, почему никого не удивляет, что истории у народов разные, а булки и крыши должны быть одинаковыми?! Алина, мне сдается, это самый любимый вопрос русских туристов: «Почему у нас так некрасиво, а у них такая лепота!» — рассмеялась Оля. И тут же все слова перевела Фишеру.

170

— О, — произнес он и замолчал. Было видно, что он подбирает слова.

— Вот, и вы не можете ответить на этот вопрос, — рассмеялась Семенова.

— Не могу. Но мне кажется, что это не самое главное. У нас есть много чего, что нас раздражает. Но мы привыкли ухаживать за тем, что окружает нас. Понимаете, все, что далеко, нас не так волнует. А вот то, что рядом, — это наша забота.

— Логично, — подхватила Семенова, — у всего есть хозяин, таким образом.

— Понятно, — вздохнула Алина. — Короче, это — менталитет. И потому нам пока не светит.

Семенова деликатно все это перевела Фишеру. Тот рассмеялся:

— Знаете, у нас иногда легче ремонт сделать, чем убрать старую квартиру. Вот так это бывает. И еще у нас не всегда бывает вентиляция в душевой комнате.

— Вы не возражаете, я переводить это не буду. Алина прекрасно все поняла. Она самого высокого мнения о вашем укладе.

— Да, конечно, — рассмеялся Эрик.

— Ты же сама сказала, что это неприлично — разговаривать двоим, когда есть третий? — проворчала Новгородцева.

— Я сказала Эрику, что тебе очень симпатичен их образ жизни.

— Эрик... — машинально вслух сказала Алина, а тот сразу же откликнулся:

— Ja?!

— Э... я хотела сказать, — покраснела Новгородцева и тут же вспомнила несколько фраз из одного английского упражнения. Она его вызубрила, когда надо было сдать зачет в конце четверти.

— Что ты хотела сказать? Я переведу, — предложила Оля. Но Новгородцева, запинаясь, произнесла вызубренные слова:

— Я много раз была в Германии. Но у меня не было времени сходить на экскурсию. Сейчас я свободна и хочу посмотреть достопримечательности.

— Ого! — присвистнула Семенова.

— О, конечно! Я буду рад помочь! — отозвался на английском Эрик, и Новгородцевой показалось, что он тоже когда-то давно зубрил эту фразу.

Тем временем они миновали белостенную часовню, стоящую на зеленом лесном фоне, ратушу, где, как объяснил Фишер, проходят все городские торжества и можно поучаствовать в городской самодеятельности.

— Я, например, играю в оркестре пожарной команды, — не без гордости сообщил Фишер. Когда Семенова это перевела, Алина прыснула от смеха. Она представила команду пожарников со сверкающими трубами.

— У нас очень почетно быть волонтером пожарников или спасателей.

— А вы волонтер? — задала вопрос Оля.

— Да, вот уже несколько лет. У меня жена погибла при пожаре. Тогда у нас тоннель загорелся.

— О! — Семенова все перевела Алине.

— Я поняла, — сказала та и, напрягая память произнесла несколько слов сочувствия.

— Ты что это вдруг?! Уроки английского вспомнила, — еще раз удивилась Семенова.

— Я просто поняла, что не надо волноваться и искать сложные конструкции. А слова я знаю. Самые необходимые. Из них можно составить предложения.

— Молодец! Я же не буду с вами вечно ходить! — рассмеялась Оля.

Эрик Фишер чувствовал себя свободно, хотя девушки заметили, что при встрече со знакомыми он улыбался несколько смущенно.

— Вас все здесь знают, — польстила ему Семенова.

— В нашем городе единственный большой спортивный магазин. И он мой. Но, конечно, есть еще отделы, например в магазине у вокзала.

Семенова повернулась к Алине:

— Ты помнишь, мы заходили в тот отдел? И не нашли нужного.

— Ваш магазин очень хороший, — по-русски сказала Новгородцева, — у вас есть вещи очень качественные. А это важно, если ты серьезно занимаешься спортом. Я у вас увидела то, что не могла купить в Италии.

Семенова перевела слова Алины. А та, уже по-английски, добавила:

— Я хочу зайти к вам еще раз. Уже перед отъездом. Мне надо кое-что еще купить.

— Конечно, — обрадовался Фишер, — только почему перед отъездом и почему купить? Я буду рад подарить вам то, что необходимо для ваших соревнований.

— Об этом не может быть и речи! Мы же не в гости сюда приехали.

Семенова исподтишка толкнула Алину. Но Новгородцева и так видела, что Эрик Фишер интересуется ею. Когда он что-то рассказывал, он смотрел на нее, он ей первой подал руку, когда они переходили через искусственный водопадик — украшение городского парка. Было еще много всяких примет и деталей, которые свидетельствовали о том, что Эрик Фишер наконец влюбился.

Где-то через два с половиной часа прогулки Семенова схватилась за голову.

— Что? — испугался по-немецки Фишер.

173

— Что? — испугалась по-русски Алина.

— Я забыла, что обещала тренеру вернуться раньше! Мы должны согласовать план индивидуальных тренировок.

— Чего? — округлила глаза Новгородцева.

— Да, совсем забыла! Я тут к гостинице пройду? — спросила она у Фишера, — Через речку и налево? Спасибо!

Семенова убежала прежде, чем Новгородцева успела ее вывести на чистую воду. Она посмотрела на Эрика. Тот посмотрел на нее. Потом оба рассмеялись.

— Очень умная дама! — со значением сказал Эрик.

— Этой умной даме достанется на орехи, — по-русски ответила Алина.

— На орехи? — повторил по-русски Эрик.

— На орехи, — рассмеялась Новгородцева.

Они оба поняли, что Семенова исчезла не просто так. И оба были ей в какой-то степени благодарны за этот шаг. Эрик Фишер даже не представлял, как и о чем можно говорить с Алиной. Семенова своим присутствием ситуацию подготовила и упростила. Она подкинула темы — о городе, об укладе, об образе жизни. Все это было действительно интересно для обоих, и теперь не требовалось длительных вступлений. Семенова совершенно ясно дала понять, что интерес Эрика к Алене очевиден, совсем не тайна, а потому лучше всего их оставить вдвоем. Таким образом для Алины и Эрика эта прогулка стала не просто экскурсией, а началом узнавания друг друга.

В некотором смысле границ давно уже нет. Возможность заглянуть в какой угодно момент почти в любую точку земли привела к тому, что наша жизнь с ее привычками, традициями и укладом перестает быть чем-то экзотичным. Мир сузился, а возможности человека — расширились. Мобильная связь превратила нас в близких соседей. Но порой живущие на той же лестничной клетке от нас дальше, чем те, кого мы можем встретить на океанских пляжах. Человечество еще не успело осмыслить подобное противоречие, иначе оно бы давно отменило не только государственные границы, но и национальности. Поскольку дело не в написании букв или приготовлении мяса, а в том, сколько точек соприкосновения можно обнаружить.

На примере Алины Новгородцевой и Эрика Фишера видно, как люди, выросшие в разных условиях, могут быть удивительно близкими по духу.

Внезапное исчезновение Семеновой растопило сдержанность. Оба развеселились и обрадовались, что не надо предпринимать шаги по обозначению статуса. Стало совершенно ясно, что Эрик заинтересовался Алиной. Девушка вздохнула с облегчением — она была не сильна в дипломатических и иных уловках. И гулять, притворяясь, что она не понимает, почему это Эрик Фишер решил показать заезжей русской родной город, ей было бы невмоготу. Сейчас же все стало естественно.

— Ты не хочешь выпить кофе? — спрашивал Фишер.

Алина кивала головой, и они присаживались под большим платаном на ратушной площади. Она рассматривала толпу, которая в субботний вечер было достаточно плотной, задавала вопросы. Эрик охотно отвечал. Заодно он украдкой рассматривал спутницу. Да, ему не показалось в первый день — она симпатичная. Особенно хороши румянец и красивые каштановые волосы. Волосы были густыми и тяжелыми. Еще Эрику понравилась ее улыбка. Она появлялась, когда на девушку никто не смотрел. Но как только Фишер переводил взгляд на ее лицо, Новгородцева становилась серьезной. «Такое лицо у нее было на тренировках», — думал Фишер и как-то незаметно заговорил о спорте. Уже через несколько минут Алина,, запинаясь, только в особенно сложных оборотах, рассказывала, почему и как она решила заниматься лыжами. Это повествование не требовало большого словарного запаса, да к тому же Алина иногда переходила на русский. Эрик хватался за словарик и начинал искать нужное слово. Новгородцева старалась помочь ему, приводила синонимы и искала английские варианты. Это словесная кутерьма окончательно стерла их обоюдное смущение.

Если Эрик Фишер полностью был поглощен беседой и самой Алиной, то Новгородцева думала о Быстрове. Она сравнивала его с Фишером и приходила к выводу, что с ее давней любовью сравниться никто не может. «Быстров держится увереннее. Он не заглядывает в глаза. И не улыбается по любому поводу. Саша вообще почти не улыбается», — думала Алина. Новгородцева заметила, что Эрик Фишер быстро соглашается со всем, что она говорит. «Ну, это и понятно — мы же только-только познакомились. Странно спорить из-за ерунды», — давала она шанс Фишеру, но тут же вспоминала, как умеет отстаивать свое мнение Быстров. С азартом, со злостью, с вескими аргументами. Алина любила наблюдать за этим, но сама никогда не вступала в такие споры. Понимая, что проиграет. Она вообще догадывалась, что Быстров намного умнее, образованнее, чем она. «Когда он только успевает!» — с завистью и с чувством человека, который что-то упустил, подумала она. Эрик тем временем что-то рассказывал про семью. Алина уловила знакомые слова — мать, отец, дом, но потом Фишер сбился, перешел на немецкий. Алина улыбнулась:

— Теперь мне надо посмотреть в словарь.

Из всего, что он рассказал, Новгородцева поняла самое главное — этот человек из своего городка никогда никуда не уезжал. Ну, не считая отпуска.

— Учился ты где? После школы? Здесь есть институт?

Оказалось, что Эрик учился в училище. Институт здесь есть, но не учебный, а медицинский. Очень известный, где делают операции в самых сложных или экстренных случаях.

— А у меня папа так умер. Ничего, казалось, страшного. Болело и болело. А потом прихватило, и врачи уже не успели.

Фишер не все понял, но на его лице отразилось сочувствие.

— У нас хорошие врачи. И больницы, — поспешила сказать Алина, — папа просто упустил момент.

Английский эквивалент выражению «упустить момент» она не нашла. Сказала просто — «не успел». Потом она рассказал про маму и порадовалась, что не надо мучиться, чтобы подобрать слово к ее профессии. Не то что к папиной. Слова «геодезия» и «управление» своих английских синонимов не нашли.

Про жену Фишер не сказал. И Алине это понравилось. Ей показалось, что эта история, при всей безусловной трагичности, предназначена выжать слезу у слушателя. Между тем Новгородцева могла бы пожалеть эту молодую женщину — жалко любого, кто погиб, — но не Фишера. «Это она умерла. А он остался жить и сейчас кокетничает с незнакомой девушкой. Для него жизнь продолжается», — думала Алина. И это молчание Эрика Фишера, сдержанность и понимание неуместности подобных откровений заставило ее присмотреться к нему. «Он очень приятный. Только голова яйцом», — подумала Алина. Была бы она наблюдательней, она бы заметила, что у многих детей и взрослых головы чуть вытянутой формы. Объяснение тому самое прозаическое — вакуумное родовспоможение. Но Алина была далека от подобных вещей. Она отметила то, что бросалось в глаза. Еще ей понравилось, как он одет. «Просто, но ярко. Это и правильно!» Алина разглядывала носки собеседника. Они были в мелких крокодильчиках.

Эрик Фишер в это же самое время рассуждал про себя: «Она спокойна. Не смущается. Говорит обо всем. Даже про отца рассказала. Про его смерть. Семья у нее образованная. Мать — учительница». Как выросший в некотором предубеждении к русским — пропаганду никто не отменял, Фишер был рад найти общее в образе жизни. И там, и там важную роль играли родители. В обеих семьях уделяли большое внимание спорту. И Фишеры, и Новгородцевы добились относительного благополучия. В его семье был магазин, перешедший по наследству, у Алины — недвижимость в одном из самых красивых и известных городов мира. (Алина рассказал ему про переезд.) Ему понравилось, что она поступила в институт — образование, с точки зрения его родителей, было гарантией стабильности. И еще он обратил внимание на то, как Алина себя держит — просто, с достоинством. Это говорило о том, что эта девушка росла в любви и заботе, она не будет бросаться на шею первому встречному. Во всех этих его рассуждениях было достаточно наивности. Но Эрик помнил, как росли он и его сестра и какие принципы были у него в доме. То, что он заметил в девушке, ему очень понравилось. А если учесть, что у нее были красивые глаза, волосы и чувствовалась энергия, то Эрик не видел причин не влюбиться в нее. Конечно, в эту первую их встречу он еще был насторожен, но, когда проводил Алину в отель и вернулся домой, сомнений почти не осталось. «Завтра я приглашу ее на озеро. Покажу ей ущелье, можно будет пообедать там же», — подумал Фишер и полез в шкаф. Ему срочно понадобились другие джинсы.

Новгородцева попрощалась с Фишером на пороге отеля. Оба они уже устали напрягаться, искать английские слова, а потому «до свидания» говорили на родных языках.

— Пока! — улыбнулась Алина.

— Auf Wiedersehen! — отвечал Эрик. Он на секунду замешкался, а потом спросил: — Ich kann dich anrufen.

Новгородцева замешкалась. Она поняла, что речь идет про звонок. Поэтому переспросила:

— Handy?

Она знала, что здесь так называют мобильники.

— Ja! — улыбнулся Фишер.

Алина достала из рюкзака телефон и продиктовала номер Эрику. Тот поблагодарил.

— Завтра я заеду? В два часа?

Алина растерялась: во-первых, она не знала, будут ли тренировки завтра, во-вторых, сегодня устала от поисков нужных слов и выражений, а в-третьих... Интерес этого симпатичного немца был неожиданным, и как к нему относиться Алина пока не знала. Поэтому она ответила:

— Позвони в час дня. Я буду знать.

Эрик улыбнулся. Новгородцева скрылась в дверях.

В холле уже почти никого не было. Новгородцева вздохнула с облегчением, но тут же подумала, что лучше бы она сейчас встретила Ульянкина: «А то всю ночь гадать буду, какую гадость он скажет по поводу моей этой прогулки!»

Семенова уже была в своей любимой пижаме. Она лежала на кровати и читала книжку.

— А вот и я, — объявила Новгородцева. — Меня тут тренер не искал?

— Искал, — спокойно ответила Оля.

— Вот, я как чувствовала! — всплеснула руками Алина.

— А почему ты так волнуешься? Это твое дело. Ты — совершеннолетний человек.

— Да не хочется выслушивать его нравоучения, да еще в такой форме...

— Плюнь, — посоветовала Семенова, — лучше расскажи, как тебе показался этот самый Фишер.

Алина ничего ответила, она налила себе воды, села в кресло и только потом сказала:

— Во-первых, я устала. Хорошо, что я английский хоть как-то учила. И когда ездили, пользовалась им. Но пока вспомнишь слово и построишь фразу — уже ничего не захочешь.

— Ладно, это пройдет. Знаешь, язык можно выучить только пользуясь им. Но ты скажи, куда вы ходили, о чем говорили?

— По городу ходили. Говорили? — Тут Алина замолчала, а потом с удивлением произнесла: — Говорили обо всем. Это удивительно, но с Быстровым я никогда так не разговаривала.

— Почему? — удивилась Оля.

— Не знаю, — ответила Алина, но сама подумала, что Быстров никогда так не интересовался ее жизнью, как этот незнакомый человек.

— Наверное, повода не было. Или вы не проводили вместе столько времени, сколько ты сейчас с Фишером провела.

— Да, мы же очень заняты, — смутилась Алина, — у него тренировки, у меня.

— Но учились в одном интернате, — усмехнулась Оля. — Знаешь, когда человеку интересно, он найдет возможность поговорить.

— Оля, ты мне тут не пытайся заморочить голову. Быстров — это Быстров. А Фишер... Ну, уедем мы отсюда через пару-тройку недель... И — все!

— Это да, конечно, — согласилась Семенова и тут же спросила: — Ну, как он тебе? Впечатление какое?

— Нормальное, — пожала плечами Алина, но было видно, что поговорить ей о случившемся хочется.

— Да, что там за одну встречу увидишь, — опять как бы поддакнула Оля, — но какие-то характерные черты все же уловить можно.

— Например, какие?

— Ну, он может быть внимательным. Согласись, что история со шлемом — это отличная иллюстрация. Другой бы проехал, не обратил внимания. Просто забыл бы, как только свой магазин закрыл...

— Кстати, у него сестра есть. Но магазин принадлежит ему. Он ей отдал ее часть деньгами. Теперь он все сам решает.

— О, вы и об этом поговорили! — удивилась Семенова.

— Да про все — я про родителей рассказала, про переезд, про институт свой. Он тоже...

— Про жену сказал?

— Ты знаешь, — оживилась Алина, — нет! И мне кажется, что это — хорошо. Понимаешь, он своим горем не хвастается, не старается разжалобить!

— Согласна. Вообще он производит хорошее впечатление.

— Да, но пора ложиться спать. Что-то завтра будет! Ульянкин...

— Ровным счетом ничего. Пусть попробует что-то сказать! — Семенова сразу поняла, о чем беспокоится подруга.

Новгородцева вздохнула, потом собрала вещи и отправилась в душ. Плескалась она долго, потом копошилась в своей комнате, затем, наконец, погасила свет. Когда казалось, что обе уже крепко спят, Алина тихо окликнула Семенову.

— Да, — сонно ответила та.

— Знаешь, а ведь у меня никогда никого не было. И ребятам в классе я никогда особенно не нравилась. Понимаешь, я никогда ни с кем не встречалась. Представляешь, мне уже почти двадцать лет...

Из комнаты Семеновой послышались какие-то звуки. Алина прислушалась.

— Ты что? Плачешь? — спросила Новгородцева шепотом.

— Нет, — как-то хрюкнула Семенова, — я... я смеюсь.

И она зашлась в безудержном смехе.

— Что я такого сказала? — обиженно воскликнула Алена. — Если ты так себя ведешь, я тебе вообще ничего больше не скажу!

— Не обижайся! — Семенова всхлипнула. — Ты понимаешь, это так смешно у тебя вышло!

— Да что именно?! — почти рассердилась Новгородцева.

— Да про возраст. «Мне уже почти двадцать лет!» Господи, какие же мы дуры иногда! Во-первых, тебе не «почти двадцать лет»!

Алина помолчала, а потом хмыкнула:

— Да, точно. Глупость сморозила. Но понимаешь, у нас все девчонки уже с ребятами переспали. У всех какие-то отношения были. А я...

— А ты — умная. И себя любишь. Ты это сделаешь тогда, когда поймешь, что этот человек стоит того.

— А у тебя... Ты...

— Я — да. У меня были отношения. Но он дураком оказался. Собственно, как и я. И честно тебе скажу, никаких воспоминаний. Ни плохих, ни хороших.

— Но после этого как-то все проще... — думая о чем-то своем, предположила Алина.

— Да как сказать, — пробормотала Семенова.

На следующий день Ульянкин устроил маленькую тренировку и большую экскурсию. На тренировке Алина выложилась на все сто, но похвалы не услышала. Более того, тренер сделал ей замечание за нарушение режима.

— Прошу всех не брать пример с Новгородцевой, мы сюда приехали тренироваться, а не женихов искать.

Малкина, которая здесь присутствовала, осуждающе посмотрела на Ульянкина. Но тот глаз не отвел, наоборот, счел возможным продолжить:

— Уважаемая Надежда Лазаревна, мы же не хотим, чтобы в команде был детский сад? Нам же младенцы здесь не нужны?

Новгородцева покраснела до корней волос. Нравы в команде были простыми. Тренер частенько позволял себе пошлости, все не то чтобы привыкли, а старались пропускать мимо ушей. Но Алина находилась не в том настроении. Только что она отлично отзанималась, выполнила все, что полагалось. Конечно, ее хвалить не обязаны, она для себя это все делает. Ей рекорды нужны, но после вчерашнего приятного дня слышать незаслуженные упреки было тяжело. Она было открыла рот, как кто-то ее толкнул в бок. Новгородцева уже приготовилась дать отпор, но, оглянувшись, увидела Семенову.

— Тсс, молчи. Не обращай внимания, — прошептала та. Алина упрямо мотнула головой, но... Время для ответа было уже упущено.

Тренер с усмешкой оглядел всех:

— Ладно, все на сегодня. Отдыхаем, после обеда экскурсия. Надо и с прекрасным знакомиться. Автобус подойдет около двух. Всем быть у входа в гостиницу.

Алина понуро собрала свои вещи, замотала вокруг шеи полотенце, чтобы не продуло.

— Почему ты не дала мне ответить? Зачем меня остановила? — спросила она Семенову.

— Чтобы скандала не было. Нам еще тренироваться и тренироваться.

— Не узнаю тебя, ты с чего это вдруг такая стала осторожная?

— Я предлагаю затаиться.

— Зачем?

— Пока не знаю, — не моргнув глазом, сказала Оля.

Алина сразу решила, что на экскурсию со всеми не поедет. И дело было не в том, что она предпочла бы общество Эрика. Просто находиться среди людей, которые являются свидетелями твоего каждодневного унижения, было удовольствием ниже среднего. Новгородцева понимала, что пока тренером Ульянкин, так и будет продолжаться. «Победить» она его не могла и должна была терпеть на тренировках. «Но в свободное время — увольте!» — сказала она сама себе.

— Знаешь, Фишер пригласил меня на озеро. Есть здесь какое-то знаменитое озеро. Там и погулять можно — окрестности красивые, и перекусить. Я вчера ответила неопределенно, а сегодня решила, что пойду с ним.

— Правильно, — кивнула Семенова.

— Поехали с нами? Нечего тебе тоже все это выслушивать. Ульянкин же не остановится. Он даже в музее способен заорать.

— Нет, спасибо, — улыбнулась Семенова, — я скорее всего вообще в отеле останусь. А когда все разъедутся, выползу на террасу и позагораю. Книжки почитаю.

И вообще, ты знаешь, я что-то притомилась. Все на таких нервах. И тренироваться совсем не хочется. Когда вернемся домой, я уйду. Не буду больше заниматься лыжами.

— С ума сошла?! — возмутилась Алина. — Ты же способнее меня. Я измором беру все эти «высоты». Я зубрилка, как говорят в школе. А у тебя способности. Тебе просто нужен другой тренер. Ты, когда приедешь, не из спорта уходи, а от тренера. У тебя получится это без скандала. Ты умеешь твердо и спокойно говорить.

— Ладно, посмотрим, — вздохнула Оля.

— Нет, ты только подумай, какой же он человек?! Всех тут придушил! Мы должны сейчас быть полны энергии, куража... А он своими замечаниями, одним только тоном...

— А как же твои цели и его методика, которые неожиданно совпали, — ехидно улыбнулась Семенова, — это же почти твои слова.

— Ладно тебе, — махнула рукой Алина, — ты лучше скажи, что надеть на это самое озеро?

В два часа Алина вышла из отеля и увидела почти всю группу.

— Вы что, не обедали? — удивилась она. — Сейчас же обед!

— Уже, по сокращенному варианту. Но вас с Семеновой мы не видели, — ответила за всех она из девушек.

— Оля в комнате. У нее голова болит. Она не поедет.

— А ты?

— У меня голова не болит, но я тоже не поеду.

— Почему?

— У меня свои планы. Если тренер спросит, так и скажите ему.

Новгородцева повернулась и пошла привычной уже дорогой. Она знала, что Фишер уже ее ждет.

Догнать любовь

Как они и условились, Эрик позвонил ровно в час. Алина сказала, что с удовольствием поедет с ним, но предлагает встретиться не у отеля, а чуть дальше, там, где улица пересекается с рекой.

— Ок, — с готовностью откликнулся тот и добавил: — Я приеду пораньше.

Но когда Алина подошла к мостику, Фишера она не увидела. «Ничего, я посижу на солнышке!» — решила она, и в этот момент ее окликнули. Самое интересное, что имя ее прозвучало почти правильно. Она оглянулась и увидела Фишера. Он стоял у маленькой машинки.

— О, а я не видела тебя. — Алина порадовалась, что английский язык «ты» и «вы» в единственном числе не различает.

— Я давно приехал. И думал, что ты не сможешь прийти.

— Почему я не смогу прийти? — удивилась Алина.

— Тренировки... — многозначительно ответил Фишер.

— Я пришла бы в любом случае, даже если бы объявили тренировку.

— О, — только и ответил Эрик.

Алина присмотрелась к нему. «Он готовился к встрече. Как к свиданию. Хотя это оно и есть», — подумала про себя Новгородцева. Эрик Фишер был одет в яркую куртку и джинсы, уголки воротника клетчатой рубашки он аккуратно заправил в джемпер.

— Там холодно? — спросила Алина.

— Да, там часто бывает туман и дождь. Озеро находится очень высоко.

— О! — Алина была закаленной, но простудиться ей совсем не хотелось.

— Я взял еще одну куртку и плед, — успокоил ее Эрик.

Они сели в машину.

— Есть окружная дорога, но мы поедем через город. Мы там вчера не были. Но там красиво — старые сторожевые башни, замок.

— Отлично, — сказал Алина, — здорово, что ты пригласил меня.

Последние слова вырвались помимо воли. Все, что сейчас с ней происходило, было ей внове. Впервые интересный мужчина назначил ей встречу, ждал ее и волновался, что она не придет. Впервые мужчина заботился о том, чтобы ей не было холодно, думал о том, где они будут обедать. Новгородцева вдруг поняла, что еще никогда и никто не был так внимателен к ней. Никто не открывал дверцу автомобиля, не брал плед и куртку на случай, если она замерзнет. И, наконец, никто не заботился о том, чтобы она посмотрела что-то интересное. Алина на минуту даже оторопела — таким обидным ей показалось прошлое. «Нет, родители заботились. Папа всегда волновался, чтобы я не перемерзла в лесу», — восстановила справедливость Новгородцева, а вслух, тщательно подбирая английские слова, сказала:

— Я поняла, что очень устала. У нас тяжелые тренировки.

— Я знаю, — ответил Фишер и покраснел. Алина еще раз повторила про себя сказанную им фразу. «Он знает, какие у нас тренировки. Конечно, город спортивный. Он и сам на лыжах бегал немного», — подумала Новгородцева.

— Я видел, как вы тренировались, — признался Эрик.

— Когда? — изумилась Алина.

— Там, в Миттенвальде... — сказал Фишер.

У Алины упало сердце — она вспомнила, как тогда орал на нее тренер. «Какой позор! И я еще тогда ничего

187

не сказала, не возмутилась! Эрик подумает, что я тряпка, не уважаю себя!» — подумала Новгородцева. Фишер видела, какое впечатление произвели его слова, и тут же соврал:

— У меня были дела там. Важные. Магазин.

— А, тогда понятно. У вас здесь все такое уютное и... маленькое. Обязательно кого-то встретишь, — сказала Алина любезно. «Как в нашем поселке!» — подумала она про себя.

Новгородцева немного успокоилась. Она подумала, что такому занятому человеку, у которого на плечах целый магазин, некогда интересоваться чужими тренировками.

Они ехали небыстро, и Алина успевала рассмотреть округу. Старые казармы, кладбище, строения, похожие на ангары, — все это было аккуратным, с обязательным палисадником и цветами в нем.

— Когда мы жили в деревне, мы с мамой всегда сажали цветы. И еще... — Алина поискала в памяти слово, но не нашла и сказала по-русски: — Ну, как лук.

— Лук? — переспросил Эрик.

— Да, зеленый лук.

— А, — озадаченно произнес Фишер.

«Ладно, потом объясню. А пока я отдохну!» — подумала она. До самого озера Алина молчала, а Эрик, угадавший ее настроение, не нарушал этого молчания. «Я ей не скажу, что следил за ними. Не поймет!» — твердо решил он.

А ход мыслей Алины принял совершенно неожиданное направление. Она вдруг подумала, что Быстров вот точно так, наверное, заботится о Марине Ежовой. «Если у них отношения, то его должно волновать, холодно ли ей, хочет ли она есть или понравится ли ей фильм, на который он купил билеты. В чем же эти отношения заключаются, как не в этом? В защите, заботе. Да, еще есть постель. Но это другое. Это должно сочетаться с заботой», — размышляла Новгородцева. Алина осторожно посмотрела на Эрика. Он вел машину уверенно, лицо его было спокойным, но вот он поймал ее взгляд и улыбнулся.

— Ты очень симпатичная. У тебя красивые волосы, — сказал он.

— Да? — удивилась Алина совершенно искренне. Она свои волосы всегда собирала в хвост, пучок, узел. Только бы не мешали. Одно время она хотела коротко постричься, но руки не дошли. Сейчас Новгородцева обрадовалась, что так и не сходила в салон.

— Ты — очень... — попытался подобрать английские слова Эрик, — очень приятная. Красивая.

Алина рассмеялась. Но если бы она сейчас могла увидеть себя со стороны, удивилась бы собственному преображению — куда-то исчезла вечная напряженность лица, губы улыбались, нежный румянец на загорелых щеках выдавал здоровье. Ее облик потерял настороженность и напряжение, появились девичья легкость и ребячество. Алина почувствовала такую огромную благодарность, что не удержалась и коснулась рукой плеча Эрика.

— Я уже говорила, но еще раз повторю, как хорошо, что ты придумал эту поездку!

Алина не преувеличивала. Прессинг, которому она подвергалась со стороны тренера, был избыточен. Он уже не подстегивал, он заставлял обороняться или идти наперекор требованиям. Эти ножницы — унижение и осознание необходимости работать на износ — утомляли и выбивали из равновесия. На этих сборах Алина потеряла главное — она перестала видеть цель, потому что все силы уходили на противостояние и психологическое выживание. И неожиданная передышка в виде этих прогулок оказала на Алину благотворное действие. Внимание, забота и даже участие Эрика позволили ей почувствовать себя под защитой. «Интересно, посмел бы кричать на меня Ульянкин, если бы рядом был Эрик? Думаю, что нет». Алина рассмеялась, представив лицо тренера, когда он увидит их вот так, вдвоем.

— У нас тренировки тяжелые, потому что наш тренер очень жесткий. Он иногда кричит на нас.

Фишер чуть не сказал: «Я знаю, я видел!» Опомнился он вовремя:

— Это бывает. У нас тоже был в школе один учитель. Он считал, что громкий голос — это главное достоинство педагога.

Алина рассмеялась:

— Эрик, спасибо тебе еще раз за эту экскурсию. Я еще и озера не видела, а уже отдохнула.

— Ты не хочешь есть? Или кофе? — спросил Фишер.

— Нет, спасибо, может, позже? — покачала головой Алина. — Я бы с удовольствием погуляла.

— Да, нам ехать осталось немного, — сказал Эрик.

Действительно, через десять минут они подъехали к подъемнику.

— А мы здесь проезжали! — вдруг сказала Алина. — По дороге из аэропорта.

— Верно, иногда везут именно так. Хотя есть и более короткий путь. Но эта дорога очень красивая.

— Жаль, что я не очень внимательная была, по сторонам не смотрела.

— Подъемник ты все равно не увидела бы. Он скрыт в ущелье.

Они поставили машину на стоянке, прошли по тропинке в глубь леса и увидели там павильон.

— Вот отсюда мы сначала поднимемся на первое плато, потом пересядем на другой подъемник и поедем дальше.

— А где же озеро?

— Оно почти на самом верху.

— С ума сойти! — пробормотала Алина.

— Что? — не понял Эрик.

— С ума сойти. Фраза такая. Означает — что-то невероятное, такое, что можно ум потерять.

Из всего, что она сейчас сказала, он понял — «потерять ум» и «красота».

— Я мог уехать, — сказал задумчиво Эрик, — но не сделал этого и не буду.

— Знаешь, я тебя очень хорошо понимаю, — грустно сказал Алина. Она вдруг вспомнила места, где прошло ее детство. Там были леса гуще, реки шире, поля — глаз не хватало. А если чуть проехать, то начинались горы. И они были не чета этим — грандиозные скалы без каких-либо признаков жизни. Алина помнила, как отец взял ее с собой в командировку и она смогла увидеть все своими глазами.

«Как же все сложно! — вздохнула она про себя. — Жила там — жалела, что не уехали в большой город. Уехала — хочу обратно. Интересно, как ему, Эрику, удалось все так для себя решить. Как он сказал? «Мог уехать, но не уехал». И все. Живет. Ни сожалений, ни раздумий, ни попыток найти объяснение. Для меня таким ясным был только спорт». Алину сложно было отнести к разряду людей философствующих. Но, видимо, события, произошедшие с ней в этом году, не прошли бесследно.

Тем временем они поднимались на первое плато. Эрик взял с собой небольшой рюкзак.

— Зачем тебе это? — спросила Алина.

— Там куртка и плед. Вдруг ты замерзнешь.

— Спасибо, но если замерзнем, можно спуститься вниз.

— Там надо побыть. Понимаешь, там надо наблюдать, — улыбнулся он.

На первом плато они не задержались. Здесь все было, как обычно в таких местах. Гастхауз с рестораном, с большой террасой, на которой стояли столы с лавками и шезлонги с мохнатыми одеялами. Узкие тропинки вели к смотровым площадкам. Те были огорожены ярко-красными столбиками. Людей имелось прилично — и ресторан переполнен, и на террасах гудели веселые компании.

Эрик улыбнулся Алине:

— Поехали дальше. Пока солнце.

Она кивнула, и вот уже их кабинка ползет вверх. Лес внизу редеет, становятся видны валуны, на них желтые, зеленые и коричневые лишайники. Еще немного — и этот естественный камуфляж сменился темным серым цветом. Но если присмотреться, то это серый с бело-голубоватыми прожилками.

— Какой интересный цвет! — Алина указала на камни.

— Порода. Минералы, — кивнул Эрик.

Дорога оказалась длинной. Последние метры кабинка поднимала почти вертикально, Алине казалось, что она может рукой дотронуться до холодной скалы.

— Все, приехали, — вдруг сказал Эрик, когда кабинка рывком поднялась на маленькую площадку. Сотрудник подъемника поприветствовал Эрика, пожал ему руку, и они о чем-то некоторое время разговаривали. Алина тем временем поежилась и застегнулась на все пуговицы. Фишер был прав — здесь было холодно. «Да, тут климат уже другой». Новгородцева повертела головой. Но вокруг были только камни. Причем она не могла понять, как далеко они находятся. Сначала показалось, что скалы далеко, даже, может быть, на соседней гряде. «Какое огромное здесь все! И... бутафорское. Словно ненастоящее», — подумала Новгородцева. Высота, клочки тумана, которые цеплялись за острие крыши подъемника, за ближнюю скалу, полное отсутствие растительности делали пейзаж загадочным и лишенным каких-либо материальных характеристик. Наконец Эрик закончил говорить и подошел к Алине.

— Извини, это мой старый друг. Он работает здесь. Говорит, что надо поторопиться, обещали плохую погоду.

— Так может, мы вниз поедем?

— Зачем? У нас есть время, — улыбнулся Эрик и взял ее за руку. Алина от неожиданности дернулась

— Так надо. Здесь лучше держаться вместе. Тем более ты не была ни разу на озере.

— Что ты, я не против. Неожиданно просто, — смутилась она.

Так, держась за руки, они прошли по узкой тропинке несколько метров, и те скалы, которые казались далекими, расступились. Алина и Эрик оказались на краю абсолютно круглого озера. Берег был каменистым, вода ближе к нему была ярко-бирюзовой, к центру — темной, почти черной. Поверхность озера была спокойной, но какое-то неуловимое движение всего вокруг предостерегало от поспешных выводов и опрометчивых действий. Впервые попавшему сюда человеку казалось, что озеро — это глубокая затягивающая воронка. Вокруг водоема шла тропинка, но выглядела она совсем не гостеприимно. По ней не хотелось пройти — так близко она подходила к краю озера.

— Как здесь... Сказочно... И даже немного страшно, — поежилась Алина.

— Мы сядем здесь. — Эрик указал на небольшую площадку.

— Да, тут лучше, чем просто на берегу, — согласилась Алина, ее успокоило наличие деревянного ограждения.

— И сидеть лучше, чем стоять, — добавил Эрик. Он достал из своего рюкзака плед, расстелил его на полотняном шезлонге, потом помог Алине поудобней устроиться и накрыл ее курткой. Той самой, которую захватил из дома.

— Ты был прав — куртка и плед не помешают, — улыбнулась Новгородцева. Воздух здесь был колючим и не имел запаха.

Фишер устроился в шезлонге рядом. Намного помолчав, он сказал:

— А теперь смотри. Вода, небо, горы — все это здесь меняется. Цвет становится другим, появляются волны, но это мгновение. Надо его уловить, поймать. Потом все становится прежним.

Алина поерзала, поплотнее укуталась и стала смотреть на озеро. Что она видела? Да почти то же самое, что и мгновение назад. Но... То же самое и... совсем другое. Да, перед ней было абсолютно круглое озеро, скалы, дорожки из слоистых фрагментов каменистой породы. Над всем этим — синее небо и солнце. Его лучи подсвечивали воду, она сверкала оттенками лазури. И тишина была такая же, как минуту назад. Алина огляделась — кроме них с Эриком, никого не было.

— Сюда не очень любят подниматься. Высоко, страшный подъем. Холодно, — поймал ее взгляд Фишер.

Только он произнес эти слова, как налетел ветер, настоящий вихрь. Сначала на них повеяло теплым воздухом. Алина даже зажмурилась от удовольствия. Но потом дохнуло холодом. Ледяной вихрь точно так же окутал их, заставил поежиться. Вода в озере вдруг поднялась, понеслась по кругу, появились волны. Казалось, кто-то огромной ложкой помешивает жидкость, налитую в каменную емкость.

— Смотри, смотри, вода чернеет! — воскликнула Алина.

— Я тебе говорил, — откликнулся Эрик.

А вода, превратившись в темное варево, слилась с серыми берегами и превратила плато в одно целое. И страх тут же охватил Алину. Она поняла, что и шага не сделает, потому что не разобрать теперь, где вода, а где берег. Но страшнее всего было то, что небо оставалось нежно-голубым, а черная непогода бушевала в этом замкнутом пространстве с загадочным озером.

Новгородцевой стало по-настоящему страшно. Она вдруг подумала: «Господи, как я здесь оказалась?! С этим совсем незнакомым мне человеком. Здесь никого нет. Только этот его друг. А может, они что-то задумали?! Почему я не сказала Семеновой, куда я точно еду. Она же это озеро никогда не отыщет. И меня никто больше не найдет! Какая я идиотка. Зачем мне это все и этот Эрик... Я хочу домой! Прямо сейчас! Вот сию минуту!» — думала Новгородцева. Ее охватила паника, она сдернула с себя куртку Эрика, вскочила на ноги.

— Что с тобой?! — Выражение ее лица напугало его.

— Домой! Все! Я хочу домой... — забормотала Алина. Она хотела сделать шаг, оглянулась на озеро, и у нее закружилась голова. Воду все так же кто-то помешивал. Или это казалось Алине? Она сама не понимала этого, только волны бежали по кругу все быстрое.

— Домой? Да, конечно, — засуетился Фишер, — не бойся, сейчас все закончится. Это всего лишь минуты... Ветер меняется. Горы не дают ему проникнуть на плато... Это просто такой эффект...

Алина не слушала его, она уже вышла на тропинку, и в это время все стихло. И солнце сквозь легкую белую дымку смотрело на воду, и ветра словно и не было никогда, и вода превратилась в нежную лазурь. Алина растерянно остановилась. Потом вернулась к шезлонгу. Эрик стоял и ждал, что же она решит — спускаться вниз или еще остаться здесь. Новгородцева по-прежнему растерянно смотрела на воду. Потом она перевела взгляд на Фишера.

— Извини, я испугалась. И подумала о чем-то таком... Знаешь. Это картинка не для слабонервных. А я... Я — выносливая. Я ничего и никого не боюсь. Но столько всего произошло, и этот самый Ульянкин. Понимаешь, я так устала. Мне кажется, я никогда не буду чемпионкой. Да что там! Меня и в сборную не возьмут. Я... Я сдаюсь. Я больше не могу так...

Алина говорила долго. Рассказывала про переезд в Питер, про учебу, про отношения с матерью. Она говорила по-руски, потом спохватывалась и произносила пару слов по-английски. Потом опять по-русски. Эрик слушал ее и поглаживал по плечу. Он ничего не говорил и очень мало понимал. Кроме одного, что эта крепкая, выносливая и очень хорошенькая девушка крайне устала. «Это и неудивительно, — сказал сам себе Эрик, — так много работать. И такого тренера иметь».

— Мы сейчас едем обедать. Суп с фрикадельками. И что-то мясное. Ты же любишь мясо? Тебе надо есть много мяса. Белок.

Алина растерялась — она плакала о чем-то, что и названия не имело. О том, что было в душе, прикрытое для вида всякими обстоятельствами и делами. А этот человек, этот Эрик говорит про суп. Алина рассердилась, хотела что-то сказать, а потом поняла, что ее гладят по плечу. Он жалеет ее. И она уткнулась ему в грудь.

Он на мгновение замер, а потом обнял ее. Что-то сказал по немецки и поцеловал ее в макушку.

В кабинке подъемника они были опять вдвоем. Сидели рядом и держались за руки. Каждый думал о своем, но не упускал из виду другого. Уже внизу, перед тем как сойти на землю, Алина улыбнулась:

— Я — плакса.

— Плакса? — повторил по-русски Эрик. — Похоже, мне надо найти учителя русского языка.

Алина ничего не ответила. Она думала о Быстрове и Марине Ежовой.

Алина вернулась в отель в девять. Семенова лежала в пижаме и читала книжку. На лице отчетливо выделялся нос.

— Что это с тобой? — спросила Алина.

— На солнце заснула, нос обгорел, — мрачно ответила Оля. Вид у нее был комичный.

— И где ты умудрилась?

— Вышла на террасу. Там такие кресла удобные. Я и задремала.

— Не огорчайся, пройдет.

— Знаю. — Семенова внимательно посмотрела на Алину. — А ты как?

— Ох, — сказал та и плюхнулась в кресло.

— Рассказывай.

— Были мы на том озере. Удивительное место. Красивое и страшное.

— Даже страшное?

— Да. Как сон кошмарный. Смотришь, а деться некуда. Там так же. Бежать некуда — высота, скалы и бездонная вода. Так страшно, что я расплакалась.

— Новгородцева, судя по всему, ты не любительница рыдать? — спросила Оля.

— Вообще почти не плакала. Мама говорит, что в детстве даже волновались, что со мной не так.

— Что ж сейчас рыдаешь по поводу и без?

— Мне жалко себя стало. Я никогда не нравилась мальчикам. Ни в классе, ни в поселке, ни в команде. Никто мне цветов не дарил, да и особо приятного не говорили. Ну, там про лыжи, я же одно время наравне с мальчишками соревновалась. А так... Нет, никто и никогда на меня внимания не обращал. Знаешь, я как влюбилась в Сашу Быстрова, так больше никого не замечала. А он с Ежовой...

— Но это не повод, чтобы рыдать.

— Ты меня не понимаешь. У меня впервые такое.

— Какое?

— Как с этим Эриком. Свидание. Прогулки. Ресторан. Знаешь, он мне дверцу автомобиля открывает, помогает сесть. Он заботливый — плед с собой взял, куртку еще одну.

Семенова слушала, ей хотелось пошутить, но, взглянув на растерянное лицо Новгородцевой, она осеклась. «Похоже, эти двое совпали. Он — вдовец, уставший от одиночества, она — глупо и безответно влюбленная в одноклассника, которому нет до нее дела. К тому же, судя по ее рассказам, этот Быстров еще тот манипулятор. С одной спит, с другой разговоры разговаривает, и с Алиной ведет себя по-свински. То ответит на телефонный звонок, то — нет», — думала Семенова, слушая Алину вполуха.

— Ты понимаешь, о чем я говорю? — донесся голос Новгородцевой.

— Понимаю, — спохватилась Оля, — меня не удивляет, что этот самый Эрик на тебя обратил внимание. Во-первых, ты очень симпатичная.

— У меня ноги кривые, — перебила ее Новгородцева.

— Это не имеет значения. Ноги, уши, нос... никто не смотрит на это в отдельности. Человека воспринимают в целом. Поэтому забудь о ногах.

— А еще почему? — с каким-то детским нетерпением Алина просила расшифровать все загадки ее ситуации.

— Еще? Еще он очень любил жену. Представь, живет человек в маленьком городе. Где все всех знают. Любит женщину. Женится на ней. У них друзья, они же соседи. И опять все про всех знают. И вдруг она погибает. Он тоскует. Проходит время, но здесь он не может никого найти. Почему? Потому что он не мог просто влюбиться в соседку. Или в знакомую с соседней улицы. Почти каждая знала его жену. И между ним и этими женщинами будет всегда стоять его погибшая жена. А чувство вины его велико — ее нет, а он живет. И он разрешит себе влюбится только тогда, когда будет еще что-то, кроме усталости от одиночества и тоски по женскому телу. Например, интерес, загадка. Или желание помочь, спасти, поучаствовать в жизни. Вот в твоем случае — это все вместе. Любопытство — ты же русская, из другой страны. Помощь, участие — он был свидетелем, как тренер на нас орал. Вот, пожалуйста, тебя надо защитить.

— Ты думаешь? — Алина жадно ловила каждое слово.

— Да, но в основе всего этого все равно лежат его человеческие черты.

— Это какие?

— Мне кажется, он добрый. Знаешь, не каждый бы заметил плачущую девушку. Не каждый бы попытался исправить ситуацию. К тому же он был прав — без денег в магазине тебе ничего не продадут. Но он привез тебе этот шлем.

— Господи, как же ты все понимаешь! — с благодарностью воскликнула Новгородцева. — И что же мне делать сейчас?

— Спать ложиться. Завтра понедельник, а следовательно, разборки с Ульянкиным, две тренировки и дистанция на лыжероллерах. Вот тебе этот шлем опять понадобится.

— Да, — вздохнула Алина, — знаешь, он симпатичный. Конечно, не как Быстров. Сашка — красивый. Очень. И еще он успешный. Понимаешь, у него есть цель. Он к ней идет. Это же важно для мужчины. Вот мой отец. Он был простым геодезистом. А сделал карьеру. Причем в любимом деле. Быстров такой же. Он добьется своего.

— Наверное, — пожала плечами Оля. — Главное, какой он человек.

— А что? — с вызовом сказала Новгородцева.

— А то, что он спит со своей одноклассницей. И подкатывает к твоей подруге. Ты же сама про Кузнецову рассказывала. И тебе он тоже морочит голову.

— Это еще почему? Он не морочит мне голову.

— Он бы раз и навсегда запретил тебе звонить ему. Но он этого не сделал. Когда ему плохо, он тут как тут. Когда тебе плохо — он трубку не снимает. Это говорит о чем-то?

— Ты его не знаешь. Он очень... Понимаешь, он сильный и очень амбициозный. Он... Короче, он имеет на это право.

— Глупость, — отрезала Семенова.

— Нет. Я точно знаю, что с Ежовой у них ничего не будет. Школа закончилась. Они-то были парой только потому, что вместе учились...

— Ты очень наивная, — мягко сказала Семенова, — давай спать. Завтра договорим.

Понедельник начался с дождя и пробежки по городу.

— Какое счастье, что этот городок считается эталоном в смысле экологии! — прокричала Семенова, смахивая со лба воду.

— Ты в этом уверена? — отвечала ей Алина. Она бежала легко, дождь ей не мешал совсем.

— Да, читала. Ты же знаешь, я всегда изучаю вопрос досконально.

Алина не ответила, она хотела чуть ускорить бег, но передумала. Она подстроилась к Семеновой и спросила:

— Слушай, а если Эрик сегодня приедет? И пригласит куда-нибудь? Поехать?

Семенова сбавила темп, немного подумала и сказала:

— Почему бы и нет? А что, лучше киснуть в отеле? И ждать, пока Ульянкин придумает нам какое-нибудь развлечение?

— Ну, если будет тренировка, я никуда не поеду...

— Это — да! — хмыкнула Оля. — Я только не понимаю, зачем нам обязательно в такой дождь бегать. Видимо, Ульянкин ничего не успел другого придумать!

Тут Алина не могла не согласиться.

После забега и небольшого отдыха они тренировались в легкоатлетическом манеже. И тут Алина вопреки обычаю не занималась сосредоточенно, а старалась держаться ближе к Семеновой. Чувствовалось, что она думает о Фишере и в душе ее происходит какая-то борьба.

— Перестань так психовать. Ты просто познакомилась с человеком. И просто гуляешь с ним по городу. Ничего плохого ты не совершаешь. И противозаконного, и аморального. Будь уже взрослой, — наконец сказала ей Оля.

— А что, я не взрослая? — возмутилась Новгородцева.

— В каких-то вопросах — нет. Особенно когда дело
касается этого твоего Быстрова.

Если тренер и заметил их разговоры, то виду не подал и замечаний не делал. На удивление спокойно они
дожили до вечера. А в шесть часов зазвонил мобильник
Алины. Это был Эрик Фишер. Семенова с любопытством посмотрела на порозовевшую от смущения Новгородцеву, но из комнаты не вышла.

Новгородцева что-то по-английски мямлила в трубку. Потом она молчала. Видимо, пытаясь разобрать английский Фишера. Потом отключила телефон.

— Ну, — подняла бровь Семенова, — свидание?

— Э... Да, но... — проговорила Алина.

— Ты уже скажи внятно, — рассмеялась Оля.

— Да, он зовет погулять, сходить кофе попить и...
магазин его посмотреть.

— Вот это подход! Товар лицом, так сказать... Правильно, чтобы ты не думала, что он гол, как сокол!

Алина схватила полотенце, скомкала его и запустила
в Семенову.

— Это же просто предлог...

— Это же просто хозяйственный и практичный человек! И он прав... Согласись, недвижимость и бизнес
добавляют к образу очарования?!

— Ты такая...

— Циничная? — рассмеялась Семенова. — Нет, я
просто придуриваюсь. И скажу тебе совершенно серьезно, у него намерения...

— Какие?

— Серьезные...

— Иначе не в магазин бы звал, а в койку.

— Дура!

— Почему же? Я просто говорю вслух то, о чем ты думаешь про себя. Ты же сама все понимаешь...

— Ничего я не понимаю, — вздохнула Алина, — пойду позвоню.

— Быстрову? Держу пари, не ответит...

Когда Новгородцева скрылась, Семенова стала серьезной. Она была немногим старше Алины, но любила читать, интересовалась философией и была наблюдательна. Поэтому она про Эрика поняла все сразу. «Даже если я ошибаюсь и он просто ухаживает за Алиной, делает он это с совершенно чистыми помыслами. И никто не сумеет меня убедить в обратном. И пережил много, и тип человека такой. Хотя мы его совсем мало знаем. Но что думает и чувствует Новгородцева? Один черт ее поймет! Вот и теперь пошла стену лбом прошибать. Далась ей этот Быстров! Понятно же, с ним только себе проблем наживет». Семенова посмотрела в окно. Там по небу ходили тучи, они скрыли вершины гор, улицы были мокрыми, цветы поникли. Над красной крышей вдалеке поднималась тонкая змейка дыма. За окном было уютно, несмотря на непогоду. Оля вздохнула — эти места ей нравились, и ей симпатичен был здешний уклад, но никто не ухаживал тут за ней и не было никаких резонов оставаться в этом городке. «Жить надо там, где тебя любят», — подумала она, потом отругала себя за излишнюю сентиментальность.

Алина вернулась нескоро. «Ага, — подумала Оля, — Новгородцева позвонила, он — не ответил. Она позвонила несколько раз с тем же результатом. Потом сидела в холле, чтобы сейчас мне соврать. Мол, долго с Быстровым разговаривала!» — подумала Оля. Вслух она ничего не сказала. Новгородцева побродила по комнате, зашла в ванную, причесала волосы, вернулась. Потом с торжеством в голосе сказала:

— Ну, мы с ним поговорили. Сразу снял трубку. Мне кажется, у него какие-то неприятности. Понимаешь, вот, чувствую, что хочет что-то сказать, но не решается. Думаю, он расстается с Ежовой. Я же тебе говорила, они только пока в школе вместе.

Семенова присмотрелась к подруге: «Похоже, не врет. Действительно разговаривали».

— Ну, разберутся они, Алина, — мягко сказала Оля, — они же долго дружат, если можно это так назвать.

— Долго, поэтому я и считаю, что скоро это прекратится. Они же надоели друг другу.

— Мне сложно сказать, я же не знаю ни того, ни другого, — уклончиво ответила Семенова.

— Да, и Быстров сказал, что у него сейчас тяжелый период. Много всего навалилось. Это очень плохо — ему же готовиться к соревнованиям. Тут нужна такая мобилизация! И человек, который рядом, обязан понимать это. Он должен позаботиться о нем.

— Вот пусть и заботится тот, кто рядом.

— С тобой невозможно говорить, — отмахнулась Алина, — Быстров совершенно нормальный человек. И все понимает. И чувствует...

— Алина, ты опоздаешь. Эрик, как я поняла, должен быть через минут тридцать...

— Да. — Новгородцева на минуту задумалась. — Но потом, когда вернусь, я должна буду обязательно перезвонить Быстрову.

— Зачем? Ты же уже звонила?

— Узнать, как он...

Семенова закатила глаза.

На этот раз Эрик заехал за Алиной, и на глазах гостей отеля и некоторых членов команды она вышла из дверей отеля и села к нему в машину. Причем Эрик выскочил под дождь и открыл ей дверь, помог устроиться, а ее зонт закрыл и бережно положил на заднее сиденье. Алина, усевшись, отогнула зеркальце и, посмотревшись в него, поправила волосы.

— Дождь, а когда влажно, мои волосы вьются, — улыбнулась она кокетливо. Роль девушки, за которой ухаживает интересный тридцатилетний мужчина, ей нравилась все больше.

И в этот вечер повторилось все, что было в предыдущие, — небольшая экскурсия. Но, поскольку Граубах они уже осмотрели, Эрик повез ее в маленький австрийский городок. Он славился своими пирожными в виде больших шаров, облитых глазурью. Чтобы попасть в это место, надо было проехать перевал. Тот был в тумане и дожде, Эрик вел машину медленно, за ними уже собрался огромный хвост.

— Скажи, а что, быстрее нельзя? — спросила Новгородцева, которой было неудобно, что они задерживают такое количество людей.

— Конечно, можно, — отвечал ей Эрик, — и если бы я был один, я бы уже был на месте. Но я везу тебя. Поэтому еду осторожно.

Алина покраснела, как будто ей сказали невесть какой комплимент. Но вот дорога пошла вниз, и, к огромному оживлению Алины, их встретило солнце, а дождя не было и в помине.

— Вот это да! — воскликнула она. — Мы же совсем недалеко уехали! А тут солнце!

— Да, здесь так часто бывает, — улыбнулся Фишер, — поэтому мы не скучаем.

— Здесь скучать невозможно, — согласилась Алина. Она благодаря ему узнала очень многое об этих местах. И пришла к выводу, что маленький масштаб — это иногда благо. «Чем меньше у тебя дом, тем легче навести в нем порядок! — подумала она. — Немудрено, что здесь такая красота и, кажется, каждая травинка причесана».

Городок оказался настолько маленьким, что они его обошли за час. Алина купила в лавке пару колокольчиков и коробку конфет. Эрик пытался заплатить, но Новгородцева так замахала руками, что он отступил. Наверное, смутился, поскольку окружающие стали обращать на них внимание. Еще они дошли до какой-то проселочной дороги.

— Все, — сказал Эрик, — город закончился.

Алина огляделась. Вокруг были горы, на одной из них виднелся крест.

— А что это? — указала на него Новгородцева.

— Там летчик упал. Давно. Еще в начале века. Двадцатого.

— А подняться можно?

— Можно, но туда ведет длинная деревянная лестница. Надо по ней идти.

— А другой дороги нет?

— Нет. Лестницу эту сделали и ремонтируют родственники летчика.

— Как — родственники?

— Сыновья, потом внуки и внучки...

— Потомки, — по-русски сказала Алина. По-английски она этого слова не знала.

— Мы можем пойти, но уже поздно. Вечер, скоро темно будет.

Алина вспомнила поход на озеро и настаивать не стала. Они сели в машину в поехали назад в Граубах.

— Мы заедем в магазин? У меня там дела, а ты посмотришь. Ты же тогда спешила, — как-то смущенно сказал Эрик.

— Если надо — заедем, — согласилась Алина. Она совершенно не разделяла мнение Семеновой, будто

Эрик хочет похвастаться своим благосостоянием. «Кто я такая и зачем он будет хвастаться передо мной!» — думала Алина.

Они подъехали к магазину, но вошли не через центральный вход, а через боковую дверь, которая с улицы почти не заметна.

В магазине горел свет, и был виден торговый зал. Алина обратила на это внимание.

— У нас так положено. Магазин должен быть освещен. Покупатели гуляют по вечерам, рассматривают вещи, а потом, на следующий день, приходят примерить, купить.

— Но это же деньги? — удивилась Алина.

Эрик внимательно посмотрел на нее.

— Понимаешь, — повторила она, опасаясь, что он опять не понял ее английский, — свет во всем магазине — это деньги. Но если сделать заднюю стенку окна-витрины непрозрачной, то можно было бы свет выключать. Оставить только в окне.

— Да, так делают в очень больших магазинах. Но я никак не могу этим заняться. И потом, все уже привыкли, что мой магазин выглядит именно так.

— Знаешь, перемены нужны. Они могут вызвать дополнительный интерес. И те, кто у тебя был сто раз, заинтересуются. И придут в сто первый.

— Да, ты права, но я долгое время почти ничего не делал. Настроения не было.

Алина промолчала. Она ждала, что Эрик заговорит о погибшей жене. Но тот, к ее удивлению, промолчал. Только по-хозяйски поправил стопку перчаток на прилавке.

— Кстати, мне кажется, что на первом этаже должен быть и сезонный товар, и то, что понадобится через пару месяцев. Покупатель, видя это, будет понимать, что у тебя есть все. И к тебе можно зайти в любое время.

— Но положено выставлять товар по сезонам, — проговорил Фишер.

— Кем положено? — ответила по-русски Алина и рассмеялась.

— Мне надо учить русский, у вас много интересных слов.

— Что есть, то есть, — согласилась Новгородцева. Она еще раз обошла торговый зал, посмотрела сувениры, разложенные на кассе. Эрик наблюдал за ней. Оба чувствовали, что пауза затянулась.

— Знаешь, я ведь и живу здесь, — наконец проговорил Фишер.

— В магазине? — растерялась Алина.

— Нет, на втором этаже.

— Там же тоже торговый зал.

— Нет, там еще есть большая квартира. Вот в ней я и живу. Хочешь, зайдем посмотрим.

«Ой!» — подумала Алина.

«Или обидится, или рассердится», — подумал Эрик.

— Э... не поздно уже? — промямлила Новгородцева.

— Да нет. У нас, конечно, ложатся рано, но сейчас... — ответил Эрик и тут же покраснел. Вроде ничего такого не сказал, а прозвучало с намеком. Новгородцева хихикнула:

— Тогда, если не поздно, зайдем к тебе. Я очень хочу чаю. Понимаешь, вы же целыми днями кофе пьете. Хоть и со сливками, а все равно жажду не утоляет. А я привыкла литра полтора точно, а то и больше, чаю выпивать.

— Конечно, вообще без проблем, — обрадовался словам Алины Эрик. — Служебный выход на втором этаже поставлен на сигнализацию. А потому мы выйдем из магазина и войдем через второй вход.

— Как интересно все устроено! Магазин двухэтажный, есть центральный вход, боковой и служебный вход на втором этаж. А квартира твоя совершенно обособленная.

— Да, есть еще один вход в дом. Он и ведет в квартиру.

Они вышли из магазина, обошли дом теперь уже с другой стороны. А тут был небольшой сад. Всего четыре яблони. Маленькие, пирамидками устремленные вверх, они выглядели игрушечными, потому что на ветках висели абсолютно одинаковые, ровные красные яблочки. «Ага, молодильные, не иначе», — вспомнила Новгородцева детские сказки. Цветов тоже было немного, но имелся ухоженный газон и дорожки из мелкой гальки, плотно уложенной между деревянными досками.

— Здорово придумано, — воскликнула Алина и пожалела, что она раньше такого не видела. «Ну, уже это и не надо. Мы живем не за городом!» — подумала она. А глаз все цеплялся за милые пустяки, которые создавали в этом саду особое настроение. Огромные бегонии в горшках были расставлены на люке водостока, кормушка для птиц — разрисованный домик — притулился у старого пня, какой-то замысловатый фонтанчик брызгал на кусты гортензий. Все маленькое, аккуратное и чрезвычайно уютное. Они подошли ко входу, Алина увидела красивую дубовую дверь. Рядом висел старинный почтовый ящик, на нем табличка с витиеватой надписью «Fisher». Под ногами лежал мягкий коврик. Новгородцева старательно вытерла ноги, хотя дороги и тротуары были чистыми, без песка и земли. Они вошли, свет зажегся сам. Алина увидела небольшую прихожую: узорная плитка, белые стены, дубовые темные двери. Большой комод был единственным предметом мебели здесь.

— А куда куртку или пальто повесить? — с любопытством спросила Алина.

— Вот. — Эрик открыл створки стенного шкафа. Абсолютно белый, тот был незаметен.

— Очень удобно! — воскликнула Алина и уже хотела попросить сфотографировать шкаф, но потом застеснялась. «Подумает невесть что... Но как же просто и уютно!» — подумала она.

— Давай в комнату пройдем? — пригласил Эрик.

— Да, конечно, — ответила Алина и опять удивилась.

В комнате было столько разных вещей, что разбегались глаза. Но это только в первый момент. Потом вдруг приходило понимание, что вещей много, но все они в одном стиле, а потому образуют единое целое. Здесь имелись два двухместных диванчика с гобеленовой обивкой, круглый столик, большой стол и стулья, резная высокая тумба служила подставкой под телевизор, но вполне могла быть и буфетом, в который прятали посуду и дорогие скатерти. Алина даже представила их — белые и серые, ломкие, с колючей от крахмала бахромой. В этой комнате было много картин, и на специальном круглом деревянном карнизе висел большой гобелен.

— Он старый, — пояснил Эрик, заметив взгляд Алины, — от прадеда остался.

— Видно, что старый, — солидно сказала Новгородцева. Она вообще-то ничего не понимала ни в коврах, ни в гобеленах, но сейчас хотелось притвориться.

— Квартира большая, есть лоджия, на горы выходит.

— В Граубахе, где дом ни поставь, все окна на горы будут выходить, — пошутила Алина.

— Верно, — рассмеялся Эрик и предложил: — Присаживайся, а я тебе чай сделаю.

— Хочешь, я помогу? — спросила Алена и смутилась. Она вдруг подумала, что здесь не принято гостям расхаживать по всему дому.

— Да, поможешь с бутербродами, но сначала я сделаю чай.

— Если бутерброды для меня, то я не голодная.

— Я — голодный, — улыбнулся Фишер, — целый день на ногах.

— А тут я еще...

— Да, ты. И это хорошо, — многозначительно сказал Эрик.

Он исчез в недрах квартиры — Алена уже поняла, что комнат здесь не одна и не две, а еще есть прачечная и другие подсобные помещения. Она сидела на диване и смотрела в окно. Пейзаж там был уже ей привычный, но от этого не менее интересный. «Совсем не так, как у нас. Все очень добротно. И старых вещей много. Но эти старые вещи не от бедности...» — думала она. Эрик появился внезапно, с огромными чашками, в которых уже был чай. «А у нас бы поставили чашки с блюдцами, сахарницу. Принесли бы ложечки и кучу конфет. А нет конфет — что угодно, даже гренок бы нажарили. С вареньем...» Алина проглотила слюну.

— Ты умеешь делать бутерброды? — тем временем спросил Эрик.

— А что там делать? — от неожиданности вопроса Алина перешла на русский.

Эрик скорее догадался, чем понял. Он заулыбался:

— Там хлеб и много всяких пакетиков...

— Разберемся, — деловито сказала Новгородцева, — а где у вас руки помыть можно?

Ванная тоже произвела на нее впечатление. Большая комната с огромной квадратной раковиной, душевой кабиной и шкафом для белья. Еще тут стояли два красивых стула и вешалка. Алина быстро вымыла руки, особенно не осматривалась. Показалось, что будет не очень удобно.

— Ну, что? Бутерброды? — спросила она и принялась за дело. Новгородцева бутерброды делать умела, а еще она их умела украшать. Долгими зимними вечерами, когда темнело рано, метель засыпала все дороги и уют дома был особенно драгоценен, ее мама, Елена Владимировна, придумывала скорые «перекусы». Они не требовали долгой и «грязной» возни, только фантазии, тонкости и находчивости. Это была своего рода игра — розочки из ломтиков колбасы, сырные рулетики с начинкой из огурчиков и прочих домашних запасов. А еще были горячие бутерброды. Их Алина любила больше всего и сама придумывала сочетания — в ход шли сардины, шпроты, кусочки отварного мяса. Все это посыпалось сыром или запекалось с майонезом. Это была быстрая, но сытная и вкусная еда для зимних вечеров «под кино» или «под разговоры». Алина исследовала содержимое холодильника, увидела микроволновку и принялась за дело. Эрик внимательно наблюдал за ее движениями. Девушка так и не поняла — ему было интересно, насколько споро идет у нее дело, или просто ему хочется есть. «Сейчас я тебя, голубчик, удивлю!» — усмехнулась про себя Новгородцева.

И удивила. На стол Алина поставила огромный поднос, который отыскала в кухонном шкафу. На подносе было пять видов бутербродов. И не просто с колбасой или с сыром. Тут были пикули, веточки зелени, яичный желток, соусы из горчицы и майонеза, томата и карри. Пока Алина готовила все это, сама себе удивлялась — она не стеснялась на этой чужой кухне, не церемонилась, бросала со звоном грязные ложки в раковину, хлопала дверцей холодильника и вообще вела себя так, что можно было подумать, она здесь хозяйка и ее ждет голодный гость.

— Вот, пожалуйста! — Алина победно улыбнулась.

— Удивительно! — Эрик Фишер искренне восхитился. — Быстро, красиво и, думаю, очень вкусно.

— Не думай, попробуй, — рассмеялась Новгородцева.

Эрик попробовал и убедился, что эта девушка умеет готовить. Во всяком случае, такие сытные и большие бутерброды. «Конечно, это не очень уж и важно, но приятно!» — добавил он про себя.

— Давай я тебя вином угощу, — сказал он, — оно очень вкусное. Его делают здесь же, у нас. Совсем маленькими партиями. И отсылают в несколько ресторанов Мюнхена. Но это мои знакомые, и мне перепадает иногда бутылочка.

— Давай попробуем, — кивнула Алина. Она сама с удовольствием уплетала бутерброды. И вино пришлось сейчас кстати — что-то нервные тренировки в последние дни были.

Вино оказалось кислым, во всяком случае, так показалось Новгородцевой. Она об этом сказала совершенно прямо.

— Оно и должно быть таким. Там совсем нет сахара, а виноград не очень сладкий. Но у него специфический терпкий вкус. Его ценят за это. За букет и за терпкость. Вино к мясу.

— Ты в этом разбираешься? — спросила Алина.

— Не очень, так, самое основное. Моя...

— Твоя жена разбиралась, — закончила фразу Новгородцева, — я знаю эту историю.

— Откуда?

— У вас маленький город, — туманно ответила Алина.

— А, понятно, тогда не буду рассказывать.

— А это как ты хочешь. Хочешь пожаловаться — я выслушаю. А если что-то объяснить — не надо. Я и так все понимаю. Ты же до сих пор не женат.

Эрик развел руками и улыбнулся:

— Вот видишь, все и понятно. А ты мне нравишься. Конечно, я не все понимаю. И ты из России.

— Мы такие же люди... — заметила Новгородцева.

— Я не об этом. Я про то, что у нас разные взгляды на жизнь.

— Почему это?

— Я никогда серьезно об этом не думал. Но так принято считать.

— Знаешь, нельзя иметь мнение о чем-то только потому, что оно принято. Впрочем, это дело каждого.

Фишер посмотрела на Алину. Ему показалось, что она обиделась? Нет, Новгородцева просто сочла неправильным что-то доказывать ему. «Да как хочет, так пусть и думает!» Она пожала плечами и улыбнулась.

— Знаешь, в это вино вкусно макать печенье. Сладкое. Я у тебя видела такое. — Алина прошла к шкафу и достала коробку. — Не возражаешь?

— Что ты?! Конечно, я даже и забыл про него.

— Вот, другое дело! — Новгородцева откусила сладкий ломтик, пропитанный вином.

— Я тоже хочу. — Эрик долил себе вина.

— Валяй, — сказала по-русски Новгородцева и подвинула ему коробку.

Захмелели они быстро — печенье с вином оказалось вкусным блюдом.

— Знаешь, а мы скоро уедем, — сказала Алина и тяжело вздохнула.

— Как? Мне сказали, вы тут полтора месяца будете. А прошел только месяц, — встревожился Эрик.

— Ну, наш тренер говорит, что пора «на базу».

— На базу?

— Да, домой. А у меня еще и занятия. Я же в институт поступила.

— Ясно. — Эрик задумался. — А когда ты сможешь приехать сюда?

— Не знаю. Могу-то в любой момент, но времени не будет.

— Жаль... Но это же еще не точно.

— Не точно... Точно. — Алина силилась вспомнить, как по-английски будет «точно». Слово было простым, но из головы оно просто выскочило.

— Я, по-моему, опьянела, — заявила она, — и ужасно спать хочется.

— Ложись, — подозрительно быстро согласился Фишер.

— Где? — зевнула Алина.

— Вот, в комнате. А я лягу там, в другой.

— Хорошо, когда комнат много, — рассмеялась Алина, — ну, я — в душ. Полотенце выдайте.

Если Фишер и удивился, то виду не подал. Новгородцева вела себя не развязно, но бойко и весело.

— Конечно, — засуетился он, только теперь осознав, что в его доме остается ночевать эта красивая русская спортсменка.

— Ты не волнуйся, там все есть... И даже зубная щетка... Новая, в упаковке.

— Удивительное дело, я совершенно не волнуюсь, — сказала Алина и расхохоталась.

Новгородцева проснулась среди ночи от телефонных звонков. Звук мобильника был выключен, а потому она ответила, только когда он зазвонил в десятый раз.

— Алло, — тихо шепнула Новгородцева.

— Ты где?! — раздался голос Семеновой. — Ты с ума сошла. Тут тебя ищут! Ульянкин просто люцифер! Лютует! Ты вообще могла позвонить?! Мало ли что случилось?!

— Ничего не случилось. Мы ели печенье с вином. И напились. Оба. Я уж точно. Знаешь, это очень вкусно, но мозг вышибает и ноги не слушаются.

— Новгородцева! Ты что себе думаешь?! У тебя же проблемы будут. Нарушение режима, отсутствие в отеле, и вообще.

— Пусть только попробует что-то сделать. Я на него жалобу накатаю. И отправлю куда только можно. Оля, не волнуйся, я жива, сплю с комфортом, завтра увидимся.

— Господи, Новгородцева!

— Чао. — Алина выключила телефон и спрятала его под подушку.

— Все ок? — за дверью поскребся Эрик Фишер.

— Не то слово, — откликнулась по-русски она, — ты проходи, не стесняйся.

Наверное, она это сделала специально. Так, во всяком случае, сказала потом Оля Семенова. Алина клялась, что она вообще ничего не имела в виду. А просто сказала Эрику, что у нее все хорошо.

— А зачем в комнату звала?

— Да не звала я, — делала круглые глаза Алина.

— Рассказывай, — отмахнулась Семенова.

— Знаешь, он — классный. Мне понравилось.

— Ты так говоришь о своей первой ночи с мужчиной, словно о поездке на новом велосипеде.

— А что тут голову морочить себе и другим. Мне хорошо с ним было. Только жаль, что это не произошло с Быстровым.

— Боже, — только и могла вымолвить Семенова.

Через три дня Эрик Фишер подкатил на машине к отелю «Три мавра». Алина уже ждала его — они договорились съездить в Линдау, старый замок, находящийся неподалеку.

— Здравствуй, — официальным тоном сказал Эрик, когда Алина села в машину. Потом повернул к ней серьезное лицо: — Я делаю тебе предложение. Выходи за меня замуж.

— Что? — не поверила своим ушам Новгородцева.

— Выходи за меня замуж. А это — тебе. — Эрик протянул коробочку. Алина открыла ее и увидела колечко с бриллиантом.

— А... — Новгородцева ни слова не могла вымолвить.

— Хорошо, ответишь мне в Линдау.

— Ладно... — тихо произнесла Алина.

Ей показалось, что все шутки закончились. Одно дело переспать с мужчиной, другое — связать с ним свою жизнь.

В Линдау она не ответила ему на его предложение.

— Эрик, можно я еще подумаю. Ты — такой классный. Но...

— Я все знаю... Мы только встретились. Ну и что. Это ничего не значит. Я хочу, чтобы ты стала моей женой.

— Я обязательно тебе дам ответ, — серьезно сказала Новгородцева.

* * *

Когда мы читаем про «химию в отношениях», мы представляем что-то совершенно неуловимое, бестелесное и нематериальное, почти мистическое, что приводит к связи двух разных людей. И очень редко мы допускаем, что под «химией» могут подразумеваться совершенно обыденные обстоятельства, жизненные коллизии и лишенные какой-либо романтики поступки. Тысяча связей, появляющихся в результате самых разных действий — вот та самая химия, которая порой приводит нас к любви.

В Граубах Алину привели страсть к спорту и амбиции. Несдержанность тренера и чувство вины погнали ее в неурочный час в магазин. И в то же время Эрик Фишер, переживший личную трагедию, впервые за долгое время обратил внимание на девушку. Увидев ее плачущей, он устыдился своего нежелания помочь, пойти навстречу, хотя вполне мог это сделать. Так целеустремленность Алины и несвойственная ей забывчивость, педантичность Эрика, его добрая душа и невозможность терпеть одиночество превратились в ту самую «химию», которая возникла между этими двумя людьми. Можно удивляться молниеносности происходящего и отнестись к нему с недоверием, но в жизни вообще мало что не вызывает удивления.

* * *

За три дня до отъезда Ульянкин созвонился с группой, которая тренировалась в Австрии.

— Слушай, а если мы наших лбами столкнем? — спросил он своего коллегу.

Тот размышлял — он не был сторонником жестких, на износ тренировок и не считал нужным разжигать спортивную злость по пустякам. Поэтому ответил отказом:

— Не думаю, что это правильно. Мы уже всю программу выполнили. Сезон вот-вот начнется. Пусть расслабятся, отдохнут. Иначе потом все переутомление скажется, не смогут собраться.

Ульянкин что-то съязвил, потом еще немного поуговаривал, и наконец тренер дружественной сборной сдался:

— Ладно. Только без фанатизма. Небольшой забег, ну и игра какая-нибудь. Так, легонько, в рамках физической подготовки.

— Да, конечно, — заверил его Ульянкин, — давайте у нас, в Граубахе. Тут нам разрешили на стадионе заниматься.

Спортсмены рассчитывали на пару спокойных дней. Так было заведено. Последние дни сборов — это дни отдыха, покупок подарков близким и родным, прогулок и просто свободного времени.

Поэтому, когда Ульянкин объявил, что после завтрака все садятся в автобус и едут на стадион, где их ждут товарищеские состязания, поднялся протестующий гул.

— Я что-то не понял! — прогремел тренер. — Что за недовольство? То есть мы отменяем встречу, а будем весь день тренироваться?

В ответ тоже что-то прошумели, но уже не так единодушно.

— Ага, тренировка на целый день — это так себе идея? Ну, думать еще не разучились? Мозг себе не отбили? Тогда быстро доедать — и в автобус.

Семенова и Новгородцева переглянулись.

— Да, — сказала Новгородцева, — я договорилась с Эриком. Мы хотели погулять. Он специально день себе этот выкроил.

— Да, козел этот наш Ульянкин. Что тут еще скажешь! — Семенова с сочувствием посмотрела на Алину. — Тебе уезжать, мужик тебе предложение сделал.

— Оля, я не пойду за него замуж, — твердо сказала Новгородцева, — я люблю Быстрова. Я хочу его увидеть, поговорить с ним.

— Он опять пропал, вчера тебе не ответил. И позавчера. Не ломись ты в эту дверь! А тут приличный человек.

— Ну, откуда ты знаешь? — уставилась на Олю Алина.

— Мне так кажется. Город маленький, все уже знают, что он за тобой ухаживает. Мы тут уже с местными русскими познакомились. Никто ничего плохого не сказал. Знаешь, если бы что-то было, уже донесли бы.

— Наверное. И он — хороший. Но есть Быстров. Неужели ты не понимаешь этого?!

— Мне кажется, что Быстрова нет. Он лишь в твоем воображении. Так бывает. Но хорошо бы оглянуться и попытаться понять, что происходит вокруг.

— С тобой бесполезно разговаривать, — махнула рукой Алина. — Пойду позвоню Эрику. Встречу отменю.

Дождь припустил именно в тот момент, когда две команды вышли на стадион.

— Дождя мы не боимся! — радостно закричал Ульянкин.

Семенова, глядя на довольное лицо тренера, прошептала: «Да это же садист. Чем нам хуже, тем ему лучше».

— Мы сегодня соревнуемся с нашими друзьями! Очень важно показать, на что мы способны накануне нового сезона. Знаю, многие себе позволяли расслабиться, работали небрежно, без отдачи. Вот сейчас и посмотрим, кто это у нас был...

Семенова была зла как черт. «Ты погляди, он еще и подзуживает. А то, что у нас сейчас выходной должен быть, — это его не смущает», — ворчала она на ухо Новгородцевой. Та молчала. У нее в голове был Саша Быстров, который не ответил ей ни позавчера, ни вчера, ни сегодня утром. И она думала об Эрике. Когда она отменила встречу, он огорчился ужасно. Это было заметно по его тону, по тому, как он не хотел прекращать разговор, надеясь все же уговорить Алину. Новгородцева сейчас ненавидела Ульянкина — он сломал все ее личные планы. А те были важными. Конечно, она бы встретилась с Эриком, но, главное, ей надо было выбрать подарок Быстрову. Она уже про себя решила, что купит ему теплый шарф из кашемира. Алина приметила такой в дорогом магазине на центральной улице. У нее времени оставалось совсем мало — покупки для дома, собрать вещи и куча еще мелких забот. Завтра будет спешка и беспокойство, которые обычны перед перелетом. Она предвкушала выбор и покупку подарка Быстрову, но завтра будет уже суета, и она не получит удовольствия от такого важного дела. К тому же Эрик Фишер обязательно будет рядом — он ждет от нее ответа и ее отъезд для него почти трагедия. «Ты уедешь и забудешь, о чем я тебя просил!» — сказал он ей. Алина подумала, что забыть, как тебе делают предложение руки и сердца, очень сложно. Даже если ты не любишь мужчину, а просто ему симпатизируешь. Одним словом, Ульянкин сломал все ее планы и, как обычно, испортил ей настроение. «Как выступлю, так выступлю. От этих «самодеятельных» соревнований между «своими» никакого проку, и ни на что они не влияют. Только самолюбие Ульянкина потешить», — думала она, разминаясь у беговой дорожки. Рядом была Семенова. Она по-прежнему ворчала:

— Скажи, что это за нормы ГТО такие? Вот кому это надо — бег на пятьсот метров, прыжки в длину и в высоту? Вот что это за соревнования такие?!

— Это только Ульянкин знает... — отвечала Алина.

Но вот прозвучал сигнал, все заняли исходные позиции, и соревнования начались. Бег всегда был сильным местом Новгородцевой. В своей возрастной категории и в обычном окружении она побеждала почти всегда. И сейчас, когда все рванули со старта, Новгородцева забыла про досаду, про неуместность этих состязаний, про Ульянкина. Ее охватил привычный спортивный азарт. Ее натура, которой важны были соревновательность и преодоление, победила раздражение и досаду. Алина бежала, и ею руководило только стремление к победе. Уже в конце дистанции она глянула на огромные часы стадиона. «Ого, похоже, я почти победила. Важны будут секунды!» — подумала она и сделала рывок. Впрочем, так же поступила и ее соперница, с которой они бежали голова к голове. На финише были почти вместе. «Я — первая! Это покажет секундомер и фотофиниш», — радовалась Новгородцева. Она видела, что конкурентка отстала от нее на доли секунды. Алина пересекла черту, чуть сбавив темп, пробежала еще немного и вернулась к финишу. Там уже был Ульянкин. Он что-то говорил тренеру конкурентов. Алина подошла поближе.

— Да, Новгородцева, ты как всегда! Доли секунд упустила. Прочавкала ты нашу победу.

— Как это? — растерялась Алина. — Я опередила ее. Буквально на последнем полуметре.

— Надо было сосредоточиться на беге, а не на том, кто первый, а кто последний. Надо было сгруппироваться...

— Да нет же, я точно была первой. Я видела. Я всегда внимательна именно в этот момент. Мне надо силы распределять, а потому я слежу на сопернином. Чтобы понимать, когда прибавить.

— Я же тебе говорю, ты вторая. Прошляпила.

Новгородцева покраснела от злости. Она точно знала, она видела, что соперница отстала.

Тренер команды, видя реакцию Алины, сказал Ульянкину:

— Слушай, ну давай разберемся! Человек же не просто так говорит...

— А что ты хочешь, чтобы она говорила?! — усмехнулся Ульянкин. — Что может говорить человек, который проиграл?

— Да ладно! Раз вопрос спорный, мы уступаем. Ваша команда завоевала победу. Я видел, как бежала ваша спортсменка. — Тренер конкурентов попытался исправить ситуацию.

— Нет. — Ульянкин был непреклонен. — Ваша победа.

Алина закусила губу. Все было совершенно ясно. Ульянкин подыграл конкурентам. Вернее, наврал. Победила Алина, пусть с очень маленьким отрывом. Но тренер предпочел обмануть всех и присудить победу другим.

— Зачем это надо?! — возмутилась Новгородцева. — Многие же видели, что я была первой.

— Главное, что видел я, — ухмыльнулся Ульянкин, — и помни, что в спорте нет места личным делам. В спорте есть только спорт.

— Про что это вы?

— Про все! Про нарушение режима.

— Неправда, не было такого. Ну, почти... не было.

— То-то! А в сборную же хочется? И выступать в сезоне? А как выступать, если пробежать детскую дистанцию не можешь?

— Вы хотите сказать, что мне сборная не светит?

— Я хочу сказать, что буду смотреть на твое поведение.

— На ВАШЕ поведение. Обращайтесь ко мне уважительно. На «вы».

— Ага, мадам, — ответил Ульянкин.

«Хамло», — подумала Семенова, которая стояла неподалеку и все слышала. Еще она слышала разговор про финиш забега. И она видела, кто был первым.

— Новгородцева была первой, — громко сказала Семенова.

— Я думаю, что перед новым сезоном я некоторых отправлю к окулисту. Или к психиатру. Даже не знаю, какой врач в данном случае поможет, — рассмеялся Ульянкин.

В отель все вернулись после обеда. К сожалению, многих тренер не отпустил, а стал долго разбирать ошибки. Больше всех досталось Новгородцевой. Опять прозвучали слова про режим, про умение работать и наступать на горло собственным прихотям. Последнее было не очень понятно, но все уже приуныли и особо не реагировали. Свободного времени почти не оставалось, со спокойной душой погулять, купить сувениры и просто отдохнуть за все это время не представлялось возможным. Ульянкин так строил день и работу, что все находились в полной боевой готовности и соответственно на взводе.

— Я пойду в номер. Почитаю, — вздохнула Семенова, — можно было погулять, но нет теперь никакого желания. А ты не переживай, плюнь ты на него.

— Как? Как плюнуть?! Ты понимаешь, я первая была! Первая! Я это сама видела. Почему он так поступил! — воскликнула Алина.

Семенова внимательно посмотрела на нее. У Новгородцевой лицо было черное от гнева и обиды. «Ишь ты! А ведь знал, как уесть! Знал же, что для Алины соревнования — это принцип. Это то, ради чего она вообще пошла в спорт. Она же из рода победительниц. Ее Викторией надо было назвать. И вот он, все понимая, так поступает. То ли мстит, то ли издевается. Если мстит — за что? Если издевается — почему? Новгородцева — надежда. Она же талантливая спортсменка. Она создана и воспитана для спорта, для борьбы!» — думала Семенова.

— Плевать мне на него. — Алина чуть не плакала. Такой пустяк, дурацкие маленькие соревнования, затеянные непонятно для чего. Только чтобы потешить самолюбие тренера, но как обидно, когда с тобой не считаются.

— Правильно, плюй. Вернемся домой, думаю, там все иначе будет.

— Это точно, — проговорила Новгродцева и добавила: — Я пойду позвоню.

— Давай, — улыбнулась Семенова. Она понимала, что Алина идет звонить Быстрову. И еще понимала, что звонить ей не надо — не нужна она ему. Но остановить ее сейчас у Семеновой духу не хватило.

Алины не было долго. Семенова успела сходить в душ, высушить голову, уложить волосы и покидать в чемодан вещи. «Все, считай, собралась. А сейчас — отдыхать! Никаких ульянкиных и прочих. Сейчас придет Новгородцева, и пойдем бродить по городу, кофейку выпьем, посидим на центральной площади». Но Алина вернулась нескоро. А когда явилась, прошла в свою комнату и плюхнулась на кровать. Семенова проводила ее взглядом, но ничего не спросила. «Она чернее тучи. Вот, спрашивается, зачем ходила, звонила? Мало ей Ульянкина с его грубостью и придирками».

Семенова для вида покопалась в своем чемодане, переложила вещи с места на место. Алина по-прежнему молчала. Семенова прошла в ванную, открыла воду, сделала вид, что умывается. Потом, чтобы привлечь внимание, ойкнула:

— Черт, вода горячая!

Но Алина и на это никак не отреагировала. Тогда Семенова вошла к ней в комнату и спросила:

— Пойдем гулять? Вечер хороший, дождь закончился.

Новгородцева промолчала.

— Что случилось? — не выдержала Оля.

Новгородцева по-прежнему молчала.

— Послушай, ну ты бы сказала? Придумали бы что-то...

И опять Новгородцева не ответила. Она лежала и смотрела в потолок. Семенова потопталась на пороге комнаты и вышла.

Алина по-прежнему молчала.

Так прошло еще несколько минут. Семенова, обеспокоенная, растерянно произнесла:

— Алин, ну что ты? Не стоит так расстраиваться! Ну, все проходит.

На эти слова Новгородцева отреагировала.

— Да, ты права! — сказала она. Потом вскочила, наспех пригладила волосы и вышла из номера.

Семенова выглянула в окно. Через минуту она увидела, как Новгородцева почти бежит по улице в сторону центра города.

«Что же случилось?!» — подумала она.

Гулять идти расхотелось — вид расстроенной Новгородцевой произвел тяжелое впечатление. Семенова решила провести вечер в отеле. Она достала книжку, помыла себе яблоко и, вздохнув, окунулась в наполненный романтическими событиями роман девятнадцатого века...

...Ее разбудил грохот. Оля открыла глаза — книжка валялась на полу, яблоко, так и не тронутое, откатилось далеко от дивана.

— Что это? — сонно пробормотала Оля.

— Кто это? — поправила ее Новгродцева, которая нависла над ней.

— Господи, что ты здесь делаешь?!

— Я? Я — замуж выхожу. Вернее, готовлюсь выйти.

Семенова так и подскочила:

— Ты что такое говоришь?!

— Что слышала. Тебе же нравился этот самый Фишер? Вот я и выхожу замуж за него.

— Все-таки выходишь?!

— Да, все-таки выхожу.

— А как же...

— Остальное — потом. Кстати, ты приглашена на свадьбу. Если, конечно, она будет.

— Ты же сказала, что выходишь замуж.

— Выйти замуж и плясать целый вечер в белом платье — это не одно и то же, — резонно ответила Новгородцева.

Семенова от всего услышанного окончательно проснулась. «Интересно, что же произошло? Что такого случилось, что Алина поменяла свое решение?!» — подумала она и уже была готова задать вопрос, но в это время в дверь заглянула Милкина.

— Девочки, тренер всех собирает в холле второго этажа. Поторопитесь.

— Господи, да что еще?! Он же сказал, что у нас свободное время! — воскликнула Семенова. Алина только руками развела и молча пошла к двери.

В холле уже собрались все. Лица были смурные. Ульянкин, напротив, улыбался. Когда появились Семенова и Новгородцева, он прищурился:

— Главные действующие лица сегодняшнего дня пришли, можно начинать.

Он обвел всех глазами, потом посмотрел на Новгородцеву:

— Ну, знаете, что мы сегодня в нашем любимом виде продули? У нас Алина решила не за собой следить, не сосредоточиться на забеге, а рассматривать ноги соперницы. Мол, куда она бежит. А потому Новгородцева проиграла. Доли секунды, но продула. Скажем ей спасибо. Пусть соревнования не формальные, а дружеские, так сказать, необязательные, но обидно терять пьедестал. Да, Новгородцева.

Алина промолчала. Ульянкин не любил, когда не обижались, или, вернее, не показывали обиду, не оправдывались.

Ульянкин выждал немного, а потом продолжил:

— Конечно, такая ерунда — секунды. И еще в таком пустяковом деле, как разминка перед сезоном. Но...

Тут тренер погрозил указательным пальцем, прошелся по холлу, посмотрел на Алину и произнес:

— Дорога в сборную должна быть трудной, через кровь и пот. А не просто так... Погулять вышли, а между делом немного потренировались. Дорога в сборную — не каждому откроется. И об этом не надо забывать!

— Вы все врете, — в полной тишине раздался голос Новгородцевой.

Ульянкин застыл. Улыбнулся в предвкушении скандала и выволочки, которую он устроит Новгородцевой.

— Мне послышалось? — ласково сказал он.

— Нет. Не послышалось, — отчетливо произнесла Алина. — Вы врете. Я знаю, что победила. Хотя, если честно, это полная ерунда. Зачем вы это устроили в день, когда уже пообещали отдых, только вам известно. Но вам нравится показывать власть. Власть над спортсменами. А у вас ее нет. Если подумать, кого вы вывели на пьедестал, то и не вспомнишь никого. Так. Промежуточные соревнования. Олимпийских чемпионов нет, Европы и мира — тоже. Российский чемпионат? Да, но там и без вас бы победили. Там очень сильная спортсменка была. Кстати, есть мнение, что, если бы не ваши выматывающие методы, результат у нее был бы лучше. Поэтому мне наплевать, что вы там сочиняете про мой проигрыш.

— Новгородцева, ты же в сборную хотела? Ничего не перепутала сейчас? Когда вот это все говорила?

— Надо будет — попаду. От вас это зависеть не будет, — отрезала Алина.

— Ага, попадешь, — съязвил тренер. Но было видно, что его так задели слова Новгородцевой, что он даже не разозлился на ее тон.

— Ага, попаду. Но должна сказать, что забота эта не ваша. Я ухожу из команды. Объяснения дам письменные в нашу федерацию. А пока я выхожу замуж. Поэтому мне глубоко нас..ть на все эти ваши выступления.

Новгородцева встала, улыбнулась, обвела всех взглядом.

— Ребята, бегите от него, — она указала на Ульянкина, — жалуйтесь, уходите и выбирайте себе нормального тренера.

Новгородцева покинула холл при полном молчании.

Этот вечер Семенова помнила еще очень долго — с Новгородцевой случилась истерика. Когда все разошлись, Семенову задержала Милкина. Надежда Лазаревна сказала:

— Оля, прошу вас, поговорите с Алиной. Вы — подруги. Алина очень плохо сходится с людьми, вам же удалось сделать невозможное. Она импульсивна, у нее взрывной характер. Ее поступки иногда непредсказуемы. Вы уже не посторонний ей человек. Пожалуйста, отговорите ее уходить. Сама она в спорт не вернется. Я знаю этот тип. Они упрямы, проходят через самые тяжелые испытания, пробивают стену лбом. Но потом словно завод кончается, и они уходят. Такие больше не возвращаются. Именно из-за характера. Новгородцева — одна из немногих, кому надо остаться в спорте. Я вам честно скажу, я за ней наблюдала. Меня просили присмотреться. И после возвращения с ней должен встретиться другой тренер. Он бы хотел взять ее к себе. Но это только осенью — корпоративность и все такое. Ульянкин же должен их вывести на открытие сезона. Получить с ними первые результаты.

— Ничего он не получит. Никаких результатов. Он ужасен, — скривилась Семенова.

— Согласна. Но так все сложилось. Прошу, остановите Алину.

— Я постараюсь. Я сделаю все возможное. Но она очень обижена, задета и... Самое главное — вымотана. Понимаете, даже такой выносливый и самоотверженный человек приходит к началу зимы без сил. Вы понимаете, что это такое? — спросила Оля.

— Я все понимаю. Я влияла как могла. Но остановить Валерия Николаевича невозможно. Вы же сами это знаете. Конечно, я буду разговаривать «наверху». Я не оставлю этого. Но Алина... — Милкина посмотрела на Семенову умоляющим взглядом.

— Я сделаю все, что смогу.

Семенова вернулась в комнату. Алина собирала вещи.

— Слушай, ты здорово выступила. Ульянкин сдрейфил, — начала Оля.

Новгородцева молчала.

— Но ты же не серьезно? Ты просто напугать его хотела?

— Нет, я серьезно.

— Как? Алина?! Как это? Ты же такая способная.

— Была бы способная, не запихнули бы к этому уроду. А взял бы меня нормальный тренер.

— Алина, это как лотерея. Особенно в нашем случае. Вот еще год — и все будет иначе.

— А я не хочу вообще ничего больше. Понимаешь, я не хочу больше тренироваться. Мне безразлично, одержу я победу или нет. Плевать.

— Ты просто обижена на него. А кроме Ульянкина, есть спорт. Ты ради него, ради своих амбиций, ради соревнований, ради результата! Нельзя же из-за дурака свою судьбу портить. Он же только рад будет!

Семеновой показалось, что Новгородцева ее услышала, потому что перестала швырять вещи в чемодан и присела на кровать.

— Судьбу, говоришь? — переспросила Алина.

— Ну, судьба — это громко сказано, но спортивную карьеру — гробишь. А он только порадуется.

— Знаешь, я вообще уйти хочу, и мне наплевать, что тут будет происходить. Понимаешь, я хочу покоя.

— Новгородцева, ты что? Какой покой? Вчера только выпускной был! Ты сдурела?! Школу только закончила и уже про покой заговорила. Пенсионерка, понимаешь, нашлась!

— Я с первого класса на лыжах бегаю. С пятого соревнуюсь. С шестого на сборах. Знаешь, сколько я кругов на физподготовке намотала? Экватора не хватит. А ты — «выпускной»...

— Глупая, я же о будущем!

— А я не хочу ничего, что впереди. И еще. Я выхожу замуж. За Эрика Фишера. Я дала ответ ему. Свадьбы не будет. Только магистрат. Да и не принято здесь особенно шиковать и в белых платьях до ночи гулять. Здесь люди умные — деньги экономят, чтобы дом построить, в путешествие съездить.

Семенова смотрела на Новгородцеву, и на языке вертелся вопрос: «А как же Саша Быстров?» Оля понимала, что нельзя его задавать, что ответ будет непредсказуемым. Но она не выдержала:

— А как же...

— Быстров? — молниеносно среагировала Алина. — А нет больше никакого Быстрова. Был. И нету. Никогда больше не спрашивай о нем...

— Да, не буду. Но что случилось?!

— Ты обещала! — вскинулась Новгородцева, а затем разразила слезами.

Алина плакала долго, горько, безутешно. Так плачут дети, взрослые женщины и, наверное, вдовы. Семенова даже растерялась. Она уже успела повидать слезы Новгородцевой, но это был неиссякаемый поток отчаяния. Оля только и могла, что сидеть рядом, подавать салфетки и гладить по плечу. Она понимала, что тому, что в душе у Алины, требовался выход. Нельзя было жить с этим дальше.

Они улетали из Мюнхена. Аэропорт имени Франца-Йозефа Штрауса в ранний час был пуст. Алина и Семенова держались особняком. Оля взяла им кофе в автомате.

— На, может, проснемся, — сказала она, подавая бумажный стаканчик Новгородцевой.

— Спасибо, — ответила та.

— Скажи, ты что, очень любила этого Быстрова? И у тебя ничего никогда с ним не было? — напрямик спросила Оля.

— Никогда. Ничего. Мне кажется, что ужасно любила. И, может, сейчас люблю. Я мало читала. И книги вообще не любила. Наверное, где-то написано, что такого не бывает. Не может девочка влюбиться в младших классах, любить в старших, окончить школу и все равно любить. Но со мной такое случилось.

— А Эрик?

— Он — хороший. И это тоже история, которая нечасто случается. Мы познакомились, и через полтора месяца он сделал предложение. Такое может быть?

— Как раз может. У него за спиной — горе. Я не вижу ничего удивительного, что он влюбился в тебя. И что так быстро все произошло, и он тебе сделал предложение. Я уже говорила об этом. Но Быстров... Ты никогда мне не скажешь, что произошло?

Новгородцева посмотрела на Олю:

— Ничего не произошло. Он просто женился.

— Женился?

— Да, представь себе. Хотя... Сама не знаю, почему это меня так удивляет.

— На ком он женился?

— На Ежовой. Она ждет ребенка.

— А, — протянула Семенова, — это совсем другое дело.

— В каком смысле? — удивилась Алина.

— Он женился, поскольку не было выхода. Парень попался. Отношения между ними начались, когда они еще учились в школе. Попробуй он не женись — неприятности будут.

— А, ты об этом... Но мне не легче.

Догнать любовь

— Алина, интересно, Быстров догадывался, что нравится тебе?

— Не знаю. Я молчала. Вот Кузнецова одно время просто вешалась на него. А он возьми да и с Ежовой свяжись. Учебники за ней носил, после уроков дожидался, ну и всякая такая фигня. Я же делала вид, что мне все равно. С мальчишками общалась...

— Ясно. А вот в десятом классе...

— Да, мне казалось, я без него жить не могу. Но виду опять же не подавала.

Семенова вздохнула. Что-то в этой истории было наивное, детское, лукавое... И надрывное, немного истеричное. Семеновой казалось, что вся любовь с Быстрову — это придуманная история. Сочиненная Новгородцевой для самой себя.

— Я же тебя так и не поздравила, — вдруг рассмеялась Оля.

— Да ладно, — отмахнулась Алина.

— Нет, не ладно. Я приготовила тебе маленький сувенирчик. Но он со значением.

Алина посмотрела на подругу. Семенова протянула маленький кулон — серебряный эдельвейс.

— Вот, береги его. Он не на цепочке, на шнурке. Так стильно.

— Спасибо тебе. — Алина обняла подругу. — Кто мог знать, что эти самые обычные сборы к такому приведут.

— Ничего. Прилетишь в Питер, все расскажешь маме. Потом полетите к Эрику знакомиться.

— Эрик в Питер прилетит. Он же нигде не был. Покажу ему город.

— Вот и отлично. Знаешь, если захочешь, вернешься в спорт. А нет — в жизни столько всего...

— Семенова, — вдруг спросила Алина, — а ведь стерпится-слюбится? Да? Так ведь?

Оля посмотрела на нее:

— Да, Алина. Так часто бывает.

— Тогда есть надежда.

Через несколько минут объявили посадку. Уже в самолете, когда Новгородцева спала крепким сном, Семенова думала о том, как жизнь расставляет ловушки. Оля думала, что Саша Быстров был настоящей западней для Алины. Любящие, но занятые родители не научили ее откровенности, спорт сделал ее упрямой и жесткой, а красивый мальчик Саша Быстров стал той мечтой, по которой томилась душа. «Был бы хоть кто-нибудь из взрослых, кто объяснил бы ей все про этого парня, не случилось бы трагедии. Не сломалась бы Алина, не ушла бы из спорта. Как сложится ее жизнь? Одна надежда, что Эрик Фишер станет любящим и заботливым мужем. Именно это ей сейчас надо — любовь и забота. Впрочем, от этого никто бы не отказался», — вздохнула Семенова.

Двадцать лет — это много или мало? И кто такой вчерашний школьник? Можно ли его считать взрослым человеком и отнестись серьезно к «любви» с первого класса? И что делать, если опыта мало, чувств много, советчиков рядом нет, а быть откровенной с родителями не научилась?

Алине Новгородцевой очень скоро исполнится двадцать лет. Ее жизнь сделала неожиданный поворот. Ее подхватило течение, и она решила не сопротивляться ему. Потому что не знала, как тяжело в двадцать неполных лет проявлять характер и противостоять любви. А еще Алина Новгородцева очень долго прожила в интернате. Она просыпалась, вставала, училась, ложилась спать в чужих стенах. За короткие выходные она не успевала «отогреться». Лишь убеждалась в том, что родной дом все же существует и родители живут в нем. Но не было надежности, постоянства тепла и участия — на расстоянии все размывалось и превращалось в одиночество. Алина не сознавала этого, но инстинктивно потянулась к теплу и заботе.

А тут еще уют альпийского городка, летняя красота аккуратных палисадников, теплые вечера и горы в ледяных шапках. Она выросла в Восточной Сибири. Огромный Енисей был «рекой за окном» и местом ежедневных прогулок. Таежные леса не вызывали страха и опасения — она с малолетства знала правила поведения здесь. Все, что окружало Алину, было грандиозным. По размерам. Красоте, богатству. Еще оно было непотревоженным, а от этого еще более величавым.

То, что она увидела в Граубахе и окрестностях, было маленьким, удобным, почти игрушечным макетом. Но достоверным, жизненным. Словно Алина оказалась в кукольном домике, где есть все, как в обычном доме, даже гудит пылесос размером с маленькое яблоко. И именно здесь Алине показалось, что без человека природа не имеет значения. Только вместе они — природа и человек — сила. В этом новом для нее мире, казалось, не было проблем — суровых зим, засушливого лета, неуютных домов, неприветливых людей. Дороги здесь оказались быстрыми, расстояния короткими. Алина помнила метели и заносы, поленницу с замерзшими дровами, печь, которую топили в доме, и путь из города, порой казавшийся бесконечным. Тогда ей все было привычным. Сейчас, вспоминая, как трудилась мать, она понимала, что жизнь в тех местах — подвиг. «А должна ли жизнь быть подвигом?» — впервые подумала Новгородцева.

А еще была усталость. Алина не врала — она хотела отдохнуть. Ей казалось, что все десять лет школьной жизни — это забег. Выматывающий. Да, к окончанию школы она пришла уставшей и потерявшей веру в счастливые обстоятельства. А тут еще Быстров со своей женитьбой и Ульянкин с непомерными требованиями и хамством. Усталость, разочарование, напряжение, в котором она жила, отсутствие поддержки и... вчерашняя десятиклассница Алина решила выйти замуж.

Как это, оказывается, хорошо, когда под рукой оказывается нужный жених!

ЧАСТЬ ТРЕТЬЯ

Десять лет спустя

....Итак, фрау Фишер вышла из дома, придирчиво оглядела сад, прошла к калитке и задержалась там, чтобы оборвать увядшие цветки водосбора. Эти изящные растения с причудливыми соцветиями были ее гордостью. Вдоль низкого штакетника росло пять или шесть видов. Их разноцветье — от белого до почти черного — изумляло прохожих. «Надо бы чуть землю разрыхлить», — подумала она, но задерживаться не стала. Сегодня у нее было много дел, следовало все успеть, а потому она досадливо поморщилась, глядя на то, как медленно поднимаются ворота гаража.

Прежде чем сесть в машину, она аккуратнейшим образом разместила в багажнике два плоских свертка.

Первым делом фрау Фишер направилась на Блюменплатц, где находилась известная на весь город «Metzgererei» — лавка, торгующая мясными продуктами и кулинарией. Там она собиралась купить четыре готовые «котеллеты» — отбивные. Владелец лавки ей симпатизировал, а потому выбрал самые красивые куски с румяной корочкой.

— Герр Фишер будет иметь сегодня самый вкусный ужин? — поинтересовался он.

Фрау Фишер замешкалась, а потом пояснила:

— О нет, это меня просили купить.

Владелец лавки ловко завернул отбивные и добавил от себя малюсенькую баночку с брусничным джемом.

Фрау Фишер с признательностью улыбнулась.

После мясной лавки она побывала у зеленщика и в булочной. Когда в ее плетеной корзинке лежали бордовые помидоры, свежий хлеб и бутылка воды, она заглянула в цветочный и купила букетик душистого горошка. «Вино, пирог и торт уже в машине, можно ехать», — подумала фрау Фишер. Ее маленькая красненькая машинка промчалась по боковой улочке, выехала за пределы Граубаха и помчалась по автобану, ведущему в Мюнхен. Минут через двадцать, не доезжая до поворота на Мюрнау, красная машинка свернула в маленькое селеньице. Оно состояло из большого крытого стадиона, двух крохотных отелей и нескольких шале. Все это располагалось у подножия небольшой горы. Посередине, прямо вдоль главной улочки, протекал ручей, взятый в каменный рукав. Фрау Фишер окинула взглядом эту идиллическую картинку и улыбнулась.

— Я очень счастливая, потому что приняла решение. И сегодня я обо всем скажу им обоим, — сказала она вслух.

Машину она припарковала на общей стоянке. Там стояли трейлеры, домики на колесах и автомобили туристов. До нужного дома она прошла пешком, неся в руках все свои покупки. «Наконец-то!» — выдохнула фрау Фишер, подойдя к домику с огромной липой перед входом. Она открыла дверь ключом, вошла и поднялась на второй этаж. Там она отдышалась, постаралась поизящней взять все свои свертки и постучалась в дверь.

— Открыто, — ответили ей по-русски.

Фрау Фишер вошла.

— Помоги мне! Я сейчас все уроню, и обеда у нас не будет, — точно так же по-русски обратилась она к тому, кто был в квартире.

— Ну, не будет, — ответил ленивый голос, но вскоре раздался шум, и в прихожую вышел Саша Быстров.

— Вот это очень осторожно неси — это торт. С кремом и вишней. Мне рецепт Крейцериха дала.

— Кто? — не понял Быстров.

— Крейцериха. Это я так про себя называю жену аптекаря Крейцера.

— А...

— Еще пирог с мясом сделала. Знаешь, местные такого не понимают. Хотя свинину любят.

Быстров на ходу отломил кусок пирога. Начинка — мясо с рисом — просыпалась на пол.

— Господи! — воскликнула фрау Фишер, но потом спохватилась: — Не переживай, я сейчас все уберу.

— Новгородцева, а я и не переживаю! — хмыкнул Быстров.

Фрау Фишер, она же Алина Новгородцева, промолчала. Она предпочла не заметить тон. Было бы приятнее, если бы Саша засуетился, извинился, произнес что-то вроде: «Какой я неаккуратный!..» «Но Быстров — это Быстров!» — подумала про себя Новгородцева, и ей захотелось броситься ему на шею. Но Алина сдержалась. «Я и так его разбаловала», — сказал она себе. Но сдержать эмоции было сложно.

— Санечка, — Новгородцева прижалась к Быстрову, — ты такой красивый! И у меня для тебя новость. Но об этом потом, когда за стол сядем.

Быстров ничего не ответил и отломил еще кусок пирога.

— Знаешь, — нарочито хмуро сдвинула брови Алина, — давай нормально пообедаем. Я тоже очень голодна.

Алина не врала — она не ела с самого утра. Во-первых, некогда, во-вторых — от волнения. Ей очень хотелось, чтобы ничего не случилось и их с Быстровым свидание состоялось. Это должно было быть очень важное свидание. А у Алины имелись свои приметы на этот счет. В день их предполагаемой встречи она никогда не пила кофе, не делала на голове «хвост» и обязательно обрывала увядшие цветки водосбора. Откуда это все взялось, она помнила отлично. Однажды, торопясь на свидание, она выпила кофе, подняла наверх волосы и забыла оборвать водосбор. И в тот день ее муж Эрик Фишер внезапно среди дня заехал домой — он забыл документы. А заехав, он решил, что возвращаться на работу не стоит. Он остался дома.

— Эрик, — сказала тогда Алина, — думаю, тебе лучше вернуться в магазин на Йоханштрассе. Мы его только-только открыли. Важно, чтобы тебя там и персонал видел, и покупатели.

Но Эрик отмахнулся.

— Я хочу с тобой побыть, — обнял он Алину. Новгородцева изобразила улыбку и даже прижалась к мужу. А сама подумала: «Господи, уже столько лет вместе, и как ему не надоест все это. Ну, жили бы спокойно, а то все эти страсти...»

В тот раз она провела самый мучительный день своей семейной жизни и за все время романа с Сашей Быстровым. Самое ужасное, что она совершенно не могла уединиться, чтобы предупредить Быстрова, что не вырвется. И, конечно же, Быстров потом долго еще припоминал ей эту историю. Впрочем, с тех пор она «организовывала» день Эрика. Накануне возможной встречи с Быстровым она придумывала кучу дел и отправляла мужа в поездки. Вот, например, сегодня Эрик был в Мюнхене. Алина попросила его походить по Кауфхофу и Кауфхаузу и посмотреть, чем торгуют спортивные отделы. «Понимаешь, мы должны знать, что наш возможный покупатель увидит у конкурентов. Чем брать его теперь — качеством, дешевизной, ассортиментом? Все так поменялось... Надо держать руку на пульсе. И еще. Ты фотографируй понравившиеся образцы», — говорила она ему. Фишер соглашался. Он уже понял, как ему повезло с «русской женой».

В голове и в душе Алины с недавних пор было совсем другое. «Да, Эрик добрый, благодарный, душевный... Но я его не люблю... — вздыхала Алина. — Быстров грубый, эгоистичный, неблагодарный! И я его люблю!»

Сейчас, уставшая от готовки, от магазинов, дороги и вообще от волнения, Алина хотела одного — чтобы Саша Быстров ее пожалел. Обнял, погладил по голове. А она бы расслабилась, утешилась, успокоилась и потом получила бы от близости с ним радость и наслаждение. Но Новгородцева знала, что все будет не так. Она сейчас станет накрывать на стол и будет при этом веселая, заводная, оживленная, энергичная. Излучающая легкость и сексуальность. Чтобы Саша даже не заподозрил, что Алина устала или переживает из-за чего-то. И Новгородцева будет в напряжении вплоть до того момента, пока они не окажутся в постели, но и там он будет ленив и снисходителен. А она станет показывать чудеса сексуальной акробатики. И когда уже все закончится, она будет ждать от него ласковой благодарности. Но не дождется. Быстров стряхнет с себя оцепенение удовлетворенности и молча будет ждать, пока Алина принесет из ванной теплое влажное полотенце, чтобы привести в порядок его почти идеальное тело. И Новгородцева станет делать все, чего от нее ждут, и будет рада тому, что без нее не обходятся, не пренебрегают ее заботой. И она не поставит под сомнение свою любовь к Быстрову. И ни разу не усомнится в правильности таких отношений. Как он относится к ней и скрывается ли за этой его высокомерностью что-то хоть отдаленно похожее на привязанность, Новгородцева не думала и вообще гнала от себя подобные мысли. Она жила этими встречами и пуще всего на свете боялась их прекращения. Она никогда не задавала Быстрову вопрос про любовь — Новгородцева не была дурой. Она прекрасно понимала, что его ответ разрушит мир и оставит ее на пепелище. Поэтому она проявляла мудрость заложника — «не поднимай высоко голову, не встречайся глазами с похитителем».

А Саша Быстров был тем самым похитителем, который лишил ее свободы — все ее время, ее мысли, планы (близкие и дальние) теперь принадлежали ему. Иногда Алина незаметно следила за Сашей. Он дремал или был погружен в свои мысли, а Новгородцева раз за разом вспоминала все невероятные повороты, которые привели к их встрече.

* * *

Свадьбу, как и предлагала Алина, пышно не отмечали. Новгродцева была очень рада тому, что Эрик тут с ней особенно не спорил. Во-первых, по возвращении в Питер она долго успокаивала мать. Та, свято уверовав в искреннюю и сильную любовь дочери к спорту, была в ужасе от случившегося.

— Как?! Ты же поступила в институт! Ты в профессиональный спорт собиралась! Как ты могла так поступить?! Чем же ты заниматься будешь? Ты же ничего не умеешь! Только лыжи!

Новгородцева возмутилась. Она понимала, что мать права, и от этого негодование ее было еще более сильным.

— Мама, а что ты знаешь обо мне?! Я в интернате с первого класса! Что ты знаешь?

— Знаю, что для тебя понятие «Черная речка» не имеет ни географического смысла, ни исторического, ни литературного! — воскликнула мать.

Алина даже задохнулась. Она ожидала, что мать ее расспросит, возмутится поведением тренера, наконец, пожалеет. Новгородцева думала, что мать махнет рукой и скажет: «Правильно сделала, что ушла! Нельзя, чтобы орали на тебя!» Но Алина услышала совсем другое.

— Мама, ну, может, ты выслушаешь меня?

— Так я все услышала! — возмутилась мать. — Я поняла, что ты неизвестно зачем поступала в этот свой институт. И что профессии у тебя не будет! Ты не готова серьезно трудиться. Мы тебя не научили. Понадеялись на спорт.

— Мама, я только школу окончила!

Мать посмотрела на нее внимательно, а потом сказала:

— Алина, я не понимаю, как ты могла так легко отказаться от того, что любила. От того, что было твоей жизнью. Это не громкие слова. Это понимание того, сколько сил ты вложила в занятия спортом. И еще это беспокойство за твою судьбу. Чем ты сейчас будешь заниматься? Как ты будешь учиться в институте? И зачем тебе он? Какой ты представляешь тренерскую работу? Тренер должен пройти через успех и собственные победы. Тогда ему поверят и подчинятся. Ты ушла из спорта, когда нельзя было этого делать, — на взлете, ты стартовала и сорвалась. Я даже не представляю, чем ты будешь заниматься! Книг ты не читала, математика у тебя никогда не получалась, историю ты не знаешь. Вот, пожалуй, английский выучила. Но, думаю, благодаря спорту — поездки, общение...

Алина во все глаза смотрела на мать. Никогда она не была такой резкой. Алине вообще казалось, что мать всегда держалась в стороне и, зная вспыльчивый, взрывной и в то же время упрямый характер дочери, старалась ее не трогать. А теперь оказывалось, что мать была внимательна и имела к дочери претензии. Новгородцева попыталась справиться с гневом, но не смогла:

— Что ты мне выговариваешь?! Чем ты мне предлагала заниматься, когда я была маленькой? В лес ходить? По сугробам? Мы в театр в город ездили? А на выставки? Ты знаешь, что родители Ирки Кузнецовой специально билеты в московские театры брали и летали на все каникулы туда? Понимаешь, один день — один театр!

— А что еще ее родители делали? — прищурилась Елена Владимировна.

— Многое. И, главное, они жили вместе...

— Алина, ты определись с претензиями — тебе не нравилось, что мы в большой город не перебрались? Что ты в интернате жила? Или что в театр не ходили? А то многовато что-то...

— Мама, дело не в том, что мне не нравилось! Дело в том, что мне кажется, что я везде опоздала! Поздно учить историю и литературу! Поздно выбирать другое занятие! Но я все равно не вижу никакой трагедии в этом!

— Ты обманываешь себя, — прищурилась Елена Владимировна, — ты очень переживаешь, что так рассталась с тренером, не попадешь в сборную, вообще ушла из спорта. Если, конечно, эту твою истерическую выходку можно назвать «уходом». Видишь ли, уход — это что-то достойное, разумное, значительное. А у тебя так... Взбрык!

— Мама! — закричала Алина. — С какой стати ты так называешь мое решение! Я взрослый человек...

— Ты? Взрослый?! — с иронией спросила Елена Михайловна.

— Да, — вдруг спокойно ответила Новгородцева, — я — взрослый человек. Я все свои проблемы решала сама. Если что-то случалось у меня — я не жаловалась. Я не бежала к вам. И к тому же бежать было некуда. Вы были в одном месте, я — в другом.

— Ну, мы опять вернулись к твоим детским обидам. Родители тебя бросили...

— А разве нет?

— Мы работали. И жили так, как могли. Вот ты вырастешь — будешь жить иначе. Как считаешь нужным. Но мы дали тебе все, что необходимо: теплый дом, заботу о твоем здоровье и образовании, мы тебя одевали и обували. Ты не находишь, что это очень много?

— Отчего же мне всегда было так плохо и одиноко? Если бы не спорт... Я бы не знаю, что со мной было. А там была команда...

— Которую ты сейчас бросила...

— Мама, что ты за человек? Почему тебе обязательно надо уколоть меня?

— Я правду говорю. И кстати... Про книги. Их никогда не поздно начать читать. Все остальное учить и делать — тоже.

Елена Владимировна помолчала. Потом вздохнула и сказала:

— Зря ты думаешь, что я не осознала свои ошибки. Но, наверное, были причины, чтобы мы с отцом поступали так, а не иначе... И мы с тобой об этом уже говорили. Алина, пожалуйста, не держи зла на нас, не обижайся. Мы делали тогда все, что могли. А что касается Иры Кузнецовой и её родителей — там, наверное, было что-то другое. Свои проблемы. Просто мы с тобой о них не знаем...

— Может быть. — Алина еще не остыла. Ей хотелось высказать все, что накипело и наболело. Все самое неприятное, случавшееся с ней, она воспринимала как следствие родительских ошибок. Не только интернат и отсутствие билетов в театр, но даже злого тренера Ульянкина. Цепочки она выстраивала примитивные — звеньями были и зимние метели, и холодные дороги домой, и усталость, которая не проходила за два выходных дня. И Алина вслух опять принялась перечислять то, что так ее обижало.

Мать слушала ее внимательно, хотя ничего нового не прозвучало. Потом она пригляделась к дочери и спросила:

— Все же что произошло? Я никогда не поверю, что моя дочь может сбежать из-за тренера-дурака.

Новгородцева прикусила язык. Сейчас, в Петербурге, в новой, почти отремонтированной квартире, вся история встречи с Эриком Фишером и сделанное им предложение казались не более чем фантастикой. И решимость выйти замуж за немца, уехать к нему, в его дом, куда-то делась. «Может, и говорить не стоит? Ну его... Так приедешь туда, а он и передумал. Типа погорячился...» — подумала Алина.

— Дочь, ты меня слышишь? Что у тебя приключилось?

Новгородцева вдруг захотела рассказать про то, как она любила Сашу Быстрова, а он женится на Ежовой. Но вместо этого Алина произнесла:

— Мама, я выхожу замуж.

— Что?!

— Я выхожу замуж. За Эрика Фишера. Он живет в Граубахе. Мы там с ним познакомились.

— Кто? Какой Фишер? Он — немец?

— Да, мама, он — немец.

— Как? Когда ты успела? И какое безответственное решение! Господи, да что ж это такое?! Встретила мужчину и сразу все побросала? Алина, да как же так, в самом деле?!

— Мама, просто все так совпало. Понимаешь, я забыла «защиту». Пришлось там покупать. А он владелец магазина. Так и познакомились. Он очень хороший. И кольцо мне подарил. На помолвку.

Новгородцева кинулась доставать кольцо.

— Господи, еще и кольцо! — простонала мать.

Алина вскинулась:

— А что? Что тебя удивляет?! Так принято у них. Я ничего такого не сделала. И он тоже. Просто человек вдовец, у него жена погибла. Он долго жил один...

— Домработница понадобилась, — скривилась мать.

— Почему же?! Просто я ему понравилась.

— Невозможно понравиться за несколько недель.

— Во-первых, полтора месяца. Это не так мало. Мама, а что за трагедия у тебя на лице? Что такого плохого произошло? Ну, планы вдруг изменились. Так же бывает в жизни.

— В жизни должен быть порядок. Планы, порядок, труд. И потом все остальное. Объясни мне, почему ты согласилась выйти замуж за этого Фишера? Тебе он понравился? Ты влюбилась? Или ты просто соблазнилась жизнью в другой стране? Алина, ты умудрилась за один месяц столько дров наломать?

— Но каких же дров? И потом, у меня только порядок и был!

— Ох, — махнула рукой мать и пошла на кухню.

Новгородцева огляделась. Она была в их новой квартире. За окном шумел Петербург. В окне она видела сверкающий на солнце кусочек воды — Малая Невка была недалеко. И пахло здесь совсем по-другому. Не так, как в поселке — лесом, землей. Не так, как в интернате, где всегда был запах еды — хороший, но прилипчивый. Здесь пахло свежим ремонтом, гарью и водой. Алина вдруг поняла, что ей надо принимать решение. Важное, чуть ли не главное в этой части ее жизни. Но каким оно должно быть?

Возвращаться в спорт Новгородцева не хотела. Она и сама не могла объяснить это внезапное отвращение к тренировкам, к атмосфере соперничества, к готовности выложиться так, что свет не мил и уже не понимаешь, для чего ты это делаешь. Сейчас ей был противен сам дух этого занятия. Ей всегда казалось, что спорт — это красиво и благородно. Но сейчас, особенно при воспоминании о тренировках в Граубахе, она брезгливо поджимала губы. Все было стыдно и унизительно. Противно стало вспоминать орущего Ульянкина, трусоватые взгляды членов команды, их старательные упражения и «глухоту» к прямым оскорблениям. Но самое главное, противны сделались собственные победы. «Да, именно противны. Словно ты не для себя и не для успеха команды побеждаешь, а ради похвалы Ульянкина, этого зарвавшегося хама», — подумала про себя Алина. И воспоминания о недавних сборах вызвали у нее приступ тошноты. Алина встряхнула головой: «Нет, я не вернусь. Вообще. Не хочу. Не пропаду. Займусь чем-нибудь другим. И... выйду замуж за Эрика!»

Именно в этот момент в ней что-то сломалось. Алина почувствовала отчаяние, гнев, ярость одновременно. Она вскинула руку и со всей силы дернула книги, стоящие на полке. Книги обрушились камнепадом — одна за другой, распластанные, они летели на пол. Алина смотрела на них, а потом взяла одну и попыталась ее порвать. Но корешки были крепкими. Тогда Алина стала вырывать страницы. Потом она отбрасывала книгу, принималась за новую. Пока она расправлялась с томами, лежащими уже на полу, с полки с грохотом упали еще несколько книг. Алину словно подогрел это шум, и она обратила свое внимание на полку с безделушками. Ее она крушила методично, подхватывая ладонью статуэтки и другую мелочь. Когда полка опустела, а под ногами захрустели фарфоровые черепки, Алина добралась до диванных подушек, заботливо разложенных Еленой Владимировной, затем она сдернула со стола скатерть, и на пол полетели чашки и блюдца.

На этот шум прибежала из кухни Елена Владимировна. На мгновение оцепенев, она оценила ситуацию и бросилась к дочери. Схватив ее, она с силой прижала ее к себе.

— Ты что? Зачем? Успокойся, — приговаривала мать. Но Алина пыталась ее оттолкнуть и что-то кричала. Глаза ее были сухими. В конце концов Новгородцева обмякла и позволила матери уложить ее на диван.

Врач «Скорой помощи», которую вызвала Елена Владимировна, долго и тщательно слушал легкие Алины, потом измерял ей давление, потом заглядывал в рот и просил высунуть язык. Алина послушно выполнила его просьбу.

— Ну, все отлично. Девушка у нас выпускница, так сказать. Экзамены одни, другие... Что вы хотите, — сказал доктор бодрым и небрежным тоном, — валерьянка с пустырником. Наше лучшее средство. Сейчас я ей таблеточку дам, а вечером сделайте коктейльчик. Валерьянка, пустырник. По десять капель того и другого два раза в день. И так месяца два. И воздух свежий, прогулки.

— Я вас поняла. Я так и думала — переутомление, — бойко отвечала Елена Владимировна. Она уловила жест доктора «мол, позже, когда выйдем из комнаты, все скажу».

— Отлично, — врач встал, — поправляйся, Алина. И надо отдыхать. Обязательно.

В прихожей врач остановился и спросил у Елены Владимировны:

— У нее такое уже было? Когда-нибудь?

— Вроде бы нет, — та замялась, — я, во всяком случае, не видела.

Врач внимательно посмотрел на нее.

— Если бы случилось, вы бы знали? Девочка же домашняя, рядом с вами?

— Она в интернате училась. На выходные приезжала домой.

— Ага, — сказал врач с интересом, — будем считать, что руководство интерната сообщило бы вам о подобном.

— Несомненно, — сухо произнесла Елена Владимировна. Она почему-то почувствовала вину за случившееся с Алиной.

— Она сейчас уснет. Таблетка действует очень быстро. Пусть спит, пока не проснется. Я — не невропатолог, не психиатр, не психотерапевт. Но у меня есть опыт. Работая на «Скорой помощи», многое повидал. У вашей дочери мог быть обычный срыв от переутомления — очень частая вещь у вчерашних выпускников. Думаю, пояснять не надо. Меня только смущает то, что проявилась некоторая агрессия. Понимаете, чаще всего рыдают, кричат, швыряют. Она же била посуду, старалась уничтожить предметы. Покалечить их. Агрессия при переутомлении не так часто проявляется. Скажите, в школе у нее все хорошо было? Конфликтов не было? Дружила со сверстниками? Ну, ничего необычного?

— Она — спортсменка. Лыжи. Тренировалась с семи лет. Серьезно. Поступила в «Лесгафта». Только-только вернулась со сборов. Полтора месяца была. И захотела уйти из спорта. А ее место в сборной...

— Это вы так решили? — иронично спросил доктор.

— Это все говорили.

— Скажите, а вы контактировали с ее тренером? Со школьными учителями?

— Мне некогда было. Мы жили далеко от города. Муж умер недавно. Она с ним очень дружна была. И он к спорту ее приучил. Именно к лыжам. К тому же проблем никаких не случалось — все ровно, спокойно, предсказуемо. У меня даже повода не было в интернат заглянуть. Мы знали, что у нее неважно с предметами некоторыми. Но цель была — попасть в сборную. Ее цель. Мы поддерживали, как могли. Но чтобы что-то из ряда вон выходящее... Нет, такого не было.

— Понятно. А юноши? Она встречается с кем-нибудь?

— Ей некогда. У нее тренировки.

— Но кто-то же нравился?

Елена Владимировна пожала плечами:

— Можно ли серьезно говорить о школьных увлечениях!

— Можно. Жаль, что вы не в курсе.

— Знаете, я на своих плечах вынесла переезд в Петербург. Все сама. До этого — смерть мужа. Я была не в самом лучшем состоянии. Алина, конечно, помогала, но у нее был тоже трудный год.

— Я все понимаю. Мой совет — осторожно проконсультируйтесь со специалистом. Приступы такой агрессии лучше как-то снимать. Иногда это можно сделать обычной беседой. Или несколькими.

— Она — не псих. Не идиотка. Она очень собранный и волевой человек. Она создана для спорта. И все в своей жизни делала, чтобы им заниматься. Но сейчас она просто устала, — решительно сказала Елена Владимировна

— Нет. Не просто устала. Она очень долгое время подавляла в себе желания, свободу. Спортивная жизнь зарегулирована. Это и диеты, и режим, и необходимость выкладываться, и отказ от свободного времени. А вы знаете, что очень полезно иногда лечь позже обычного, съесть запретное, прокричать во весь голос, просто побеситься. У вашей дочери, похоже, не было такой возможности. Занятия спортом исключают подобные вольности, жизнь в интернате не дает этой возможности — ребенок всегда на виду, на «чужих» глазах, при свидетелях. Дома в выходные для этого мало времени — усталость берет свое. Представляете, что накопилось в ней? Вспомните, были ли у вас с ней беседы по душам. Откровенные. Не формальные — как дела, поешь, сделай уроки. А по-настоящему откровенные? Плюс надо учитывать то, что досталось по наследству.

— В нашем роду психов не было.

— Господи, да при чем тут психи? Тут о душевной организации речь идет. Кто-то толстокожий. А кто-то, несмотря на бравый вид, чувствителен и требует ласки, внимания, сюсюканья. Повторяю, обратитесь к специалисту. Девочку вашу очень жалко.

— Наша девочка выходит замуж, — вдруг сказала Елена Владимировна. Она даже не поняла зачем. Ведь этому постороннему врачу дела нет до их семьи.

— О, что ж, — поднял брови доктор, — значит, нашла убежище. Я не могу больше задерживаться у вас. До свидания.

Елена Владимировна закрыла за ним дверь. Прошла на кухню и заплакала. Реветь она старалась тихо, чтобы не разбудить заснувшую Алину.

Догнать любовь

Через месяц, когда в Петербурге уже все деревья стояли золотыми, Алина с матерью вылетели в Германию. Было решено, что знакомство жениха и будущей свекрови состоится почти одновременно с бракосочетанием. Елена Владимировна понимала, что противостоять дочери не будет. В силу характера вслух одобрить этот шаг она не могла, но и переубеждать дочь не решилась. Тот самый приступ напугал ее. Елена Владимировна долго размышляла над словами и советом врача «Скорой помощи». Она мысленно согласилась, что Алина устала за этот год, но не приняла совет врача показать дочь специалисту. «Еще чего не хватало! Таскать ее по консультациям! Только хуже сделаю!» — приняла решение Елена Владимировна.

Алина же после случившегося чувствовала себя плохо. К переживаниям и сомнениям добавился стыд. Ей было неловко за свою истерику. В глаза матери смотреть не хотелось. Было бы легче, если бы Елена Владимировна первая начала разговор о случившемся. Например, сказала: «Ну, ты даешь! Зачем так расстраиваться!» или «Ты меня напугала. Но это у тебя случилось от усталости». Елена Владимировна предпочла обойти случившиеся молчанием. Словно ничего и не было. Более того, она как-то (хотя, может, и не нарочно) громко вздохнула, переставляя на полке «травмированные», но уцелевшие фигурки. Алина услышала в материнском вздохе сожаление и даже раздражение. Этот срыв дочери мог бы стать удобным поводом для долгого и теплого разговора с матерью. Но не случилось. Все, что было необходимо рассказать друг другу, осталось в глубине. Поэтому в Граубах они приехали несколько недовольные друг другом. Конечно, Елена Владимировна жалела дочь и беспокоилась за нее, но «отпустить» ситуацию, великодушно принять решение Алины она не смогла. А потому на происходящее в Граубахе Елена Владимировна смотрела несколько критически и с сомнением.

Эрик Фишер, который звонил Алине по два раза в день, встретил их в аэропорту. Он, не стесняясь будущей тещи, радостно расцеловал Алину и сказал:

— Я уже не верил, что ты приедешь!

Алина перевела его слова матери. Та хмыкнула и сказала, что «ничего удивительного — с кондачка такие вопросы, как брак, не решаются».

— Мама сказала, что очень рада тебя вдеть. Ей приятно познакомиться с тобой, она слышала о тебе самые хорошие слова, — Алина «перевела» Эрику слова матери.

Эрик даже покраснел от удовольствия. В своей машине Елену Владимировну он усадил на переднее сиденье.

— Я буду ей показывать наши достопримечательности, — пояснил он.

Алина перевела его слова матери.

— Спасибо, но стоило поинтересоваться, люблю ли я ездить на этом месте, — ответила та.

— Мама говорит, что очень благодарна тебе за твое внимание, — обратилась Алина к Эрику. А сама подумала, что хорошо бы как можно быстрее покончить со всеми формальностями. «И это счастье, что Эрик не знает русского языка!» — порадовалась она мысленно.

Свадьбы у них не было. Алина даже запротестовала, когда Эрик собрался отвезти их в магазин, где продаются подвенечные наряды.

— Эрик, дорогой, — сказала Новгородцева, — я не хочу покупать свадебное платье. У меня есть в чем сходить на церемонию в ратушу. Это очень красивый и строгий костюм солидной марки. И туфли у меня дорогие имеются. И сумочка. Давай сделаем так, как я хочу? Я все же невеста. И я вообще против ненужных трат. Лучше эти деньги пустить на дело. Или потратить на путешествие.

Эрик Фишер упорно протестовал — ему хотелось сделать ей как можно больше приятного. Но практический ум не мог не отметить разумность доводов будущей жены. «У нее деловая хватка», — возрадовался жених.

Елена Владимировна, которую поселили в отеле, дабы она чувствовала себя свободней, в короткий срок изучила город. «Да это село! — сказала она себе, — дочь, с ее энергией, просто с ума здесь сойдет! Это не Петербург!» Мать Алины словно забыла, что долгие годы вся их семья прожила в маленьком поселке, который даже внешне не мог сравниться с ярким и уютным Граубахом. Конечно, Елена Владимировна видела все отличия, но дух противоречия, неутихающее раздражение принятым Алиной решением не позволяли ей увидеть что-то хорошее. Эрик ей не понравился — она сочла его притворщиком. Дурацкая мысль, будто европейский мужчина видит в русской женщине прислугу, не оставляла ее. К тому же на встрече родственников, куда приехали дядя и тетка Эрика, а так же его двоюродная племянница, Алина ухаживала за гостями. Сама испекла пирог, поджарила стейки и самолично сделала лимонад с базиликом. Елена Владимировна с каким-то ревнивым удивлением наблюдала за дочерью. «Удивительно, но дома она в кухню не заходила. И вообще, быт ее не интересовал. А тут — и стейки, и домашний лимонад. Хотя Эрик, судя по всему, не беден, мог бы ужин в ресторане организовать!» — думала она. Елена Владимировна не знала, что именно Алина настояла на такой форме встречи и захотела все сделать сама. Эрику это было приятно, а Новгородцева так усмирила свои нервы и отвлеклась от сомнений. В дальнейшем она полюбит готовить и овладеет искусством «Haushalt» — домашнего хозяйства. В Германии оно доведено до совершенства и действительно считается творчеством.

Сама встреча прошла спокойно. Алина переводила матери то, что говорили ее новые родственники, и старалась, чтобы все себя почувствовали непринужденно и уютно.

Когда гости разъехались Эрик поблагодарил ее:

— Моя тетка — женщина со скверным характером. А я не мог ее не пригласить. И все время боялся, что она что-то ляпнет. Но ты так повела себя, что обезоружила ее.

Алина только улыбнулась. Как только она сошла с трапа самолета в аэропорту Мюнхена, она почувствовала облегчение. «Самое главное я совершила — приняла решение. Даже если я делаю ошибку, я узнаю об этом потом. А сейчас я попытаюсь начать новую жизнь».

Церемония в ратуше была короткой и простой. Жених и невеста оделись нарядно, но без излишней помпезности. Новгородцевой очень шли строгий костюм цвета лаванды и туфли на тонком высоком каблуке. Она даже успела купить себе маленькую шляпку с узкими полями. Елена Владимировна сначала одобрила ее внешний вид, а потом пошутила:

— В этой шляпке у тебя вид инспектора французской дорожной полиции. Это те, кто штрафы на стеклах оставляют.

— А где ты их видела? — Алина даже не обиделась, она скорее удивилась.

— В кино. Французском, — не моргнув глазом, ответила Елена Владимировна.

Вечером был праздничный ужин. Эрик решил всех пригласить в знаменитый мюнхенский ресторан. Вернее, это была пивная, но со вкусной и дорогой едой, торжественной обстановкой и живой музыкой. Алина успела переодеться, и ей было хорошо в обычных брюках и синем кардигане. Каштановые волосы она подняла наверх и приобрела вид девушки из офиса, которая выбралась перекусить в конце рабочего дня. Эрик просто не мог отвести глаз от жены. Он был в нее влюблен. И только слепой этого мог не заметить. Но Елену Владимировну скептицизм не покидал. Алина чувствовала это. Поэтому она с некоторым облегчением попрощалась с матерью на следующий день. Провожали Елену Владимировну они оба — и Алина, и Эрик. В какой-то момент Эрик деликатно отошел, чтобы дать им попрощаться. И сказать бы в этот момент им обеим ласковые слова, обняться и даже поплакать. Но ничего этого они не сделали. Алина не спросила, как мать будет одна теперь в новой квартире, не пожалела ее, не заверила, что «они все равно близко, каких-то три часа лету», и не позвала ее чаще приезжать. Елена Владимировна дочь поцеловала, еще раз поздравила, но не сказала теплых слов, не прижала к себе.

Что это вдруг с ними случилось, никто так и не понял. И никто не подумал, что это отчуждение случилось давно, когда Елена Владимировна, переживая смерть любимого мужа, как-то выпустила Алину из виду. Может, их отношения расстроились еще раньше, когда дочь взрослела в интернате, обороняясь от дружеско-вражебной среды одноклассников, или пыталась победить любой ценой в самых незначительных соревнованиях. Но никто об этом не знал, никто ее о том не расспрашивал. Так или иначе, сейчас они с матерью были родными, но далекими.

— Мама, сейчас такое время, что интернет... все эти мессенджеры... В любое время можно связаться, — произнесла Алина, прислушиваясь к объявлениям о посадках и взлетах.

— О да, — с иронией произнесла мать. Она подхватила сумку и пошла на паспортный контроль, оставляя Алину с огромным чувством вины.

* * *

Их свадебное путешествие было коротким, но интересным. Алина уговорила Эрика съездить в Венецию.

— Мы поедем на машине. Будем останавливаться и ночевать в маленьких гостиницах, фотографировать интересные места. Потом сделаем альбом. Мы проедем всю Италию, представляешь?! — сказала Новгородцева.

Эрик не представлял. Он вообще пребывал в таком состоянии, что, скажи ему Алина пойти и утопиться, он бы не возражал. Эрик готов был ехать с ней куда угодно, хоть на Северный полюс. К путешествию он подготовился основательно. У них было все — от газовой плитки до теплых спальных мешков, при виде которых Алина подняла бровь. Эрик поспешил объясниться:

— Понимаешь, вдруг мы застрянем на перевале... Или что-то с машиной случится...

— Будем надеяться, что ничего такого не произойдет, — улыбнулась Новгородцева. По правде говоря, ее тоже захватил азарт. Хотелось сделать так, чтобы было уютно в дороге, сытно. Ладно Алина — она плохо себе представляла уровень сервиса на европейских дорогах, но Эрик-то знал, что найти механика, мастерскую, ночлег и еду можно практически везде. И все же они увлеченно скупали галеты, сырокопченую колбасу и упаковки воды.

Оставив старшим в магазине менеджера по закупкам, ранним утром молодожены выдвинулись в путь. Они проехали центр Граубаха, обогнули старый стадион. Алина вспомнила, как совсем недавно она здесь бежала под окрики Ульянкина. «Вот и правильно, что я все это бросила!» — подумала она. Через некоторое время дорога стала узкой — они достигли первого перевала.

Эрик что-то рассказывал, тщательно подбирая английские слова, в машине тихо играла музыка, ветер залетал в приоткрытое окно и трепал ее волосы. Алина откинулась назад и прикрыла глаза. «Вот и наступила новая жизнь. Похоже, я приняла правильное решение. Эрик любит меня. Мне он тоже нравится. Я стану ему помощницей. Буду управлять магазином. Это и станет делом моей жизни. И ничего плохого в этом нет. Не всем же ставить рекорды!» — думала она. Эрик покосился на нее и подумал, что она спит. Он оборвал свой рассказ, музыку сделал почти неслышной. И Алина заснула. Это был не очень глубокий, но хороший отдых — без сновидений и беспокойства. Алина спала, когда они пересекали границу Австрии и спускались на равнину, в долину Инна. Она не проснулась даже когда их машина перегородила улицу и инсбрукский городской трамвай им сигналил. Пробудилась лишь тогда, когда Эрик остановил машину у небольшого отеля.

— Просыпайся, — сказал он, — а то проспишь все свадебное путешествие.

— Не просплю, — улыбнулась Алина, потягиваясь.

Отель был маленьким и очень приятным — белые стены с картинами сельской жизни, занавесочки в цветочек, диванчики из светлого дерева. Новгородцева внимательно присматривалась к обстановке. «Надо понимать, как здесь принято!» — думала она.

— Ну, мы поужинаем в ресторане. Здесь сегодня праздник молодого вина, — сказал Эрик.

— Хорошо, — радостно согласилась Алина. Она себя чувствовала прекрасно.

Ужин и в самом деле был хорош — утка, клецки, которые Алина даже незаметно понюхала. Но на вкус это блюдо оказалось таким, какие она очень любила. Сытным и маслянистым. Потом они заказали сливовый ликер. Алина чувствовала, как у нее горят щеки и уши.

— Ты знаешь, я ведь совсем не пью. Привыкла к режиму. Спортсменка.

— Иногда можно, — улыбнулся Эрик.

Они ушли из ресторана последними — Алина вдруг стала говорить о своем детстве. Рассказ оказался немного скудным — словарного запаса не хватало, чтобы в красках описать переживания и приключения школьной поры. Эрик слушал с интересом и задавал вопросы. Алина старалась ответить, а потом воскликнула:

— Все. Решено. Я начинаю учить немецкий. Хочу, чтобы ты меня понимал.

— Я выучу русский, — обрадовался Эрик.

— Попробуй, — скептически усмехнулась Алина.

Эрик не ответил. Он только накрыл своей ладонью ее руку.

— Пошли? Пора спать.

Новгородцева покраснела и, вставая, уронила свою сумку.

Их комната была просторной, но типичной для немецких гастхаусов — широкая кровать, расписные комод и шкаф. В углу квадратный стол с грубыми стульями.

Когда Алина вышла из душа, Эрик уже разделся. Новгродцева посмотрела на него. Она разглядывала его не смущаясь. И ей нравилось его худощавое чуть загорелое тело. Она подошла к нему и прижалась. Первой поцеловала его в ключицу и в грудь, а потом опускаясь все ниже. Эрик вздрогнул, с силой поднял ее.

— Я хочу тебя, — сказала она, — я очень тебя хочу.

— И я. Я тебя люблю.

— Скажи это по-немецки, — попросила Алина, — я же решила изучать немецкий язык...

Алина проснулась ночью — рука Эрика придавила ее, мешала дышать. Новгородцева осторожно поменяла положение и заботливо укрыла Эрика одеялом. «Мой муж, — подумала она, — у меня есть муж. Эрик. Как же все странно. Но мне это нравится». Растроганная, она еще раз поправила на муже одеяло и обняла его. Она заснула, когда стали светлеть верхушки гор.

Из Венеции они вернулись через полторы недели. Алина загорела, похудела, на ее лице читалась уверенность женщины, которую любят.

* * *

Если бы надо было коротко описать жизнь Алины Новгородцевой, теперь уже Алины Фишер, то это можно было бы сделать одним словом: «любопытство». Новгородцева входила в новую для нее жизнь с широко раскрытыми глазами. Она не ставила под сомнение правильность тех или иных традиций и обычаев, какой бы стороны жизни они ни касались. Она не только наслаждалась новыми ощущениями, которые подарила ей семейная жизнь. Алина старалась постигнуть здешний образ мысли и закономерность поступков. А это более глубокое понимание чужой страны и свидетельство того, что она очень ответственно подходила к переменам, которые случились в ее жизни. Так уж Новгородцева была устроена. Она все делала хорошо — или вообще не бралась.

Где-то через полгода жизни в Граубахе Алина обнаружила, что этот альпийский городок по своему ритму похож на ее родной поселок. «Да, Граубах — красивый и уютный. И домов здесь побольше. Но образ жизни здесь тот же. Природа, работа, соседи. Вот три компонента, из которых складываются дни в этих местах», — думала Алина, делая, как и большинство местных хозяек, покупки в центральном магазине. И еще она думала, что это только кажется, будто в маленьких городах ритм другой. Он тоже бывает напряженным, но это не всегда заметно стороннему взгляду.

С тем же самым добрым любопытством и старанием Алина учила немецкий язык. Она требовала, чтобы Эрик в доме разговаривал только по-немецки.

— Практическое применение — самый верный способ быстро выучить слова, — говорила она. И действительно, все, что касалось кухни, блюд, домашней обстановки, она знала уже через месяц. Сложнее было с общением. Но Алина не стеснялась — она заговаривала с соседями, смешивала сразу три языка — русский, английский, немецкий, но ее все же понимали, поправляя при необходимости.

Одним словом, жизнь Алины Новгородцевой ей самой очень нравилась. Ее баловал муж, она сама с удовольствием за ним ухаживала — готовила его любимые блюда, стирала и гладила рубашки, варила по утрам его любимый кофе. Эрик Фишер, привыкший к холостой жизни, проникался благодарностью и любил свою жену еще больше. Но самым главным поступком было решение Алины трудиться в магазине Фишеров.

Как-то утром она проснулась и подумала, что ей нужно купить новую куртку. «Хорошо бы синюю, под мои сапожки. Или светло-бежевую. Под замшевые ботинки. А то в пальто, которое мы купили два месяца назад, неудобно. Длинное оно», — глядя в окно на заснеженную ель, размышляла она. Да, пальто они купили прекрасное, только в Граубахе ходить в нем было некуда. Здесь, у подножия гор, куртка была самой удобной формой зимней одежды. «Надо зайти в «Каухофф», — решила она, но одна беспокойная мысль помешала ей порадоваться будущей обновке. Эрик Фишер был щедрым и заботливым мужем. На банковскую карту каждый месяц поступала внушительная сумма. Алина могла ею распоряжаться, как заблагорассудится. Тем более что все необходимое для жизни они покупали вместе, но платил Эрик. Алина как-то пробовала протестовать.

— Слушай, у меня же есть деньги. Ты же мне перечисляешь, я тоже хочу участвовать в этих тратах, — сказала она.

— Нет, — муж был категоричен, — это моя обязанность.

Понятно, что Алина старалась покупать все сама, но подобное разделение ее смущало. Поэтому она быстро вылезла из постели, привела себя в порядок и спустилась в магазин.

Эрик был за кассой.

— Mein Mann, — обратилась к нему по-немецки Алина.

— Ja, mein Lieber? — отвечал ей Эрик.

Дальнейший разговор шел на смеси английского, немецкого и русских междометий.

— Я хочу работать. Я знаю, с моим знанием языка меня почти нигде не возьмут. Идти мыть полы ты меня не пустишь. Давай я буду работать в магазине. Обычным продавцом. С десяти до семи. Так, как положено. И буду получать зарплату. Именно ее ты будешь переводить мне на карту. А те деньги, которые ты сейчас мне переводишь, ты или оставишь себе, или мы их будем откладывать. Например, на отпуск. Или на еще один магазин.

Эрик почти все понял, но на всякий случай переспросил. Алина терпеливо повторила.

— Ты действительно хочешь работать?

— Очень. Я больше не могу сидеть дома.

Эрик Фишер был человеком неглупым и наблюдательным. Он уже успел присмотреться к жене и понимал, что подобный разговор был вопросом времени. И вот оно настало.

— Ок, — сказал он, — будешь продавцом!

Алина запрыгала от радости.

Результаты своей уступчивости Эрик ощутил довольно скоро. Алина прекрасно умела продавать. Она, несмотря на неважное знание немецкого, могла ладить не только с персоналом, но и с покупателями. Понаблюдав за женой, Эрик пришел к выводу, что Алина умна, сообразительна, практична. Он заметил, что она всегда знала, что надо сделать и как поступить. И если сам Эрик был склонен к долгим раздумьям, то его жена терпеть не могла откладывать проблемы в долгий ящик. Эрика только радовали такие открытия, и очень скоро он сделал Алину управляющей магазином. Новгородцева приняла это решение с достоинством и без особых изъявлений благодарности. Она знала, что заслужила повышение.

Очень скоро весь городок привык к ее фигуре за кассой, научился понимать ее язык и благосклонно следовал ее советам. А еще ее приняла общественность городка. Алина стала посещать церковь, участвовать в благотворительных распродажах, собирать деньги на городские фестивали. Она пекла коврижки, варила варенье и все это выставляла на общих праздниках. Через пару-тройку лет она стала полноправным членом городского сообщества. Эрик Фишер не мог нарадоваться на жену. Да, они не завели детей. Но их это не очень огорчало. Вернее, они не особенно об этом задумывались.

Их жизнь была насыщенной, приятной, небесполезной. К тому же стараниями Алины семейство Фишер открыло еще один магазин. А это прибавило хлопот и приятного беспокойства. Приятного, потому что дело шло. На какое-то время они поменялись местами. Эрик был в старом магазине, Алина все свое время проводила в новом. Она хотела воплотить свою идею спортивного магазина-клуба. И даже выделила там место для столиков. На одной из стен висела огромная плазма — там всегда транслировали самые громкие соревнования.

— Да это спортивный паб, — как-то сказал Эрик.

— Нет, я хочу сделать это место клубом интеллигентных людей, интересующихся спортом.

Наверное, вся их жизнь так бы и протекала — в делах и хлопотах, приятных недолгих путешествиях, встречах с соседями, если бы не одна случайность. Однажды Алина вздумала вдруг перекрасить стены в новом магазине и отправилась в строительный магазин за консультацией и краской.

Поскольку концепцию нового магазина придумывала Алина, то и оформление она взяла на себя. Эрик с любопытством рассматривал эскизы, которые выполнил приглашенный дизайнер. Но вот выбор цветовой гаммы Алина не доверила никому. Дело в том, что, по ее задумке, торговый зал магазина должен был быть окрашен в несколько оттенков бежевого. Алина всегда питала слабость к этому цвету. Новгородцева очень четко представляла, какие именно оттенки нужны.

— Знаешь, я съезжу в магазин и сама закажу колер. А строители заберут краску.

— Конечно, — согласился Эрик. Он вообще не спорил с женой.

Алина села в свою красненькую машинку и поехала в магазин. Огромный строительный мегамолл находился на полпути между Граубахом и Мюрнау. Алина по этой дороге уже ездила сотни раз и не уставала удивляться красоте гор. Все эти ледники, темные леса, серый камень, словно панцирь, опоясывающий невысокие вершины, — все это поражало великолепием. Но самое главное, эти пейзажи никогда не были одинаковыми. Лучи солнца, туманы, морось или снег — все меняло картинку. Да что там говорить, даже в погожий летний день, когда на небе не было ни облачка, а о ветре только мечталось, эти горы все равно меняли свое обличье. Вот и сейчас, утром, они казались свежими и умытыми. Даже с дороги были слышны звуки колокольчиков — коровы заняли место на пастбищах. «А ведь мне повезло! Мне страшно и неожиданно повезло! — подумала Алина. — Вот даже и представить было нельзя, что я окажусь здесь. И меня будут так любить, так обо мне заботиться. И мне будет интересно жить. Вот и магазин открываю. Я могла себе представить, что у меня магазин будет?! Нет. Даже во сне присниться не могло. И Эрик такой хороший, честный. Он же мог быть единственным владельцем. А он подумал и обо мне. Я — совладелица. Звучит так солидно», — умилялась Новгородцева. Она никогда не задумывалась о счастье. Она жила и была благодарна за все, что делал для нее Эрик, что предлагала эта земля, за то, как относились к ней люди. Она думала о том, что в ее жизни много всего, что приносит радость. И ей не надо бороться. Не надо превозмогать усталость, боль, упорство соперников. Можно просто жить и получать радость от мелочей. Когда она однажды об этом сказала своей матери, Елена Владимировна хмыкнула:

— Я даже не знаю, как на это реагировать! Ты такая молодая, юная, можно сказать. Тебе самое время преодолевать и бороться.

Алина помедлила с ответом, а потом сказала:

— У меня есть все, о чем может мечтать женщина. Муж, дом, дело. Зачем же мне расшибать лоб? Я всем довольна. А главное, у меня есть дом. Это так важно!

Новгородцева намекала на жизнь в интернате. Мать это поняла. И в тот раз они расстались холодно. Что-то между этими родными людьми пролегло, не давая возможности понять друг друга. Отчего и почему — сложно сказать. Очевидным было одно. Мать переживала из-за резкой смены курса дочери и... не верила, что дочь стала взрослой. Елена Владимировна даже как-то проговорилась:

— Только вчера ты ходила в школу. А сегодня — ты замужем. Муж старше тебя. И у тебя совсем другая жизнь. Правильно ли стоять за прилавком, пусть и собственного магазина? Может, лучше было бы учиться? Соревноваться? Это ведь была бы твоя жизнь? А так...

— А так — это мой бизнес. Доля торгового предприятия Фишеров принадлежит мне. Так что я работаю на себя. И это существенное обстоятельство.

Алина этот разговор запомнила, как и недоумение Елены Владимировны. И, поскольку родители всегда являются ориентиром, она очень часто вела мысленные диалоги с матерью. Сейчас, любуясь окрестностями, она опять вспомнила тот разговор и вслух воскликнула:

— Если бы мама все это видела! Какая же красота!

До строительного магазина она доехала быстро — машин в ту сторону было немного. Заехав же на стоянку, она вдруг расхотела заходить в помещение с искусственным светом, с коробками, деревяшками, мешками. Приятно было остаться на солнце, вдыхать свежий воздух октябрьского утра. Алина огляделась, увидела небольшой магазин и несколько столиков на улице. «Отлично! Сначала я попью кофе и полюбуюсь на горы», — подумала она. Через несколько минут перед ней стояла большая чашка кофе и лежали две булочки. Алина с вожделением посмотрела на них, собралась было уже откусить, но в это время к магазину подъехал автобус. Новгородцева только мельком взглянула на пассажиров, высыпавших на улицу, и сразу поняла — спортсмены. У нее даже защекотало в носу — все таким знакомым показалось. Она явственно вспомнила усталость во всем теле, ноющие мышцы, желание плюхнуться на кровать и не шевелиться. И вместе с тем наряду с этой усталостью в теле была энергия, адреналин. От преодоления, от победы, от чувства выполненного долга. И Алине показалось, что она опять в команде, на сборах, и они заглянули перекусить после тренировки. Она забыла про кофе и булочки, неотрывно следила за спортсменами. Те разговаривали по-немецки. И Алина поняла, что команда едет в деревню неподалеку. Там будет их база, штаб-квартира. Там они будут тренироваться и жить. Алину разбирало доброжелательное любопытство. Ей хотелось узнать, что это за команда, за кого выступает. Некоторые спортсмены были в сине-оранжевой форме, незнакомой Новгородцевой.

Надо сказать, что Эрик был человеком спортивным. Он не только с удовольствием ходил сложными тропами на вершины гор, играл в волейбол в команде жителей Граубаха, но и регулярно просматривал спортивный вестник, который выходил в городе. Алина как-то заглянула туда и поняла, что это издание освещает в основном «ведомственные» соревнования. Например, в соседнем городе была приличная футбольная команда, которая периодически выступала на региональных состязаниях. «А, вот это, наверное, и есть какой-то местный клуб. Или команда предприятия какого-то большого!» — догадалась Новгородцева. Она пила кофе и тайком рассматривала спортсменов. «Интересно, я когда-нибудь пожалею о том, что ушла из спорта? — подумала Алина, глядя, как приехавшие в автобусе рассаживаются на улице за большим столом. — А ведь я ушла насовсем. В этом надо себе признаться честно».

Новгородцева вздохнула. Она очень редко вспоминала спортивное прошлое. Во-первых, времени не имелось и голова была занята. Вхождение в бизнес, изучение деталей и особенностей, знакомство с производителями и оптовиками — все это было серьезным, важным делом, которое требовало подготовки. У Новгородцевой ее не было, она училась на ходу. К тому же она изучала немецкий. Ей хотелось чувствовать себя на переговорах полноценным и полноправным участником. Да, у нее было полно дел, а потому воспоминания особо не беспокоили ее. «Наверное, я спортом занялась, поскольку выхода не было. Что еще делать в поселке и в интернате? А так — команда, отношения. Типа семьи... Да и интересно было», — размышляла она. В это время за столиком раздался смех. Все загалдели, и к компании присоединился высокий светловолосый парень. Он поставил на стол свой поднос, что-то ответил по-немецки. Алина краем уха уловила слова, но главными были не они — голос! Новгородцева пригляделась и вдруг вспыхнула. Ей даже стало тяжело дышать. «Этого не может быть! — Она чуть вслух это не воскликнула. — Невероятно. Это же Быстров?!»

Парень сел к ней спиной, когда он только подходил, она не обратила на него внимания и теперь старалась понять, не обозналась ли. Алина так вертела головой и изворачивалась, что в результате уронила салфетницу. Шум привлек внимание. Обернулся и тот, похожий на Быстрова.

— Саша, — проговорила Новгородцева, вылезая из-под стола и возвращая на место упавшую салфетницу.

Парень, похожий на Быстрова, внимательно посмотрел на нее:

— Алина?

— Да, это я! — воскликнула та.

А сердце ее ухнуло куда-то вниз. Новгородцева пыталась сообразить, что надо сейчас сделать: «Остаться за своим столом и делать вид, что ничего особенного не произошло? А потом, когда он отвернется, смотреть в его спину, пока он ест? Или подойти сейчас к ним? Но никто не приглашал. Подняться, помахать рукой и отправиться в строительный магазин? Здорово будет. То-то он удивится. Он даже не подозревает, что я замуж вышла за Эрика и живу теперь здесь». Пока она соображала, Быстров подхватил свой поднос и пересел к ней за стол. Новгородцева покраснела до слез. Ей захотелось его обнять.

— Саша, Сашенька! — воскликнула она и... прижалась к нему. — Ты не представляешь, как я рада тебя видеть.

— Отчего же, — спокойно отвечал Быстров, — я тут Ветошкина видел. Во Франкфурте. С семьей. Представляешь, Ветошкин — и с семьей!

— А почему у Ветошкина не может быть семьи? — счастливо улыбаясь, поинтересовалась Алина. Она уже разлепила объятия и села на свое место.

— Он был таким... Понимаешь, он какой-то... Вечно с унылым лицом...

— А сейчас?

— Сейчас у него лицо озабоченное. Жена... дети.

Новгородцева вздрогнула.

— У тебя тоже дети. Но лицо у тебя совсем не унылое. Как Марина поживает?

Быстров посмотрел на Алину с усмешкой и ничего не ответил.

— Нет... я же просто так... — смутилась Новгородцева.

— Ага, — неопределенно ответил Быстров.

— Ну, кого-нибудь еще видел? Из наших? Из класса? Из школы? Столько времени прошло! Интернет интернетом, но мне так некогда. Да и социальные сети — это не мое. Там вечно все выпендриваются, — затараторила Алина. Она обругала себя за неуместное любопытство.

— Да нет, больше никого. Почти. Подругу твою видел. Кузнецову, — хмыкнул Быстров.

— Ирку?

— Иру, — кивнул Быстров.

— А, это понятно, — почти отмахнулась Алина. Кузнецова ей была неинтересна. Что там может быть у Кузнецовой? Но вот Марина Ежова! «Интересно, он здесь на сборах? Что он вообще делает в этой команде?» — подумала она.

— Выступаю за их клуб, — сказал Быстров.

Новгородцева совсем смутилась — Саша видел ее насквозь.

— Значит, ты и живешь здесь? — все же спросила она.

— Значит, — усмехнулся Быстров.

«Что за черт! — вспылила про себя Алина. — Вот идиотская манера на каждый вопрос физиономию кривить. Эта его усмешка просто выводит из себя!»

— А, ясно. — Она допила кофе. — К сожалению, я должна бежать...

— Ты же вроде бросила это дело, — съязвил Быстров.

— А ты, я смотрю, следишь за моей линией жизни, — не осталась в долгу Новгородцева.

Она чувствовала, как те же самые сети затягивают ее. Алина видела, что Быстров остался тем же. Вернее, изменился, но в лучшую сторону. Он возмужал. От юношеской гибкости, подвижности и несколько неуклюжей пластики ничего не осталось, перед Новгородцевой был сильный, красивый мужчина. В этой красоте теперь было все — и прежняя уверенность в себе, и появившееся торжество силы и успеха. «Успех. Вот что такое Быстров! — по привычке восхитилась Алина, но тут же себя спросила: — Почему же он не в сборной? Почему выступает за небольшой региональный клуб?»

— Кстати, ты же в нашей сборной? Я совсем перестала следить за спортивными новостями, — с невинной улыбкой поинтересовалась она.

Быстров на этот раз улыбнулся самой своей лучезарной улыбкой, обнажив крупные идеальные зубы. «Просто жеребец, — подумала Новгородцева, — только что не ржет!» Но слово «жеребец» тут же ее смутило. «Я же про улыбку... А не про что-то другое...» — сказала она себе.

— Я — не в сборной. Если, конечно, это тебе интересно.

— Да мне все равно. Мне вот надо в магазине ремонт доделать. Краску купить.

— Ты по торговой части? За прилавком стоишь? — спросил Быстров и подхватил внушительный кусок омлета.

— По торговой. Вот, второй магазин открываю, — деловито подтвердила Алина.

— О, то-то я вижу... Селяночка такая местная...

— В смысле? — не поняла Алина.

— Да вид у тебя, как у этих теток здешних. Серенький...

— Господи, да ты эксперт во всех областях жизни! Лучше бы спортом интересовался. Глядишь, в сборную бы взяли, — ответила Алина.

— Не твое дело. Мне всегда было плевать на чье-либо мнение. А уж на твое-то... — Быстров продолжал есть яичницу.

Новгородцева приготовилась ответить, но тут посмотрела на ходящие от усердия желваки Быстрова, на его двигающиеся уши и... расхохоталась. Смеялась она громко и от души. Глядя на нее, замолчали и перестали есть за соседними столиками. Быстров, метнувший в ее сторону злой взгляд, вдруг улыбнулся.

— Ты что это? — Он попытался быть серьезным, но у него это уже не получалось.

— Идиоты! Встретились на другом краю земли через много лет, чтобы пособачиться! Это же умереть можно! — смеялась Новгородцева.

— Точно, — теперь смеялся Быстров.

Алина чувствовала, что сквозь этот смех пытаются пробиться слезы. Она ужасно была рада видеть Быстрова. Не только как человека из «того» времени, но и как свою давнюю и совершенно безнадежную любовь. Когда-то ей показалось, что они больше не встретятся. Более того, она и замуж за Эрика вышла, чтобы никогда больше не вспоминать Быстрова и не повстречаться с ним. Но одно дело планировать, а другое — жить и порой чувствовать, что прошлое так и не покинуло тебя.

Сколько раз за это время Новгродцева представляла их встречу! Сколько речей ею было придумано! Сколько упреков она приготовила, сколько взглядов прорепетировала! И вот, когда она не ждала, они встретились. Алина чувствовала, что ее смех вот-вот перейдет в слезы. А потому она подошла к сидящему Быстрову, обняла его и поцеловала — в макушку, в уши, шею, щеки. Он на минуту замер, а потом обнял ее.

— Ладно тебе, все хорошо, — проговорил он. И в его тоне была растерянность.

В этот день Алина вернулась поздно. Помимо краски, она привезла кучу пакетиков с деликатными покупками. «Хорошо, что я сообразила за всем этим поехать в другой город. В Граубахе покупка дорогого белья обсуждалась бы через полчаса на всех перекрестках», — похвалила себя за находчивость Алина.

Все эти прекрасные бюстгальтеры и трусики она тщательно спрятала в своем комоде. В ванной комнате разложила новую косметику, дорогущий крем для ухода за шеей и новые духи. «Отчего бы мне наконец не поухаживать за собой!» — подумала она. Ночью, прислушиваясь к дыханию спящего Эрика, она представляла свою встречу с Быстровым. «Мы договорились на послезавтра. В семь вечера. Отлично. Придется сказать, что я поеду за какими-нибудь недостающими болтиками и гвоздями. Хотя это смешно. Ни один немецкий мастер не приходит без нужного комплекта инструментов и крепежа. Надо будет что-то более убедительное придумать!» — подумала она, заботливо прикрыла мужа одеялом и постаралась заснуть. Но сон не шел — в ее жизни появился новый и очень соблазнительный смысл.

Они должны были встретиться в небольшом ресторане, который располагался в лесу, у бывшего монастыря Святого Антония — приятное место с отличной кухней. Отличительной особенностью ресторана была рассадка гостей: обедающие занимали маленькие кельи. Столики на четыре-шесть человек располагались в уютных крохотных комнатках с деревянной, стилизованной мебелью. В каждой «келье» обязательно было окно, и гости могли любоваться природой, пейзажами и горным небом. Еда здесь была несколько необычной — каждое блюдо отсылало к какому-нибудь монастырю. Например, суп из раков по рецепту монахов из Эртеля. Этот ресторан предложила Алина — Быстров вообще не ориентировался в здешних краях, хоть и жил тут, как выяснилось, уже полгода.

— Полгода? — воскликнула Алина, узнав об этом. Она ужаснулась при мысли, что они могли не встретиться.

— Да, а что? — невозмутимо спросил Быстров.

— И ты никуда здесь не ездил? Не ходил? Не смотрел ничего? Здесь же такие места!

— Я здесь не на экскурсии, я работаю, — отвечал Саша.

— Понятно. Почти как у меня!

— Что — как ты?

— Да все! — загадочно ответила Алина. Она помнила совет Оли Семеновой: «Ясность — это для штурманов и лоцманов. Обычным людям нужны загадки».

И точно. Быстров с интересом поглядел на Алину.

— Слушай, а я так и не понял, что ты-то здесь делаешь? Все-таки осталась? Пристроилась к низшей лиге?

— Вот, — удовлетворенно протянула Новгородцева, — за ужином все и расскажу.

После той их первой встречи Алина краску для магазина выбирала кое-как. Зато в отделе женского белья она провела часа два. К тому же впервые в жизни обратилась за помощью к специалисту брафиттинга. Алина никогда особенно не заморачивалась насчет белья. Покупала простое и удобное. Когда занималась спортом, предпочтение отдавала хлопку, потом вообще стало все равно. Но, увидев в магазине изобилие кружев и изящных оборочек, она пустилась во все тяжкие. Дама средних лет быстро и ловко научила ее выбирать подходящее белье, потом посоветовала два комплекта.

— Этот — на каждый день. Этот — порадовать своего мужчину, — лукаво улыбнулась она.

— Возьму оба, — сказала Алина.

Она по привычке хотела купить отдельно бюстгальтер и трусы, но дама-консультант позволила себе неодобрительную мину.

— Нехорошо. Только комплект.

Алина послушалась беспрекословно.

Примерно столько же времени она провела в отделах парфюмерии и косметики. Тут она просто замучила продавщиц, требуя самый эффективные омолаживающие средства. Ее убеждали, что она так молода, а ее кожа настолько идеальна, что ей вообще ничего не надо с собой делать, но Алина слышать ничего не хотела. Она выложила кучу денег за абсолютно бесполезное средство против морщин на шее и довольная покинула магазин.

Вообще Новгородцевой было отчего не спать — она не могла придумать, в чем ей ехать в ресторан. В день накануне ужина она очень долго вертелась перед зеркалом. Пафосно выглядеть не хотелось — а у нее было несколько дорогих нарядов. Скромничать не позволяли надежды, которые она возлагала на этот вечер. В конце концов она выбрала узкую кожаную юбку и тонкий свитер. На ноги пришлось надеть туфли на маленьком каблуке. Повертевшись у зеркала, она сменила их на удобные туфли на плоской подошве. «Мне же машину вести!» — оправдала она сама себя.

В разгар ее «репетиции» появился муж. Эрик с удивлением разглядывал жену, а потом спросил:

— Мы куда-то идем?

— Я — иду. А ты — дома остаешься, — с этими словами она поцеловала мужа и прижалась к нему всем телом. Эрик ответил крепким поцелуем в губы. «Господи, столько лет, а он такой страстный, — подумала Алина с завистью. Близость с мужем давно не радовала ее. Любви по-прежнему не было, а появившихся благодарности и признательности было недостаточно, чтобы отвечать на страсть. Самой себе она честно признавалась, что Эрик Фишер стал ее настоящим верным другом, к которому можно прийти с любой бедой и радостью. «Но поделиться новостью, что приехала твоя давняя любовь — не самая хорошая идея! Да и тайная встреча похожа на предательство», — подумала Алина, и настроение у нее немного испортилось.

— Так куда ты идешь без меня?

— Я не иду, я еду. Прилетает моя хорошая знакомая из Питера. Но она с детьми и свекровью. Сам понимаешь, свекровь, то есть мама мужа, — это не всегда просто. А мы не виделись много лет. Поэтому я еду в Мюнхен. Там остановлюсь в «Бристоле».

Малюсенький отель на Петеркоферштрассе был постоянным местом их ночлега, если дела требовали раннего подъема и присутствия в Мюнхене.

— О, ну да, конечно, — сказал Эрик. Но по его лицу Алина видела, что он как-то растерян. «Придется усыпить бдительность. Иначе вызовется со мной ехать. Типа я по делам, а ты к подруге, и вместе вернемся утром», — сообразила Алина.

— Знаешь, мы с этой моей приятельницей никогда особо не дружили. Но когда человек оказывается за границей, любой соотечественник становится близким другом. К тому же она потом встретится с моей мамой. Все расскажет. Поэтому я и хочу показать товар лицом.

Эрик наклонил голову, как тот попугай, который ничего не понял.

— Ну, я хочу, чтобы подруга поняла, что у меня все хорошо, я всем довольна и счастлива. Она потом все в подробностях маме расскажет.

— А-а-а, понимаю, — закивал Эрик. Он был уже в курсе сложных отношений в семье Новгородцевых.

— Вот, — Алина бросила вертеться перед зеркалом и опять поцеловала мужа. — Знаешь, я что-то так устала... Давай сегодня никуда не пойдем уже. В магазине все работает, в большом вон покупателей полно. — Она кивнула на монитор, куда передавались изображения с камер, установленных в торговых залах.

— А давай, — неожиданно быстро согласился Эрик. Судя по его виду, его все же беспокоили планы жены.

Вечер они провели замечательно. Алине, человеку не очень опытному по части «втирания очков», интуиция не давала переборщить с суетой вокруг мужа. Новгородцева даже немного поворчала:

— Сколько раз я просила закончить столик в саду! Раньше так хорошо было — и кофе попить, и просто посидеть почитать.

Эрик оправдывался:

— Там деревянные бруски подобрать нужно, — принялся объяснять Эрик. Но Алина резонно возразила:

— Это каких же деревяшек нельзя найти в «Практикере»?

«Практикер» был известным строительным магазином.

Эрик согласился, но продолжал что-то говорить. Алина, довольная, что нашла тему, на которую муж будет рассуждать долго, мысленно представляла завтрашнюю встречу. Она была довольна, что настояла на том, что заедет на своей машине за Быстровым. Во-первых, так у него меньше шансов увильнуть от ужина, а во-вторых, она узнает его точный адрес...

Утро следующего дня Алина провела в новом магазине. Она специально вызвала оформителей и мастеров на послеобеденный час. Эрику придется ее сменить, чтобы проконтролировать работу мастеров, а она сможет спокойно собраться и выехать из дома. На глазах у мужа собираться на встречу с Быстровым было бы очень неловко.

Как она и планировала, Алина надела узкую юбку, тонкий свитер, на шею повесила небольшой кулон. Впрочем, кулон вызывал у нее сомнения — у нее не было привычки носить украшения. В конце концов она подхватила плащ и выскочила на улицу. Уже через десять минут она выезжала за пределы Граубаха.

— Эрик, я уже поехала. Подруга звонила, у них все в порядке, они в Мюнхене. Буду тебя держать в курсе. И очень тебя прошу, обрати внимания, как рабочие смонтируют полки. Пожалуйста, проверь, чтобы все совпадало с моей схемой. Нам надо три большие полки сверху и три внизу, но эти три должны быть узкими. Понимаешь, я долго думала, это очень важно...

Новгородцева долго и горячо говорила про полки и освещение торгового зала. Пока наконец Эрик не произнес:

— Слушай, я все понял. Не волнуйся. Поезжай и как следует отдохни с подругой. А то ты ни о чем и думать не можешь, кроме как о магазине!

Алина на секунду стало стыдно.

— Да, я что-то задергалась, — сказала она и добавила очень искренне: — Я тебя крепко целую.

«Чтобы проникнуться чувством к мужу, надо встретиться с другим мужчиной», — хмыкнула она. Впрочем, даже эта незатейливая философия была удивительна для Новгородцевой.

В условленном месте Быстрова не оказалось. Алина с тревогой огляделась. Площадь пустовала. Даже гуляющие туристы отсутствовали. «Ну, как это понимать? Он должен был быть еще десять минут назад!» — подумала Алина. Она уже потянулась к мобильнику, но вовремя отдернула руку. «Подожду. Мало ли что... Но сама звонить не буду!» — твердо решила она.

На какой-то момент ей стало не по себе — уж больно знакомые ощущения тревоги и неуверенности ее сейчас посетили. Словно и не прошло этих семи лет. Новгородцева вспомнила, как она бегала звонить — ей не хотелось, чтобы кто-то слышал ее интонации — небрежно-заискивающие, немного подобострастные. «А у меня этот тон появляется сразу, как я с ним заговариваю!» — призналась себе Алина. Она вздохнула, посмотрела на себя в зеркало, и в этот момент ее окликнули.

— Давно ждешь?

— Я приехала, как договорились. Вот и считай.

— Ладно. Я пришел, — вместо извинений сказал Быстров и плюхнулся рядом с ней.

— Не возражаешь, поедем с открытым верхом? Погода прекрасная.

— Да все равно, — небрежно сказал Быстров, но Алина видела, как он оценивающе оглядел ее автомобиль.

Новгородцева усмехнулась — она поняла, что Быстров теряется в догадках.

— Нам недалеко ехать. — Алина вела машину легко, уверенно. Сейчас она наслаждалась моментом. Рядом с ней был Саша Быстров, мальчик-мечта ее прошлой жизни. Мальчик, который вроде всегда находился рядом, но был загадкой и какой-то недосягаемой мечтой. А теперь он сидит в ее машине, и только его обычное высокомерие не дает ему задать ей множество вопросов. Тогда спросила она:

— У тебя квартира здесь?

— Да, мы все тут живем. Почти все. Предприятие, которому клуб принадлежит, находится чуть северней, а члены команды живут здесь. Кто с семьей, кто один.

— Ты — один, — улыбнулась Алина.

— Один.

— Ясно. Но как ты не посмотрел всю нашу округу?! Здесь же такая красота!

— Нашу округу?— с иронией спросил Быстров.

Новгородцева ее даже не уловила. Она искренне считала эти места своими. Она не собиралась никуда отсюда уезжать, она привыкла к этим горам и лесам, к здешнему воздуху и к местным дорогам. Все это стало ее.

— Не скучаешь по дому? — вдруг спросил Быстров.

— По дому? — растерялась Алина. Он застал ее врасплох. Когда-то она считала домом маленький заснеженный поселок. Потом — интернат. Долгое время он был ее убежищем. Потом они перебрались в Петербург, но приведи случай Алину на Черную речку, она бы не сразу нашла их дом. Во всяком случае, чуть бы поплутала. За эти семь лет она была там от силы раза четыре.

— Ну да, — удивился Быстров, — по дому скучаешь?

— Нет, — твердо сказала Новгородцева, — не скучаю. Мой дом здесь. Жаль, что мама не хочет сюда переехать.

— Она вроде в Петербурге? Так там и живет?

— Да. И у нее пять котов. Из-за них она ко мне приезжает не чаще раза в полтора года, и не больше чем на пять дней.

— Тоже жизнь. Надо понимать, — как-то уважительно сказал Быстров.

— Не знаю. Мне кажется, с дочерью было бы лучше жить.

— Это тебе кажется. — В голосе Саши прозвучал привычный сарказм.

НАТАЛИЯ МИРОНИНА

В ресторане их уже ждали. Метрдотель улыбнулся Алине, словно всю жизнь ждал встречи с ней. При этом Новгородцева даже ни на йоту не заподозрила его в неискренности.

— Он тебя знает? Ты здесь бывала? — спросил тихо Быстров.

— Бывала, но его не видела.

— А впечатление, что вы закадычные друзья!

— Здесь так работают. Искренне, — ответила Алина. Она вспомнила, что о своих покупателях знает все — от дня рождения до любимых конфет. И эти знания ей не раз помогали.

— Кто-то сказал, что в основе бизнеса лежит одна-единственная идея. Вернее, вопрос.

— Это какой же?

— Состоится ли следующая встреча.

Быстров посмотрел на Новгородцеву с удивлением. «Ага, опять я поставила тебя в тупик!» — порадовалась та.

Им повезло — их усадили в комнатке-келье с небольшим балкончиком. Правда, он выходил на склон, поросший еловым лесом, но зато посреди ужина можно было выйти и посидеть на деревянной скамье.

— Что ты будешь есть? — спросила Алина на правах хозяйки. Она листала меню.

— Мясо. На углях. Если есть.

— Принято, а гарнир?

— Салат.

— Да, режим, — вздохнула Алина.

— А ты?

— Что — я?

— Ты режим соблюдаешь?

— Нет. Мне это не нужно делать. Я человек вольный и свободный. Штатский, я бы сказала.

— Понятно. — Быстров огляделся.

Алина почувствовала, что он смущается. Совсем немного, и в его случае смущение правильнее было бы назвать растерянностью. Быстров не знал, как надо реагировать на Алину. Перед ним была очень симпатичная, энергичная, хорошо одетая женщина. Здесь, за тридевять земель от родины, она, по всей видимости, устроилась прекрасно. Быстров про себя так и произнес: «устроилась». Не «добилась определенного успеха», не «завоевала положение», а именно «устроилась». Цинизм Быстрова, по-видимому, не имел возраста.

Тем временем Алина взяла в руки карту вин.

— Думаю, за встречу можно выпить? — Она посмотрела на Быстрова.

— Вполне. У нас три дня выходных. Никаких тренировок. А вот уже с понедельника...

— Ну, значит, в понедельник и будем соблюдать сухой закон. А сегодня мы выпьем хорошего вина!

Алина вдруг спохватилась — она вела себя так, как с Эриком — по-хозяйски принимая решения, советуясь со спутником чисто формально. Эрика это очень устраивало. Но Быстров нервничал. Алина спохватилась:

— Правда, я в винах ничего не смыслю. Может, выберешь.

Быстров лениво потянулся к карте вин.

— Я вообще не пью. Не люблю. Смысла не вижу.

— Ну а если вкусное что-нибудь? Например, шампанское? Или ликер?

— Шутишь? Я лучше мороженое съем.

— Ты любишь мороженое? А я сама его обожаю! — воскликнула Новгородцева, тронутая такой детской чертой.

«Господи, такой красивый, сильный, мужественный. Он почти не изменился, только стал старше. Му-

284

жик. Нет, мужчина. Независимый, сильный мужчина. И вдруг — мороженое!» — Алина расчувствовалась. В конце концов они оба сошлись на том, что надо взять сухое красное вино.

Заказ принесли быстро. Пока его ждали, обсудили местные дороги и климат. Пришли к выводу, что и то и другое выше всяких похвал.

Когда официант поставил перед ними тарелки с огромными порциями, Алина сказала:

— Я семь лет здесь уже живу.

Ей хотелось добавить: «С тех пор, как ты женился на Ежовой. Твой ребенок, наверное, уже пошел в школу?»

Но она этого не сказала.

— Семь лет — это много. Можно и привыкнуть.

— А я и привыкла. Мне хорошо здесь. Но ты? Расскажи, как ты оказался в этих местах?

Быстров помолчал, отпил вино и сказал:

— Как-то не сложилось.

— Ты о чем?

— О сборной. Об Олимпиаде. Обо всем серьезном.

— Странно. Ты так уверенно шел. И так все у тебя получалось. Гладко. Споро. Ловко.

— Но в какой-то момент все дало сбой.

— Может, просто устал? — спросила Алина.

Она вспомнила тот год, когда приехала в Граубах на сборы. И грубияна Ульянкина, и отношения в команде, и ту усталость, которая тогда была уже в ней. Она вспомнила, что привычное состояние состязания не вызывало прежнего азарта. «Тяжело мне тогда было. Если бы кто-нибудь мне дал совет отдохнуть. Сделать перерыв. Может, и сложилось бы все иначе».

— А ты думал уйти? На время? Просто на год?

— Смеешься? Это же невозможно. Потом не наверстаешь.

— Я тоже так думала. Но иногда это получается.

— Ну, я не жалуюсь. Здесь отличная команда. У меня очень приличный контракт. Знаешь, я не хотел бы ничего менять.

— Это самое главное, — заметила Алина, — если ничего не хочешь менять — значит, все хорошо. А вот если хочешь поменять, но лень, — это бить тревогу надо.

— Ты стала философом. Никогда этим не отличалась. А сейчас просто фонтанируешь! — рассмеялся Быстров.

— Это я от радости, что встретила тебя, — рассмеялась Алина и добавила: — Что может быть лучше старых знакомых.

— Я тоже удивился. Даже не узнал.

— Неужели я так изменилась?

— Изменилась. Выросла.

— Постарела?

— Господи, да сколько нам лет, чтобы слово «стареть» употреблять? — Быстров рассмеялся.

— Тогда — за нас! — Алина подняла свой бокал.

— За нас, — согласился Саша.

— Я сейчас редко вспоминаю интернат. А вот первый год жизни здесь был тяжелым в смысле воспоминаний. Иногда казалось, что неправильно поступаю. Надо вернуться, жить дома. Продолжать заниматься спортом.

— Так нельзя.

— Что — так нельзя? — удивилась Алина.

— Так нельзя думать. Нельзя сомневаться, делу мешает. Про точку невозврата часто говорят. Пройдя ее, вспоминать уже не надо. Ну, только иногда. Как что-то приятное.

— Ты тоже недалеко от меня ушел, — улыбнулась Новгородцева, — рассуждать стал.

— Да, всякие жизненные приключения способствуют.

— Все же как Марина? Как твоя жена поживает?

— Жена? Понятия не имею. У меня нет жены.

— Ты разве не женился на Ежовой? — чуть не выронила вилку Алина.

— Женился, — подтвердил Быстров, — но это давно было. Сейчас у меня жены нет.

— А дети?

— Дети есть. Ребенок. Дочь. Хорошо поживает. Это я точно знаю.

— Здорово... — пробормотала Новгородцева.

«Он — свободен! Господи! Он развелся с этой Ежовой!» — подумала она и залпом выпила вино.

— Ого! — хмыкнул Быстров.

— Да мясо для меня острое, — нашлась Алина.

— Ну а ты? Чем ты занимаешься? И вообще... — прищурился Быстров.

Новгородцева знала этот его взгляд. Он был коварным. Вроде бы заинтересованный. Но длинные ресницы не позволяли видеть его глаз, зрачков. Алине однажды показалось, что они у Быстрова острые, как у кота, который готовится схватить мышь.

— Я — нормально. Говорю тебе — вот магазин открываю. Столько хлопот, возни, — воскликнула Новгородцева. И чтобы несколько сбить пафос, пожаловалась: — Везде все одинаково. И схалтурить могут, и сама глупостей понаделаешь!

Минута прошла в тишине, а потом Алина сказала:

— Иногда вспоминаю наш интернат и удивляюсь, как мы жили тогда. На виду у всех. Ни тебе почитать спокойно...

— Новгородцева, — рассмеялся Быстров, — от кого я это слышу? За все десять лет я тебя ни разу не видел с книжкой!

— Ну ладно, — смутилась Алина. Она вспомнила историю про Черную речку и мамино возмущение ее, Алины, неграмотностью.

— Да я так... Сам не очень-то читал.

— Я тебя с книжкой помню. Ты Ефремова читал. Я тогда удивлялась. Все Азимова читали, а ты Ефремова.

— Хороший писатель. Но сейчас так читается странно.

— Почитаю.

— Не надо. Поздно, — махнул рукой Быстров.

— В смысле так дурой и останусь? — улыбнулась Алина.

— Нет. Просто ушло время таких книг. Выросли мы.

— А.

— Кстати, я всегда удивлялся тебе. — Быстров отложил вилку.

— Это почему?

— Ну... — Тут Саша вдруг смутился.

— Ты говори, — разрешила Алина, — когда мы еще увидимся...

— Знаешь, я же по внешнему виду судил. Ну, то, что ты спортсменка, я, понятно, знал. Все говорили, что способная, очень. Но вот...

— Не томи, не обижусь. Даже если гадость скажешь, — подбодрила его Алина.

— Твой отец был известным человеком, начальником. Его многие знали. Мои родители и вообще в городе. Но жили вы в поселке. А там же временное жилье. Ехать далеко от города. Условий мало. И потом, многие стали разъезжаться. А вы упрямо жили. Кстати, в интернате шептались все, почему это Новгородцевы такие странные, им квартиру предлагали, а они отказались.

— Я про квартиру ничего не знала. Но я сама подобным вещам удивлялась. Как-то мама сказала, что они приехали из-за обстоятельств, работали с любовью. Сознательно. Поэтому и не меняли жилье. Не то, мол, главное. Тем более дом был хороший, большой.

— С печкой...

— С печкой, — вздохнула Алина.

— И выглядела ты тогда...

— Как? — Тут уже Новгородцева вскинулась

— Бедно. Отец начальник, а ты вечно, как пацан, в спортивных костюмах, в кроссовках дешевых. Нет, конечно, иногда даже ничего выглядела. Но чаще всего... Интернатская... Вот точно — интернатская.

Новгородцева чувствовала, как жаром заливает ее лицо.

— Так и выглядела — как интернатская? — зло спросила она.

— Ну да... Девчонки в платьях... Джинсы хорошие... А ты всегда...

— Знаешь, мои родители уделяли внимание более серьезным вещам. Отец приучил меня к спорту. Он гулять со мной ходил. В лес. Рассказывал истории.

Она замолчала, а потом севшим голосом сказала:

— Дома хорошо было. Но я все время уезжала. Понимаешь, я не жила в доме. Интернат и сборы. А мне так хотелось просто побыть дома. Не спешить. Сделать все домашние задания, помочь матери, постирать, погладить... Мне хотелось просто пожить, не торопясь, не держа в голове, что завтра надо уже уезжать. Но я знала, что мне не остановиться. Родители не поймут.

— Хреново. Этак можно невроз заработать, — кивнул Быстров. — Ты извини, что я так про платья... Но ты симпатичная была. А вот вела себя, как пацан, и одевалась так же.

Догнать любовь

— Да я знаю. Но уж так случилось. Мне отца сейчас не хватает. Знаешь, я ничего особенного в жизни еще не сделала. Но мне хотелось бы ему показать эти места.

— Ты смеешься?! Это после Енисея? После наших лесов? Да что тут смотреть?!

— Здесь красиво и очень аккуратно. Понимаешь, здесь человек все под себя сделал. И внимательно следит, чтобы ничего не поломалось, не испортилось.

— Да, это, наверное...

— Быстров. — Алина просительно на него посмотрела.

— Что?

— Давай сегодня напьемся? Ну, в конце концов, разве это не событие, что в центре Европы встретились два человека, которые когда-то учились в одной школе?!

— Повод, конечно, серьезный, — рассмеялся Быстров.

— Не то слово. Решено. Пьем.

Алина нажала на кнопочку, и вскоре появился официант.

— Будьте добры, еще две бутылки вина.

— Новгородцева! — запротестовал Быстров.

— Тихо! — Алина подняла ладонь. — У нас сегодня исключительный вечер. Поэтому я чуть-чуть покомандую. Кстати, как ты смотришь на то, чтобы ночь встретить на этом холме?

— Это в каком смысле?

— Слушай, ну не ехать же домой? Мы сейчас снимем тут два номера. Устроимся в одном, будем пить вино, болтать, вспоминать прошлое. И уже так хочется снять эту дурацкую узкую юбку.

— Не понял?! — Быстров весело посмотрел на нее.

— Господи, да в каждом номере есть халат. Я переоденусь. У меня ноги устали, и юбка мне тесна.

Быстров расхохотался.

Еще через двадцать минут они сидели в номере Быстрова.

— Понимаешь, я хочу покурить. Но спать в дыму я не хочу. Поэтому мы устроимся у тебя, курить будем здесь.

— А, значит, мне дым — ничего, — заржал Быстров. — Знаешь, Новгородцева, я тебе соврал. Ты вообще не изменилась! Какая была вредная, такая и осталась!

— Неправда. В школе я была нежной и очень романтичной.

— Боже, сколько иллюзий надо развеять! — Быстров схватился за голову.

Номер был маленький и стандартный. Алина, переодевшись в своей комнате, пришла к Быстрову босиком и в халате. В руках она несла шоколад и сигареты. Вино и сыр, заказанные из ресторана, уже стояли на маленьком столике.

— А вот это — наслаждение. — Алина устроилась в кресле, запахнув полы халата.

Быстров тоже переоделся.

— Тебе идет синий махровый халат, — игриво сказала Новгородцева.

— И тебе идет. Нам обоим идет, — рассмеялся Быстров, разливая вино. — Знаешь, не самая плохая идея.

— Какая?

— Вот так посидеть за вином. И поболтать. Тем более есть что вспомнить.

— Я же тебе говорила, — обрадовалась Алина. Она отпила из бокала, и тут ее взгляд упал на бумажку, лежащую на краю столика.

— Это что? — спросила она. — Чек? Что это за чек? Быстров молчал. Он сидел с бокалом в руках.

— Ты оплатил ужин?! И комнаты? Зачем?! Я же приглашала...

— Знаешь, как-то не обсуждается этот вопрос. Я привык платить за себя. И за женщин...

— Офигеть. — Алина не знала, что сказать. Во-первых, ей хотелось заплатить за все самой. Так было принято здесь, и она к этому уже привыкла. Во-вторых, получалось, что она вынудила его на эти траты. Все идеи и предложения исходили от нее.

— Не заморачивайся. Давай разговаривать... Кого мы еще не вспомнили? — махнул рукой Быстров.

— А мы, кроме Ветошкина и Марины, никого и не вспоминали.

— Отчего же, Кузнецову Иру... У нее очень интересно все сложилось. Она и сама такая была необычная. Всегда имела свое мнение...

— Если уж так говорить, то свое мнение всегда имела я, — рассмеялась Новгородцева.

— Ты любила поспорить, — заметил Быстров, — иногда просто так.

— Ты такой внимательный тогда был? Мне казалось, что ты на меня вообще внимания не обращал.

— Почему? — пожал плечами Быстров. — Обращал. А знаешь, у Ирки очень интересная работа...

— А, да... Что-то я слышала... Говорили... Не помню кто. — Новгородцева совсем не хотела углубляться в воспоминания о красивой однокласснице. — Знаешь, Ирка всегда была немного воображалой.

— Ей можно было, она красивая.

— Ну, это да. — Алина нехотя согласилась и решила срочно перевести разговор на другую тему: — А что с нашей историчкой?

— Развелась. Мне кто-то говорил. Прямо перед самым отъездом сюда.

— Да ты что! А такая любовь у них с физиком была... — удивилась Алина. Она помнила роман между учителями. Некоторые даже пари заключали — уйдет ли физик от жены ради исторички. Он все же ушел. Но, как выяснилось, новая любовь крепкой не была.

— Я ничего не понимаю в любви, — признался Быстров.

Алина посмотрела на него. «А кто с Ежовой «ходил» столько лет?» — подумала она, но вслух сказала:

— Быстров, это нам так кажется, что мы ничего не понимаем в любви. Но мы же влюбляемся...

— Новгородцева, ты так и не ответила, как ты сюда попала. И что здесь делаешь.

— Я в магазине работаю. Серьезно. В магазине спортивных товаров. Очень большим спросом пользуются они здесь. Край туристический и спортивный. Получаю хорошо. И маме помогаю. Хотя она у меня независимый человек.

— А как попала в этот магазин? — Быстров улыбнулся. — Что-то ты темнишь!

«Так я тебе и сказала, — подумала про себя Алина, — много чести обсуждать с тобой события того года. И про Эрика тоже говорить не буду».

— Ничего не темню. Я с тренером поругалась. Сильно. Хамло и лгун.

— Ты всегда была конфликтной.

— Послушать тебя, я в школе была монстром. Одевалась плохо и неряшливо. Была вздорной, конфликтной.

— Ты сама всегда просила правду говорить. Вот я и сказал.

— Сейчас я тебя не просила этого делать. Что же касается Ульянкина...

— Так это ты с ним повздорила?!

— Да. Знаешь его?

— Конечно, его все знают. Сложный тип.

— Я узнавала — никто из его подопечных не выиграл ничего серьезного.

— Да, но у него хорошая программа физической подготовки. Говорят, сам разрабатывал.

— Ерунда, — отрезала Алина, — просто на износ. И если у него дурное настроение — на выживание. Я не шучу. Я все это помню. Не говоря о том, что у него манеры маленького фюрера — «вы все должны беспрекословно подчиняться мне». Знаешь, у нас не было даже свободного времени.

— И это слышал. Расслабиться невозможно было.

— Вот. Но даже это можно было потерпеть. Но он — лгун. Я выиграла дистанцию на соревнованиях. Это было ясно не только мне, но и остальным. Но он при всех присудил победу другой. Той, с которой я соревновалась. И еще посмел меня упрекать в том, что я подвела команду. Я это все послушала и послала его.

— Кроме него, еще куча тренеров. Могла пожаловаться, перейти к другому.

— Может быть, но, видимо, устала. Очень. Поэтому высказала ему все в лицо. И ушла.

— Рисково. Ты так хорошо выступала, могла бы дальше идти. Вот что у тебя было, так это — спортивный характер.

— Значит, не было, — рассмеялась Алина.

— Надежды на Олимпийские игры и... магазин спортивных товаров. Это даже не смешно, — сказал Быстров.

— Я и сама так думаю. Но так случилось. И я не жалею.

— Да, удивительное дело... Я думал, что на Олимпийских играх выиграешь. Даже не сомневался. В себе сомневался, в тебе — нет. — Быстров открыл вторую бутылку вина.

— Как интересно. Я даже не догадывалась, что ты обо мне думаешь. Знал бы ты, что думала о тебе я.

— Я вот догадывался, — рассмеялся Быстров и наполнил ее бокал.

— Спасибо. — Алина отпила немного. — Столько выпили, а голова трезвая.

— Вино хорошее. И поели плотно. И никуда не спешим. Вон ночь за окном.

— Да. — Алина рассеянно посмотрела в окно и вдруг сказала: — Я влюблена в тебя была. Как кошка. Мне казалось, что никого больше нет на свете.

— Ладно тебе, — отмахнулся Быстров.

— Серьезно. Знаешь, это так было приятно — любить на расстоянии. Я же понимала, никогда ты не ответишь мне тем же. Чувствовал, что я какая-то... Ну, такая, как ты сегодня сказал. Заброшенная, что ли. Вроде и семья, и не бедная, и дом... У меня шапка была цигейковая, такие уже лет двести не носили, а мама на меня все время ее надевала. Я не просила никогда ничего. Но она же должна была видеть, что так никто не ходит. Но они, родители, не придавали значения вещам. А я в электричке в ней ехала, а у школы снимала.

— Это в наши-то морозы?

— Ага. А ты еще был такой красивый и одет хорошо. И Ирка Кузнецова — тоже... — Алина осеклась. Помимо воли она упомянула красивую Кузнецову.

— Да, я хотел тебе сказать, что Ирка...

— Быстров, ладно... — перебила его Алина, — все и так ясно. Ты с Мариной тогда дружил. Если можно так сказать.

— Можно. Она очень хорошая девчонка. И женой была хорошей. Только в школе мы мало соображали, а когда поумнели, оказалось, что не подходим друг другу. Но стаж наших отношений впечатляет. Не всякая семья проживет вместе столько лет. И дочка у нас отличная получилась.

— Скучаешь?

Быстров пожал плечами:

— Мы часто разговариваем по телефону, встречаемся обязательно, если я приезжаю.

— Знаешь, я никогда не верила в то, что вы с Маринкой поженитесь. Так, в школе «гуляли» вместе, потом, думаю, все иначе будет. А вот, гляди...

— Я бы не женился, если бы не ребенок. У нас тогда уже как-то заканчивалось. Почти. Стало понятно, что дальше — никуда. Нет продолжения. К тому же... Я вдруг понял, что мне нравится... — Быстров запнулся, потом вздохнул. — Но Маринка такая... Понимаешь, делала вид, что ничего не происходит. Словно не понимает. И это очень сбивало с толку. Сказать: «Очнись, давно все изменилось!» — не получалось. Она такая спокойная, вежливая, ласковая, но не навязчивая. Рука не поднималась, иначе говоря.

— Вот! Я всегда говорила, что лучше всего правда! Сразу, с места в карьер! И потом все — никаких проблем.

— Это как сказать. Люди разные. Так и с катушек слететь можно.

Новгородцева почувствовала, что ей жарко. За окном была темень, дул холодный ветер, но никто из них даже не попытался прикрыть окно и балконную дверь. Алина к этому моменту полулежала в глубоком кресле, задрав ноги на подлокотник. Быстров улегся на небольшой диванчик. В комнате было темно. Выпитое вино расслабило — уже не было стеснения или деликатности. Каждый говорил, что хотел.

— Вы были плохой парой, — сказала Алина. — Маринка симпатичная, но...

— Она — нормальная, — отрезал Быстров, и Новгородцева поняла, что, несмотря на выпитое, он придерживается правил. Да, можно поговорить об отношениях, но обсуждать бывшую любовницу и жену он не намерен. Это понравилось Новгородцевой.

— Правильно. Настоящий мужчина о своих женщинах не сплетничает.

— Да, это верно. Но иногда не знаешь, как сказать... Как произнести нужно... — неожиданно эмоционально произнес Быстров.

— Ладно тебе. Никто ни у кого не просит этой правды. От нее одни проблемы! Вот и меня ты не пощадил. Я просто даже обескуражена. Это какой же клушей ободранной я выглядела!

— Я в лицо сказал. Это — другое. И потом, мы честно разговариваем. Открыто.

— Да, вот я призналась, что всегда была влюблена в тебя. Но ты лишил меня иллюзий. Мне даже сейчас хотелось бы надеяться, что я нравилась тебе хоть чуть-чуть.

— Ты мне нравилась как спортсменка. Я даже завидовал тебе.

— Да ладно!

— Да. У меня нет таких способностей. Да и характер у тебя подходящий для спорта.

— Господи, сколько раз я это слышала. Но никто даже не спросил меня, что я с этим характером могу еще сделать! Например, пойти учиться на врача! Это же настоящая профессия. Мой характер позволил бы это.

— Так пошла бы... Ты не представляешь, как люди меняют свою жизнь. Вот Ирка Кузнецова, например, она в исторический в конце концов пошла! И ты даже не представляешь, где она работает сейчас! Чем занимается!

Новгородцева понятия не имела, что делает сейчас Кузнецова, ее это не интересовало, но разозлило, что Быстров все время пытается о ней поговорить. «Ну уж нет! Дудки! Быстров сейчас здесь. И никуда не собирается уезжать. Вообще это судьба — он приехал работать туда, где я живу! Так зачем обсуждать какую-то Ежову, Кузнецову и кучу других одноклассниц! Прошлое в таких ситуациях плохой помощник. Нет, надо свою линию гнуть и не допускать этих всех воспоминаний!»

— Да, но...

Новгородцева замолчала, она выбралась из кресла и подошла к окну.

— Ничего не видно! Вообще. Совсем как наше будущее.

— Ты права. Будущее — это так важно и так неопределенно. Я даже не знаю, когда наступит мое будущее.

Новгородцева отметила необычность высказывания, но опять же не захотела лезть в дебри рассуждений. У нее сейчас была цель. Одна и простая. Она была здесь, в номере, наедине с человеком, который ей всегда нравился. Он стал еще красивее и интереснее. И он сейчас был в ее власти. Во всяком случае, ей так хотелось думать. «Неужели я его не соблазню? — подумала вдруг Алина. — Неужели он устоит? Встреча, воспоминания, хорошее вино. Женщина вполне симпатичная и успешная. И она уже в халате...» Тут Алина прыснула. Собственные мысли рассмешили ее.

— Видишь ли, — она обернулась к Быстрову, — у нас все ясно. День, ночь, работа, деньги, отдых. Я не хочу ничего более сложного. Я люблю простые схемы. Они, знаешь ли, честные. И никогда ничего не надо усложнять. Например, если я сейчас подойду к тебе и поцелую, это будет означать, что я рада видеть своего земляка и одноклассника.

— Или это будет означать, что мы слишком много выпили...

— Как хочешь, так понимай...

С этими словами Новгородцева подошла к Быстрову, присела рядом с ним на краешек дивана и поцеловала в губы. Быстров почти не ответил на поцелуй.

— Мой земляк не рад мне? — спросила она, не смутившись.

— Рад, — Быстров не пошевелился, — но земляк не хочет осложнений. У нас же открытый разговор. Может, мало другу другу рассказали? Не все?

«Он намекает на то, что я могу быть замужем? Я же ничего ему толком не сказала», — подумала Алина. Ей даже в голову не пришло, что Быстров может иметь в виду себя и свои обстоятельства.

— Какие осложнения?! Какие подробности?! Мы с тобой занятые люди. У нас все просто... Никаких интриг...

Алина хорошо запомнила слова Быстрова, что он заключил контракт на три года. «Три года будем рядом. Можно сказать, по соседству», — подумала она и еще раз поцеловала Быстрова. На этот раз реакция была. Он перехватил инициативу, и губам Алины сделалось больно, стало тяжело дышать, потом она поняла, что с нее снимают халат.

— Погоди, я упаду... — пробормотала она, сползая с края диванчика.

Но Быстров оказался проворнее. Он подхватил ее, обнял и уложил рядом. Через мгновение она почувствовала тяжесть его тела. Алина закрыла глаза. «Вот это и случилось», — подумала она и обняла Быстрова за шею.

Проснулись они в одной постели. Алина краем глаза увидела утонувшую в подушках голову Быстрова. «Покинуть номер надо до двенадцати часов», — подумала она, а потом вспомнила про Эрика. Вскочила, замоталась в халат и пошла в ванную. Там она включила воду и набрала номер мужа.

— Привет! — сказала она и тут же напустилась: — Ты хоть бы позвонил мне. За целый вечер ни разу.

Муж, видимо, слегка опешил, а потом нерешительно произнес:

— Я не хотел мешать. Твоя подруга потом маме скажет, что я слежу за тобой... И что ты не свободна.

— Извини, я не подумала. Ты совершенно прав. Она меня так заговорила, что я очнулась поздно вечером, даже уже ночь была. Не стала тебя будить, но волновалась. Ты же всегда мне звонишь.

— Извини. — В голосе Эрика слышалось раскаяние. — Ты когда приедешь?

— Я? Сегодня к вечеру. Тут выяснилось, что они будут несколько дней. Просили помочь — покупки сделать, родным и знакомым подарки посмотреть. Мы тут всю ночь не спали, болтали. Хочется передохнуть, а потом уже по магазинам.

— Я понимаю. Хорошо, так и делай.

— Как дела в магазине? Все закончили?

— Почти. На сегодня осталось совсем немного.

— Тянут, все равно тянут! — озабоченно произнесла Алина.

— Не надо их торопить. Я внимательно посмотрел, там работы на два дня.

— Как думаешь, они все хорошо сделают?

— Я буду за ними поглядывать. Сам проверю все крепления.

— Да, а то представляешь, на голову покупателю велосипед свалится!

— Ты хорошо придумала разные велосипеды на стене развесить. Очень необычно.

— Проследи, чтобы их тоже как следует закрепили. И да, надо выбрать самые легкие модели. Детские, например. Разноцветные...

— Не волнуйся, я за всем прослежу. А ты отдыхай, давно ты никуда не выбиралась. Весь ремонт на себе вывезла. Мне даже стыдно...

Алина знала, что муж прав, но его похвала и признание ее не обрадовали. Стыдно ей стало.

— Эрик, это ты такой хороший. Мне так повезло, так повезло.

Эрик рассмеялся, и в трубке послышались гудки.

«Так повезло, так повезло, что переспала с бывшим одноклассником», — вздохнула про себя Новгородцева. Она посмотрела на себя в зеркало. «Да, красавицей не назовешь. И круги под глазами, и тушь со вчерашнего на ресницах...» — Алина критически себя оглядела. Она включила горячую воду и стала под душ.

Быстров уже проснулся. Он слышал немецкую скороговорку, понимал отдельные слова, но суть разговора не уловил. Понятны были слова «магазин», «велосипед»... «Черт ее знает, о чем она там. И с кем. Мне какая разница», — подумал он. Когда Алина вышла из душа, он что-то искал в телефоне.

— Доброе утро! — засмеялась Новгородцева. — У тебя сосредоточенный вид.

— Утомленный, — ответил Быстров.

— Вчера много выпили.

— Да не так чтобы. Но голова обмякла, да.

— Завтракать будем? Что закажем?

Быстров задумался:

— Кофе. Черный. И все.

— Так нельзя. Надо поесть. Короче, я все закажу, иди в душ.

Алина кинула Быстрову его халат.

Тот халат не взял, а совершенно спокойно, не стесняясь своего обнаженного вида, прошел в ванную комнату. Алина проводила его взглядом, и у нее даже заныло в груди. «Господи, какой он красивый. И какой любовник. И он будет жить рядом со мной!» — подумала она.

Завтрак они заказали в номер. Яичница, тосты, сок, кофе и два вида ветчины.

— Вот, — сказала Новгородцева, — давай перекусим. Завтрак она оплатила сразу же, дабы опередить Быстрова.

— Вкусно, — сказал Быстров, он уселся рядом на кровати в том виде, в котором вышел из ванной. Новгородцева поставила чашку с кофе обратно на столик.

— Знаешь, я не могу есть, когда рядом со мной голый мужик. Понимаешь, не до бутербродов.

— Даже не знаю, чем помочь, — весело сказал Быстров, намазывая масло на хлеб.

— Либо оденься, либо давай поцелуемся. Для начала...

— Поцелуемся? — Быстров громко хрустел поджаренным хлебом.

— Да, поцелуемся, а потом все остальное. — Новгородцева потерлась щекой о его плечо.

— Аппетит у тебя... — улыбался Быстров.

— Отличный, — пробормотала Алина, она откатила от кровати сервировочный столик и залезла под одеяло, Быстров последовал за ней.

— Ну, давай же... Скорее... — поторопила Новгородцева.

— Я не хочу спешить... — пробормотал Быстров.

Алина уже не ответила, она растворилась в желании, ожидании, предвкушении...

В отеле они остались еще на сутки. Алина опять закрылась в ванной и долго разговаривала с Эриком. Она расспрашивала его о деталях ремонта, выясняла конкретно, какие же велосипеды повесили на стену. Уточняла их цвет. Задавала кучу мелких вопросов. Одним словом, вела себя как обычно. Разница была лишь в том, что магазин не волновал ее совсем и все мысли были заняты Быстровым, который спал, утомленный любовными сутками.

— Я завтра утром буду, — заверила Алина Эрика, — даже не стану дожидаться их отъезда, сяду в машину — и в Граубах!

— Это, наверное, не очень удобно. Они не обидятся? — заволновался Эрик.

— Пускай обижаются, шутка ли, двое суток разговоров, магазинов, банков!

— Ты смотри, поступай как надо. А я здесь за всем присматриваю. Но скучаю, ты давно так надолго не уезжала.

«А точнее, вообще не уезжала!» — отметила про себя Алина.

— Целую тебя, до встречи, — попрощалась она с мужем.

Из ванной комнаты она вышла тихо — не хотела будить Быстрова. Ей хотелось лечь с ним рядом, закрыть глаза и найти волшебный способ удержать его. «Это просто судьба! Быть влюбленной в смешном детском возрасте, заглядываться на него в старших классах, встретить, будучи замужней женщиной, и чтобы голову снесло от восторга!» — думала Алина. Она призналась себе, что никогда не испытывала такого удовольствия от близости. «В сущности, я знала только Эрика. Милого, ласкового, доброго Эрика. Но разве наши отношения могут сравниться с этой страстью? С этим накалом, грубостью и каким-то животным удовольствием от спаривания!» — думала Новгродцева. Она вспоминала каждую минуту прошедших суток и понимала, что Быстрова не отпустит.

Расстались они на следующий день у его дома.

— Вот мой телефон. Звони. Я тут рядом. Понимаю, что твои занятия и тренировки свободного времени не оставляют. Я буду тоже звонить. Можно будет иногда встречаться.

— Слушай, ты все время кому-то звонила... — заикнулся было Саша.

— А как ты хотел? У меня тоже работа. Лучше самой позвонить и решить сразу все вопросы, чем потом будут дергать по ерунде.

— М-да..

— И еще, — Алина перехватила инициативу, — знаешь, давай ничего не усложнять. Нам же хорошо было? Мне, например, классно. Ты отлично трахаешься.

— Комплимент... — Быстров усмехнулся.

«Господи, такой мужик, а падок на лесть, пусть и правдивую!» — подумала Алина.

— Мы взрослые, свободные... — тут Новгородцева запнулась на мгновение, — можно обойтись без объяснений всяких...

Быстров с интересом и каким-то облегчением посмотрел на нее.

— Да, да, проще надо быть. Секс хороший — это вещь. Но это — просто секс.

Когда Быстров вошел в дом, Алина усмехнулась: «Так я тебе и сказала все. Нет, родной. Мы не просто так встретились. Теперь я смогу за тебя побороться. Но ты думай, что все просто и незатейливо!»

До Граубаха она домчала мигом. Она неслась по автобану, а сердце у нее пело. В голове роились планы, мелькали картинки прекрасного будущего. И только вид Эрика, который вышел к калитке встречать ее, несколько ее отрезвил.

— Ну, что там велосипеды?! — невпопад спросила она и подумала, что Эрик пользуется очень невыразительным одеколоном. «В отличие от Быстрова», — отметила она.

Если влюбленная женщина вздумает завоевать мужчину, за ценой она не постоит. В ход пойдут не только классичсские уловки охотницы — платья, сумочки и брошки, но и компромиссы. И нет ничего страшнее и опаснее женщины, готовой поступаться еще недавно устойчивыми принципами.

Убеждения бледнеют, становятся размытыми, обещания забываются, важные фигуры теряют значимость. И чем больше влюбленная женщина жертвует пешками, которые еще вчера были королями и ферзями, тем неоплатней долг того, ради которого она на это идет. И не надо думать, что это происходит спонтанно, импульсивно или необдуманно. Не надо обманываться, будто не ведется эта страшненькая и мелкая бухгалтерия, которая потом выразится в словах: «Я ради тебя предала...» Нет. Калькулятор отщелкивает циферки пожертвований.

Алина Новгородцева стала молчаливой. Она и раньше-то не баловала Эрика длинными беседами, а сейчас и вовсе замкнулась.

— Что такое? Мама? Неприятности? Самочувствие? — как-то не выдержал муж.

Глаза Эрика смотрели внимательно, и не было в них обычной веселости. Алина испугалась — она сама, из-за своего эгоизма потеряет то, за что кропотливо ведет борьбу.

— Да что ты, — воскликнула Новгородцева, — Эрик, все хорошо. Только... Только меня волнует наш новый магазин. Я даже спать перестала.

Спать она действительно перестала, но причиной этого был Быстров и отношения с ним. Новгородцева пыталась понять, как повести себя, чтобы не напугать его своей настойчивостью, но и не дать ему уйти. Она знала эту его манеру замкнуться, сделаться ехидным, злым, насмешливым. Понимала, что спасует перед таким обращением. Не выдержит, ответит колкостью. И тогда все... Но Алина не могла потерять Быстрова — ни сейчас, ни вообще. Она не думала о будущем, не загадывала дальше, чем на два дня вперед. Она жила здесь и сейчас, потому что могла быть уверенной только в коротком сроке их отношений.

Новгородцева звонила ему раз в неделю. Помнится, она ему сказала:

— Я только сейчас поняла, как тоскую по своим.

— По своим? — не понял Быстров.

— Ну, по тем, кого я знала, по тем, кто знал меня. Для здешних, людей милых и добрых, я чужая. Они не видели, как я росла, не знали моих родителей. Понимаешь, Саша, только сейчас я поняла, что ностальгия — это тяжело. Поэтому я так рада, что ты оказался здесь. Что мы можем встречаться.

Последнее предложение было сказано уверенно — не откажет же он той, с кем училась, кого знал много лет. Ведь это некрасиво — отвернуться от человека, который тоскует на чужбине. А Алина уж постаралась эту тоску (впрочем, выдуманную) продемонстрировать.

В доме, в общении с Эриком Новгородцеву кидало в крайности. То она была молчалива, сосредоточена, почти не отвечала вопросы. Это происходило с ней в те моменты, когда она ждала звонка Быстрова. Если они договаривались, что он позвонит в двенадцать часов, то уже в одиннадцать она была сосредоточена на часах и телефоне. Если Быстров не звонил, ее накрывала ярость. Эрик уже несколько раз попадал ей под горячую руку.

— Я не могу знать все! Давай ты тоже что-то будешь решать! Это же наше общее дело! — кричала она ему на невинный вопрос «Куда ставить диванчик для покупателей?». Эрик так неожиданно тихо отреагировал на эти ее выходки, что Новгородцева с презрением подумала: «А Быстров бы мне по морде съездил за такое!» И, что совершенно неудивительно, зауважала она Быстрова, а не доброго и мягкого Эрика.

Второй крайностью, в которую впадала Алина, была приторная ласковость. Она случалась сразу после звонка Быстрова, после разговора с ним, а в дальнейшем после встреч с ним. В эти мгновения Алина менялась в лице. Улыбка сияла, глаза добрели, руки норовили обнять мужа.

— Давай я тебе налью холодного пива?

— А может, картошку приготовить?

— Посиди, отдохни, я все сделаю сама.

Забота и ласка обрушивалась на Эрика. И этого проявления чувств он тоже пугался. Как Алина ни старалась, муж держался настороже. «Господи, да что ж ты такой боязливый, — думала она про себя и тут же отвечала на свой вопрос: — Чутье, не иначе». Нет, это было не чутье. Просто Эрик за годы жизни с Алиной привык к простым, ровным отношениям. Он старался приноровиться, но получалось у него это плохо.

Алине же иногда совершенно искренне хотелось прижаться к Эрику, уткнуться в него. Но за этим стояла не любовь, а потребность в утешении и успокоении. Ей хотелось признаться в обмане, но только чтобы он сказал: «Дорогая, это такая ерунда, ничего страшного ты не совершаешь». А пожаловаться ей хотелось на то, что она не уверена в Быстрове. «По-моему, у меня крыша поехала. Я же пытаюсь использовать своего любящего мужа. Мне только не хватало ему на любовника пожаловаться. А все потому, что у Эрика такой характер! Вернее, отсутствие всякого характера».

Жизнь в семье Фишер дала крен. Эрик, как ни гадал, причину найти не мог. Жена работала как вол, тянула на себе новый магазин, занималась закупками, выясняла отношения с поставщиками, а еще и завела знакомства на региональном телевидении, дабы размещать рекламу магазина. Да, все эти дела отнимали у нее уйму времени — Алина проводила дни в разъездах, а если оставалась в городе, просиживала в торговом зале. Эрик и огорчался, и радовался. Огорчался — хотел чаще видеть жену, радовался — бизнес рос, а окружающие опять начали говорить, что ему с этой русской женой очень повезло.

Быстров тосковал. Он даже не думал, что это чувство его скрутит и лишит воли. Дни бежали быстро, а вот недели тянулись медленно. Еще хуже дело обстояло с месяцами. Одиночество было мучительным еще и оттого, что перебороть себя и общаться с членами команды Быстров не мог. То ли неважный немецкий его тормозил, то ли нежелание напрягаться, но все контакты ограничивались тренировками и редкими посиделками в пивной. Когда надо было собрать волю в кулак, он себе говорил: «Так надо. Вот сейчас денег заработаю. А потом уже можно и кочевряжиться. Потом...» Что будет потом, Саша Быстров не особенно думал. Потому что знал, планировать — дело неблагодарное. Можно и сглазить.

Встреча с Новгородцевой его удивила и... развлекла. Во-первых, он об Алине давно не помнил — так забывают о неблизких соседях. Он ничего про нее не знал, а школьные воспоминания были связаны с каким-то чувством неловкости. Алина выглядела всегда уныло, но при этом хорохорилась и все время цеплялась к нему. Особенно в десятом классе и после выпускного. Быстров помнил, как она ему звонила по два раза на дню. Иногда он даже не отвечал. Но сейчас он увидел совсем другого человека. Энергичная, решительная, хорошо одетая, и, самое главное, нет этого жалкого щенячьего взгляда, как бы говорящего: «Или укушу, или лизну!» Быстров помнил, что в классе у Новгородцевой всегда был этот взгляд. Только во время соревнований он пропадал. Уступал место злости, решительности, азарту.

Алина изменилась. Быстров это понял сразу и обрадовался лицу из прошлого — теперь здесь у него появился кто-то, с кем можно даже просто помолчать. Быстров знал, что при всех особенностях характера на Новгородцеву можно положиться. Конечно, тот двухдневный загул в горном отеле, с вином, сексом, разговорами о жизни, был, наверное, лишним. Но, как ни странно, после Быстрову стало легче. Словно он на пару дней съездил в отпуск. Саша, правда, потом подсчитал траты, вздохнул, но не огорчился. Он не мог позволить женщине оплатить весь этот загул. Его, когда он вспоминал тот уикэнд, волновало другое.

— Так ты совсем рядом живешь? — спросил он Новгородцеву.

Та что-то стала объяснять, но из названий Быстров ничего не запомнил. Алина поняла это и рассмеялась:

— Знаешь, здесь все близко.

Быстров хмыкнул — с одной стороны, это было удобно. С другой... Он опять вспомнил, как его осаждала Алина. «Ну наверняка у нее кто-то есть. Так что посмотрим. Мне бы продержаться немного. А там...» — Он опять отмахнулся от планов.

Новгородцева позвонила Быстрову через пять дней. Голос ее был веселым.

— Как дела? — спросила она, но ответа не стала дожидаться. — Я за тобой заеду. На озеро надо съездить.

— Какое озеро? — опешил Быстров. Он собирался в прачечную.

— Штанбергер. Тут, не очень близко. Но дорога красивая.

— Да? — Быстров колебался.

С одной стороны, белье надо было постирать, с другой — он все же ждал звонка Новгородцевой. Даже приготовил некую сумму, которую готов был потратить на всякие удовольствия. «Если будем в отелях встречаться, я долго не протяну», — подумал он, к своему удивлению. Получалось, что к встречам с Новгородцевой он был готов.

Первые впечатления после встречи с Алиной были противоречивы. Он помнил школьную навязчивость Новгородцевой и то, что она вечно намекала на свою любовь к нему. Помнил, как раздражался, когда она к нему цеплялась. С другой стороны, сейчас это была зрелая и уверенная женщина, которой, видимо, не хватало приключений и секса. Быстров даже подумал, что пользоваться такой ситуацией не очень хорошо. Но мужчины не долго сомневаются, когда речь идет об удовольствии. Поэтому Быстров предпочел закрыть глаза на неловкости. «Она хочет развлечься? Почему нет? Я тоже не прочь!» — решил он.

Озеро Штанбергер находилось недалеко от Мюнхена. Место было курортное, с красивыми виллами, променадом и множеством лодок, скользивших на глади на фоне синих гор. То, что горы синие, Быстров, как и Новгородцева, знал давно. Они оба выросли недалеко от таких мест. Но как в свое время Алину, так и Быстрова сейчас очаровали камерность и уют места. Был бы Саша человеком романтического склада, он бы назвал это все игрушечным и сказочным. Но Быстров только подумал, что жить здесь удобно.

— Программа такая, — бодро сказала Новгородцева, — нам нужно одну лодку испытать.

— Что? Лодку?

— Ну да, катер. — Алина вытащила из сумки планшет. — Вот тут указан вид, водоизмещение, типы управления, длина, ширина и прочие прелести.

— А зачем?

— Затем, что я хочу такие лодки в магазине продавать.

— У тебя такой магазин большой?

Новгородцева посмотрела на него:

— Ты не понимаешь? Я по каталогу буду продавать. У меня будут выставлены макеты, буклеты, схемы и прочее. Все остальное будет на сайте, в бумажном каталоге, в электронном.

— А! — Быстров смутился.

— Но я должна понять, каково это — плавать на такой лодке. Я договорилась с производителем. Так сказать, тест-драйв. Ты умеешь лодкой управлять?

— Откуда?! — рассмеялся Быстров. — Но можно попробовать. Не потонем же.

— Не потонем, но здесь без прав водить такие устройства стремно. Я, правда, захватила чужие, но надеюсь, их не попросят показать, — деловито сказала Новгородцева, и они направились в контору представителя компании.

Через сорок минут они прошли по пирсу и погрузили свои немногочисленные вещи в аккуратную лодку.

— Времени достаточно — до четырех часов дня, — сказал сотрудник компании, — но управлять лодкой будет наш матрос. Для таких случаев у нас в штате есть сотрудники.

Новгородцева и Быстров переглянулись.

— Что ж, отлично. — Алина запрыгнула в лодку и расположилась на пассажирском сиденье. Быстров присоединился к ней. Парень отвязал канаты, запрыгнул в лодку, включил мотор, и они плавно отплыли от берега.

— Здорово, — сказала Алина, — неужели такую вещь не захотят купить?

— Дорого. А здесь деньги умеют считать, — отозвался Быстров. Он тоже наслаждался — лодка шла быстро, солнце освещало только часть большого озера, над берегом у гор была тень.

— А мы можем объехать все озеро? — спросила Алина.

Матрос кивнул. Было ясно, что у этого человека есть опыт подобных прогулок. Он был скуп на слова и движения. Через какое-то время он словно переставал существовать, становился частью лодки, а пассажиры оставались как бы наедине друг с другом.

— Знаешь, тут очень хороший берег. Интересный. По обеим сторонам озера находятся маленькие городки. Они имеют причалы. Мы будем сейчас проезжать их. И к воде иногда спускаются улицы или площади, стоят ратуши и соборы. Одним словом, просто загляденье.

Быстров кивнул. Он уже прочувствовал это место.

— Здорово, что ты придумала этот тест-драйв, — сказал он. В голосе его слышалась благодарность.

— Да, удачное сочетание дела и отдыха.

— Красивое озеро. И почему-то вспоминается дом.

Новгородцева с удивлением посмотрела на Быстрова. Ничего общего между их родными местами и этим озером не было.

— Природа густая. «Жирная», — ответил Быстров.

— А, это да. — Алина удивилась сравнению. «Странно, как он это заметил», — подумала она.

Тем временем лодка резво шла мимо берега. Они видели все те же домики с красными крышами, шпили в кронах деревьев. По коротким набережным гуляли люди. На их лодку обращали внимание. Одни раз даже попросили чуть сбавить скорость, чтобы сфотографировать катер. Матрос обернулся, взглядом спрашивая разрешения.

— Конечно, пусть, — кивнула Новгородцева и помахала в знак приветствия рукой.

— Вот твои потенциальные покупатели, — заметил Быстров.

— А что? — не удивилась она. — Посмотрят на фотографию, увидят нас красивых в отличной лодке на фоне гор, и захочется им такого.

Быстров лукаво посмотрел на нее.

— Скажи, у тебя действительно есть магазин? — спросил он.

Алина не удивилась. Ей самой не верилось, что она открыла магазин, да еще с таким ассортиментом.

— Вот, — она поднесла к лицу Быстрова телефон, — вот это — помещение до ремонта. Вот это — после. А это — уже сейчас. Открытие и первые покупатели.

— Фишер? Что такое — Фишер? Это рыбак? У тебя магазин для рыболовов?

— Быстров, это моя фамилия. Я — Алина Фишер. Но все зовут Лина. Им так легче...

— А фамилию почему поменяла?

Новгородцева собралась уже рассказать про Эрика, как матрос обернулся:

— Надо пристать. Минут пять, десять. Мне здесь велено отдать пакет с документами. Тут наш филиал есть.

— У производителя здесь филиал. Шоурум, что ли. Он туда документы передать должен. Так что можно выйти на берег, — повернулась к Быстрову Алина.

— Отлично. Прогуляться можно, ноги затекли, — обрадовался Быстров. Вопрос с фамилией Алины на какое-то время перестал быть актуальным.

Городок был малюсеньким — площадь, несколько улиц, желтые поля рапса за околицей. Алина с Быстровым шли медленным шагом, рассматривая дома.

— Все одинаково... — пробормотал Быстров.

— Одинаково красиво и ухоженно, — поправила его Алина, — все, кто приезжает, не могут наглядеться.

— Ну, понятно, не везде так.

— Мне кажется, зависит от старинного уклада. Понимаешь, можно не сорить, но научиться красоте и вкусу сложно. Здесь же яблоню просто так не посадят. И место долго выбирать будут, и травку под ней специальную посеют, а еще и цветочек простенький такой, словно сам вырос. Искусство!

Быстров не ответил. Он посмотрел на Алину и спросил:

— Тебе подходит эта жизнь? Ты не жалеешь?

— Ты уже спрашивал об этом. Нет, не жалею. И жизнь подходит. Ты почему спрашиваешь? Сам примериваешься?

Быстров смутился:

— Нет. Не знаю. Я вообще пока ничего не знаю. Планы есть... Но...

— Ясно. На перепутье..

Быстров покачал головой. Это можно было понимать двояко — и как согласие, и как возражение. Но Новгородцева поняла это однозначно. Поэтому про себя она подумала: «В этой ситуации человек особенно уязвим. Ему нужна поддержка».

Они еще немного погуляли, выпили кофе на площади перед ратушей, потом спустились к причалу. Там их ждали.

— Следует поторопиться, по прогнозу — дождь. Там уже идет. — Матрос указал на дальний конец озера. Алина посмотрела, но ничего, кроме освещенных солнцем гор и воды, не увидела.

— Но там же ясно! — воскликнула она.

— Да, но уже минут через десять будет совсем другая картина.

— Что будем делать? — Новгородцева повернулась к Быстрову.

Тот пожал плечами:

— Ну, можно возвращаться назад.

— Хорошо, давайте повернем, — обратилась Алина к матросу и прибавила: — Если есть время, давайте не очень быстро. Красиво здесь очень.

Тот кивнул.

Обратно они плыли в молчании. Алина рассматривала окрестности и думала, как бы задержать сегодня Быстрова. «Он скорее всего сейчас скажет, что ему надо домой. Типа тренировка завтра... А что он будет делать сегодня? Сейчас только три часа дня. Ну, отдохнет, ну, в магазин сходит... В эту свою прачечную самообслуживания. А потом? Э, безделье и одиночество толкают на глупости. А в прачечных тут полно одиноких скучающих дам. Такое впечатление, что они туда тусоваться ходят. Да и Быстров не Фишер. Эрик — человек нерешительный, где-то слабый, очень домашний и вообще, женившись на мне, все подвиги он уже совершил. В Быстрове же все клокочет. Я же это чувствую!» — думала она.

Покосившись на Сашу, она обнаружила, что он спит. У Новгородцевой заныло сердце. Она вдруг вспомнила, как в восьмом классе на уроке черчения все услышали тихое сопение. Урок был каким-то зачетным. Все сосредоточенно корпели над своими работами. И вдруг раздалось сопение. Тихое, равномерное. Все подняли головы. Потом переглянулись. Стали озираться в поисках источника звука. И обнаружили Быстрова, который сидел один на последней парте и, положив голову на руки, спал. Кто-то хихикнул, кто-то в голос заржал. Но учительница черчения поднесла палец к губам. Мол, тихо.

— Продолжаем работать. Мы ничего не видели и не слышали. Быстров никому не мешает. А работу он сдаст позже.

Все вернулись к своим занятиям. Ребята из класса потом вспоминали не то, что Быстров заснул, а то, что учительница его пожалела. А сейчас, глядя на то, как спит Быстров, Алина почувствовала, что у нее сжалось сердце. «Наверняка он одинок. Развелся с этой Мариной, и никого нет. Был бы кто-то, я бы уже поняла. Это всегда заметно... Я должна о нем позаботиться. Все же мы так давно знаем другу друга», — думала Алина.

Она понимала, что обманывает себя: как друг Быстров ей не нужен, после истории в монастырском отеле отношения между ними совсем другие. Да и они, встретившись здесь и сейчас, перестали быть теми одноклассниками, которыми были когда-то. Они — мужчина и женщина, у которых много общего и в прошлом, и в будущем. «Все зависит от обстоятельств, — подумала Алина, — а они — дело рук человека».

Она не разбудила Быстрова. Он проснулся сам, когда лодка ударилась боком о причал. Тогда Саша открыл глаза и смущенно улыбнулся:

— Я заснул.

— И отлично. Я тебя не будила, — сказала Алина, — наверное, ты устал. А тут воздух, вода.

— Точно. — Быстров все еще смущался. Он вылез из лодки и потирал слегка онемевшую ногу.

— Знаешь, надо пообедать. Время уже такое... — сказала Алина.

— Надо... — согласился Быстров, — но что-то я никак не проснусь.

— Так, я сейчас соображу, куда бы нам пойти. Знаешь, когда режим, как у тебя, надо питаться правильно. А местная кухня несколько тяжеловата. Конечно, в магазинах есть все.. Только готовить надо. Но я тебе подскажу, где лучше покупать полуфабрикаты. Чтобы и вкусно и полезно было.

Быстров молчал. Он действительно никак не мог прийти в себя после сна на озере. И ему не хотелось никуда идти — там люди, надо выглядеть и держаться. Растянуться бы на диване и перекусить все равно чем.

— Слушай, — сказал он нерешительно, — давай ко мне заедем? У меня что-то в холодильнике есть...

Сердце Алины выпрыгнуло из груди. «Ого! Вот это шаг! Типа как шаг на Луне для человечества! Быстров пригласил к себе», — подумала она.

«Она не согласится», — с надеждой подумал Быстров. У него в квартире был беспорядок, но главное, это приглашение вырвалось. Он никого не хотел видеть в своей квартире, и уж точно — Алину. Быстров вдруг отчетливо вспомнил все ее звонки и боялся ее навязчивости. Он предложил это, поскольку ему стало неудобно — столько было в Новгородцевой предупредительности и заботы.

— К тебе? — переспросила Алина. Нерешительность в ее голосе была напускной.

— К тебе... — уже не с вопросительной интонацией повторила она.

— Ну, — забормотал Быстров.

— А, давай, — теперь уже скороговоркой выпалила Новгородцева, — только заедем в магазин и купим что-нибудь. Я приготовлю. У тебя же кухня есть? Знаешь, я всухомятку питаюсь уже недели полторы. А это никуда не годится.

Быстрову ничего не оставалось, как согласиться. И они отправились сначала в магазин, а потом к нему домой.

Новгородцева окинула взглядом квартиру. «Типичное жилье в домах на четыре-шесть семей. Гостиная, спальня, кухня, в которой никто не ест, прихожая и терраса. Бардак, как и положено у мужика. Хотя я помню, какой порядок был у Эрика. Впрочем, у него убирала приходящая домработница. Но все равно, Эрик — педант. Он все кладет на свои места. А Быстров, похоже, привык к холостяцкой жизни. Генеральная уборка раз в три недели».

— Саш, слушай, я тут у тебя немного похозяйничаю, — сказала Алина и внимательно проследила за реакцией Быстрова. На его лице отразились раздражение и протест. Тогда Алина пояснила:

— Я, конечно же, имею в виду кухню. Ну, в посудомойку чашки засуну...

— А, да, — с облегчением выдохнул Быстров.

«Так, пугать не надо. Он стоит на защите своих границ. Это хорошо — видать, постоянной женщины у него нет. Сам тут старается... Впрочем, оно и заметно», — подумала Алина. Она переступила через ворох каких-то вещей на полу в прихожей и прошла на кухню.

Обед она приготовила легкий. Пока крутилась на кухне, к Быстрову не обратилась ни разу. Она специально так поступала. Пусть думает, что она здесь ради обеда — ведь сама же пожаловалась, что с утра не ела. Вот теперь и старается ради себя. Ну и, конечно, ради него.

Обед она приготовила легкий и вкусный. На первое — суп с фрикадельками (те были из магазина — готовые и замороженные). На второе она пожарила картошку и отварила рыбу. Вместо салата были артишоки в масле.

— Ты где обычно ешь? — прокричала она, когда все было готово.

— Да... Не знаю... ну, давай, здесь, в комнате, — отвечал Быстров. Из этого Алина сделал вывод, что он ест везде — и в комнате, и в кухне, и в спальне.

— А салфетки у тебя есть?

— Не знаю, — прозвучал ответ.

— Понятно, — вздохнула Алина. Она решительно открыла шкаф и стала там рыться.

Салфетки нашлись. Откуда они там взялись, Быстров не смог бы объяснить. Алина поняла, что в эту квартиру он поселился, когда его взяли на работу в немецкий клуб.

— Знаешь, тут все было, когда я приехал. И мебель, и ковер, и занавески. Я только купил постельное белье.

— Это? — Алина указала на полосатый жесткий пододеяльник, который почему-то скомканный лежал на диване.

— Ага, сразу несколько комплектов. Но оно оказалось таким противным.

— Ясно. Купил самое дешевое белье. Тут есть такое. Еще есть из синтетики. То вообще жесть.

— Я же не знал. Оно в пакетах все.

— Знаешь, ты выбери время, мы с тобой по магазинам пройдемся. Я тебе секреты некоторые покажу. Их тут полно.

— Да? — Быстров посмотрел на Алину. — Заметано. Точно пригодится. А то еще я купил шампунь, а он не мылится.

— Мылится, но плохо. Тоже знаю. Не покупай в магазинах, в которых не берут налог. Там дешевле, но не все хорошего качества.

— Я уже понял, — сказал Быстров и добавил: — Рыба вкусная. Я же рыбу не ем.

— Ты что же не сказал?! — возмутилась Алина.

— Так ты ушла в магазин и велела ждать. Знаешь, мне и самому неудобно было. Я сам хотел купить продукты. Но, думаю, мало ли, у тебя дела здесь... Ты же ничего не сказала. Только что надо остановиться и что ты должна уйти минут на двадцать. А вернулась с покупками.

— Понятно, — рассмеялась Алина, — но, может, так начнешь есть рыбу.

Быстров неопределенно пожал плечами:

— Кто его знает. А вот что касается магазинов и вообще жизни — я здесь так плохо ориентируюсь.

— Не переживай, все разъясню. Не то чтобы какие-то уж премудрости, но кое-что полезно знать. Даже для карьеры.

— Даже для спортивной? Даже для бегуна на лыжах? — рассмеялся Быстров.

— А ты что, с людьми не общаешься? Тут многое не так, как у нас.

— Например?

— Как и когда в гости ходить. Как к кому обращаться. Что принято между соседями, коллегами и даже друзьями, а что — нет.

— Господи, я догадывался! Но чтобы так серьезно... — рассмеялся Быстров.

— Нет, вовсе не серьезно. Но нелишне знать, — улыбнулась Новгородцева.

На десерт она сделала кофе и шоколадный мусс.

Быстров крайне удивился муссу, съел его с аппетитом и долго хвалил. Алина все выслушала с удовольствием, говорить, что мусс (концентрат из пакетика) готовился минуты три, не стала.

После обеда она загрузила посудомойку и вернулась в гостиную

— Слушай, а что у тебя с одеждой? — спросила она. — На правах землячки могу полюбопытствовать и помочь экипироваться недорого и весьма прилично. Ну, если надо, конечно...

Про себя Алина давно уже решила, что Быстрова надо приодеть — вид у него был слегка мрачный. Местные мужчины одевались недорого, но в их костюме всегда было что-то яркое, модное, щеголеватое. «Здесь никогда не выйдут на улицу в серо-зеленой куртке, черных брюках и серой кепке. Обязательно будет или яркий шарф, или желтые ботинки на грубой подошве, или синие джинсы, или клетчатый пиджак. Всегда включат в ансамбль что-то, что сделает вид элегантным. А Быстрову с его ростом, красивым лицом, с его статью ходить в этом темном прикиде просто преступление», — подумала она и тут же в уме составила небольшой список покупок.

— Если бы ты мне показал свою одежду, я бы тебе помогла купить недостающее, — сказала она небрежно.

Быстров заинтересованно посмотрел на нее:

— Ну, у тебя же столько дел, магазин, работа...

— Не волнуйся, магазин и бизнес — для меня главное, — резко сказала Новгородцева, — и нет у меня времени на праздное шатание по магазинам одежды. Но я много езжу. Заодно могу заглянуть в нужный отдел. Поэтому иногда могу звонить и будем сочетать необходимое и полезное.

— Было бы здорово... — неожиданно признался Быстров.

Алина даже растерялась от такой заинтересованности в покупке одежды. «А, понятно. Чувствует себя среди своих одноклубников белой вороной. Они же все местные. Он хочет выглядеть как они. Что ж, воспользуемся этим». — Новгородцева обрадовалась. Она еще сама не понимала, зачем так привязывает к себе человека, но сопротивляться желанию быть рядом с Быстровым не могла.

Этот день они закончили в постели. Как это произошло — она и сама не заметила. Разговор в гостиной, кофе, взгляд, улыбка. Она прошла мимо и задела его рукой, он перехватил руку, поцеловал ладонь. Потом... Потом было прекрасно. И Алина уже после всего вдруг поняла, что никогда до этого, с Эриком, не испытывала ничего подобного. Ей не хотелось уезжать от Быстрова. И он не проявлял беспокойства — лежал рядом, гладил ее, что-то рассказывал. Но она почти не слушала, она вспоминала. Вот уже сумерки спустились, а она все тянула время, и только когда Быстров сказал: «Куда ты поедешь? Уже темно. Оставайся у меня», — Новгородцева опомнилась и засобиралась. Он провожал ее в прихожей, но не поцеловал, а просто сказал:

— Завтра позвони...

Домой она вернулась в ночи. Эрик уж ждал ее в саду перед калиткой.

— Ты на телефон смотрела?! — Он, наверное, закричал бы на нее, если бы не соседи.

— Так телефон «сел», — оправдывалась она, — зарядку забыла. Покупать не стала — и так их у меня уже штук пять. Ты же меня знаешь — часто забываю и все время покупаю!

— Так нельзя! Позвонила бы.

— Да я с этой лодкой, потом в магазин заехала...

— Магазины работают до трех сегодня... — напомнил ей муж.

— Я заехала в русский магазин, который на повороте, у озера. Там же рынок...

Алина врала, выкручивалась, но, к своему счастью, делала это мастерски. Она даже не ожидала от себя этого. Эрик еще немного пообижался, а потом обнял ее и сказал:

— Я волновался.

И Новгородцева поняла, что больше не имеет права так поступать — на муже лица не было. Но вывод из этой ситуации она сделала неожиданный: «Все! С этого момента я все планирую, до минуты, до мгновения. Чтобы на вопросы были правдивые ответы. Чтобы комар носа не подточил. А то я Эрика до сердечного приступа доведу. Нельзя, чтобы он о чем-либо догадался!» Так она сделала окончательный выбор. С этого момента ее жизнь поделилась надвое. Любящий, добрый, заботливый муж — и любовник, в котором она не была уверена, но отказаться от встреч с ним никак не могла.

Да, тот вечер положил начало их связи. Это были два года встреч, поездок, объяснений, ссор, почти расставаний и опять встреч. Два года внутренних монологов и вымышленных диалогов. Время, когда от счастья до полного отчаяния было мгновение, один пропущенный звонок, единственная отложенная встреча. Два года метаний Алины, обещаний, которые она давала себе и мысленно Эрику. Два года стыда и невозможности посмотреть мужу в глаза. Новгородцева иногда даже не понимала, ради чего она так мучается. «Быстров меня не любит. Это же очевидно. Тогда зачем вот это все?!» — спрашивала она себя, но упрямо продолжала встречаться с ним.

Почему она себя так вела? Отчасти из-за того, что Быстров никогда ничего не говорил определенного. Он ни разу не признался ей, что любит ее, но и обратного не говорил. Он приглашал ее к себе, но держался так, словно она пришла без приглашения. Он дарил ей подарки, но никогда не спрашивал, что ей нравится. Он был невнимателен к ней — за два года он не запомнил, что она не ест молочный шоколад, и продолжал ей покупать именно его. Алина даже уже не протестовала, просто передаривала лакомство соседским детям. Когда она оставалась у него, он будил ее ранним утром, хотя накануне она жаловалась на усталость, на проблемы в магазине и говорила, что хотела бы поспать подольше. При этом он сам разогревал ей ужин, накрывал стол и варил кофе. Алина, как всякая женщина, пыталась анализировать его поступки и слова. Но только запутывалась окончательно. Логике все происходящее не поддавалось. Новгородцева внимательно следила за словами любовника, не гнушалась мелкой слежкой и копанием в телефоне. Она рылась в шкафу с одеждой, шарила в карманах, изучала чеки, квитанции, однажды перерыла все его ящики и полки. Быстров задержался в клубе — там было какое-то собрание. Алина воспользовалась моментом. Она выдвигала ящик, фотографировала его внешний вид, потом начинала просматривать содержимое. Сделанная фотография помогала восстановить прежний порядок. Надо сказать, она нашла множество интересных вещей, но ни одна из них не могла служить уликой неверности. Алина перебирала рекламные буклеты спортивных фирм, старые журналы, таблицы матчей, какие-то жетоны, талоны и прочее. В другом ящике она наткнулась на удостоверения, какие-то пропуска и билеты. Самое интересное было в большом отделении книжного шкафа. Там лежали перчатки с автографом Михаэля Шумахера (Алина долго их рассматривала, поняла, что это перчатки самого гонщика), большая дорогая курительная трубка, кисет с табаком, а поверх всего этого — аккуратный травматический пистолет. Алина повертела его в руках, с удивлением обнаружила, что он заряжен. «А вот это зря, так нельзя. Мне еще отец об этом говорил», — подумала она.

Новгородцева выросла рядом с таежным лесом. Про оружие она все узнала рано — отец рассказывал, даже показал, как надо заряжать и чистить. Соседские мальчишки баловались — тайком таскали из домов родительские приобретения. Алина еще раз оглядела пистолет, с минуту размышляла, не разрядить ли его, но потом аккуратно положила на место. «Неосторожен Быстров», — еще раз подумала она, разглядывая документы-разрешения. В другом ящике она нашла старый кошелек, в нем лежала фотография родителей Быстрова. Новгородцеву не удивили находки. Все было линейно, даже пистолет. Алина помнила, что купить «травматику» было мечтой любого интернатского мальчишки. «Фото родителей можно было держать поближе к себе. А вот новые портмоне и записную книжку я ему подарю. Все такое уже изношенное», — подумала она.

Этот обыск ее слегка успокоил — ничего, связанного с женщинами, она не нашла. Какое-то время Алина жила спокойно. Пока не увидела, как Быстров отвечает на чье-то электронное письмо. «Вот! Вот где надо искать!» — сказала она себе. Новгородцева при случае подсмотрела пароль и запомнила его. Последнее оказалось совершено бесполезным. Или у Быстрова имелсь не одна почта, или он был совершенно святым. То, что Алина смогла прочитать, имело отношение лишь к работе и было исключительно скучно. Даже писем от родителей не было. Новгородцеву же это не успокоило. Она еще больше встревожилась, и ее нюх обострился. Алина понимала, что человек не может существовать без прошлого, без друзей, знакомых. Но вокруг Быстрова никого не было. Во всяком случае, Новгородцева никого обнаружить не могла.

На некоторое время она успокаивалась и начинала жалеть Быстрова, а с жалостью приходили и удвоенная забота, усиленная ласка и гипертрофированная любовь. Она готова была ходить за ним по пятам, ловить каждое его движение.

Быстров сначала поддавался, принимал все это, а потом раздражался и старался уйти из-под излишней опеки. И они начинали ссориться. Первой мирилась Алина.

Эти два года сделали несчастным Эрика Фишера. Он вскоре догадался о происходящем, но выяснять отношения с Алиной не стал. Делал вид, что ничего не происходит. Все чаще он оставался в старом магазине, даже не поднимался в квартиру, ночевал в своем кабинете. Новгородцева не выдержала и однажды завела разговор:

— Перестань себя изводить. Прекрати заниматься глупостями. У меня никого нет. Я просто немного устала. Мне требуется одиночество. Ты же знаешь, я могу сесть в машину, проехать километров сто и вернуться. Просто так, без цели. Я так отдыхаю. Эрик, милый, все хорошо.

Алина не знала, поверил ли ей муж, но в доме стало чуть спокойнее.

Два года такой жизни никому не идут на пользу. Любовь к Быстрову иссушила Алину. Даже внешне она изменилась — похудела, потемнела, взгляд сделался жестким, цепким. Ни дать ни взять бегунья на длинной и сложной дистанции. «Вот где пригодились спортивные навыки», — подумала она, разглядывая себя в зеркале. Одеваться она стала ярко, броско, со множеством украшений. Быстров даже как-то сделал ей замечание. Алина сначала зло огрызнулась — мол, не твое дело! Потом, видя, как он обиделся, долго подлизывалась, вымаливала лаской не прощение, а доброе отношение.

Алина терпеть не могла, когда Быстров злился. Он становился злым и едким, она втягивала голову в плечи, чувствовала себя побитой. В конце концов она сняла с себя все эти огромные побрякушки, вернулась к привычному виду. Быстров немного смягчился. Что удивительно, ссоры не мешали их сексу. Он только злее и яростнее становился, а от этого у Алина кружилась голова, она теряла память и силы. Вся власть в эти моменты переходила к Быстрову, она ему беспрекословно подчинялась. После она пыталась вернуть «влияние», но он только усмехался. За эти два года Новгородцева потеряла почву под ногами. Из самостоятельной, деятельной, увлеченной бизнесом женщины она превратилась в зависимую от мужских настроений дамочку. Наступили времена, когда ради встречи с любовником она могла отложить важную встречу. Она так боялась потерять Быстрова.

Самое удивительное, что при всем обостренном восприятии происходящего влюбленная Новгородцева была невнимательной. Она так погрузилась в собственные переживания, так тщательно отслеживала шаги Быстрова, так часто пыталась заглянуть в его телефон, что мимо ушей пропускала очень важное. Она была внимательна, лишь когда он говорил о ней. Или о них. Но это происходило крайне редко. И Алина почти не слушала Быстрова, когда он рассказывал о своей работе, вспоминал прошлое, говорил о родителях. Как только речь заходила об этих вещах, Новгородцева отключалась и думала о своем. О том, что еще можно подарить Быстрову, что приготовить завтра ему на обед, как одеться на следующее свидание с ним. Еще ее волновало, как она выглядит утром после бурной ночи. Она совершенно не слушала и не слышала Быстрова, когда он пытался ей рассказать о своих планах. Алине казалось, что, пока есть контракт с местным клубом, его планы не важны. А важно то, что они будут вместе. Ах, если бы Новгородцева была внимательна к тому, что действительно того заслуживало!

...Итак, фрау Фишер привезла Саше Быстрову обед, пирог с мясом и торт с вишнями по рецепту жены аптекаря Крейцера. Но главным в сегодняшнем меню было не это, а та новость, которую Алина собралась сообщить любовнику. Только это должно было произойти за кофе. Когда со стола будет убрана грязная посуда, появится торт и красивые кофейные чашки, Алина закурит свою любимую сигару (эту шикарную, по ее мнению, привычку она приобрела совсем недавно. «Здесь многие женщины так делают», — пояснила она, обрезая гильотинкой ядрено пахнущую сигару. Быстров не возражал против сигарного дыма в своей квартире. Алина же, как ей казалось, добавила себе респектабельности).

Обед прошел почти в молчании. Быстров ел с аппетитом, особенно похвалил отбивные. Алина мудро умолчала об их происхождении. Вот, наконец, Новгородцева заварила кофе, принесла чашки, нарезала торт.

— Тебе кусочек в вишенкой или с розочкой? — спросила она игриво.

Быстров пожал плечами. Он сладкое не особенно любил. К тому же обед был сытным.

— Все равно.

— Ну, тогда тебе и вишенку и розочку положим, — почти засюсюкала Алина и зигзагом разрезала красивый торт.

Быстров посмотрел на блюдце. Кусок имел дурацкую форму, но на нем имелись и вишенка и розочка.

— Что? — не поняла его взгляд Новгородцева.

— А, — поднял глаза Быстров, — вот это! Это — что?

— Ты о чем? — не поняла Новгородцева

Но Быстров уже громко хохотал. Его смех разносился по квартире и, казалось, весь дом его слышит.

— Да что ты веселишься? — все так же не понимала Алина.

— Вот это! Вот это! — Быстров пальцем показывал на шоколадный бисквит на своей тарелке, — ты его так разрезала... так разрезала...

Он опять гомерически захохотал.

— Да объясни! — вскричала Алина.

— Да это же какашка с вишенкой и розочкой. Одновременно! — сквозь слезы проговорил Быстров.

Алина внимательно присмотрелась к форме куска. Ну да, сходство было. Но только некоторое. Можно было бы и посмеяться. Если бы не одно «но». Она старалась, заботилась о нем, хотела, чтобы ему было вкуснее. Вот от этого и получилась какашка. Новгородцева попыталась улыбнуться, но не смогла. Ей стало обидно. Нет, не за кусок. За свою суету перед Быстровым. Она отпила из чашки кофе, потом сказала:

— Мне всегда нравилось твое чувство юмора.

Быстров с трудом успокоился. Он отодвинул тарелку.

— Извини, не могу это есть. Ассоциации...

— Да и ладно! — Алина великодушно махнула рукой. — Вон там на блюде еще полно торта. Можно любым способом нарезать. Хоть фестончиками.

Она перевела дух и произнесла:

— Саш, бог с ним, с этим тортом. У меня же новость. Очень надеюсь, хорошая.

— Да?

— Да. — Алина почувствовала, что сердце выпрыгнет из груди. — Дело в том, что я поговорила с мужем. С Эриком. Мы с тобой никогда не обсуждали мое положение, но ты же обо всем догадывался. Так вот. Я поговорила. Сказала, что хочу развестись. Со всеми вытекающими отсюда обстоятельствами. Он сказал, что подумает. Но здесь все просто. Развод, часть имущества моя. Все по-немецки четко и быстро. Так что твоя возможная невеста свободна и при деньгах.

Новгородцева посмотрела на Быстрова. Тот смотрел на нее. Улыбки на его лице не было.

— Невеста? — вдруг переспросил он.

— Да, невеста. Понимаешь, когда-то очень давно я себе дала слово, что приеду со сборов и выйду за тебя замуж. Понимаешь, сама тебе предложение сделаю. Уговорю тебя. Но тогда не случилось. Ты женился на Ежовой. Представляешь, столько лет прошло! А мы вместе. Мы близки. И люблю я тебя еще больше. Понимаешь, я присматривалась, была наблюдательной. И поняла, что у тебя никого нет. Ты один. Я теперь тоже одна. Нам вместе хорошо. Во всех смыслах. Так отчего же нам не пожениться?

— Ты делаешь мне предложение? — с каким-то странным видом переспросил Быстров.

— Ну, если хочешь, — улыбнулась Алина.

Сейчас, когда она произнесла самое главное, ей стало легче. Она почувствовала силу, энергию, обрела почву. С Эриком она пока не говорила, это было враньем, но для себя вопрос уже решила. И она сегодня же все ему расскажет. А Быстров... Он привык к ней, к ее заботе, к ее хлопотам. И потом, она же понимает, что им в постели очень хорошо... Так что Быстров скорее всего скажет «да». Новгородцева даже улыбнулась, такой забавной и легкой показалась ей ситуация.

Но Быстров молчал. Он подпер рукой подбородок и посмотрел исподлобья на Алину.

— Что? Не ожидал? — улыбнулась та.

— Не ожидал, что ты, оказывается, никогда не слушала меня. И ничего не поняла.

— А что надо понять?

— Понять? — переспросил Быстров. — Ок, я виноват. Видимо, я был некорректен. Я, наверное, не был откровенным.

— Ты сейчас о чем?

— Я не могу жениться на тебе.

— Почему? А... Предложение должен сделать мужчина? Понимаю! Ну, давай считать, что ты мне сделал предложение?

— Понимаешь, у меня есть другая женщина.

— Другая?

— Да.

— А что ты со мной в постели делал?

— То же, что и ты.

— А что я делала?

— Мы с тобой спали. И проводили время. Но мы не собирались жениться. И не планировали встречаться долго. У нас шло и шло... И я тебе не раз об этом говорил! Ты должна быть справедлива. Я не сказал, что у меня есть другая женщина. Потому что... Я сам не знаю, есть она у меня или нет.

— Это как? — опешила Новгородцева.

— Я ее люблю. Она об этом знает. Но сама еще не решила, как поступить. Я очень надеюсь, что она примет правильное решение.

— Ага, у тебя есть женщина. Но ты спал два года со мной.

— Что-то удивляет? Я ее знаю очень давно. И отношения у нас такие сложные. Кстати, не ты ли рассказывала, что любила меня, но замуж вышла за этого самого Эрика? Согласись, похоже? И ты ведь тоже долго тянула, прежде чем призналась, что замужем.

— Что это за отношения с мифической женщиной?

— Долго рассказывать. Просто мы с ней запутались. Оба не знали, как поступить. Договорились, что возьмем время для раздумий. И друг другу ничего не обещали. Просто первый, кто почувствует, что не может без другого, он даст знать.

— Офигеть, — присвистнула Новгородцева. — Это что за романтика такая? Аж на два года растянулась.

— Мы бы раньше встретились и объяснились. Просто жизнь так сложилась. Понимаешь, столько всего переплелось и случилось, что даже не знаешь, как поступить.

— Не наговаривай на себя. Ты-то отлично устроился, знал, как поступить.

— Ты о чем?

— О нас с тобой. Ты мне ничего не сказал.

— Я не знал, что сказать. И как. И, главное, мы с тобой просто спали. Какая разница, познакомился я бы здесь с местной фрау или встретил тебя? Но это же так просто! Понимаю, что звучит грубо, но это очевидно. Ты сама говорила о том, что к жизни надо подходить как можно проще. Это твои же слова.

— Ты молчал. Ты ничего не рассказывал...

— Нет, я часто говорил, что отношения сложные, что бывает так, что время — самый главный арбитр...

Новгородцева поморщилась. Да, верно, Быстров любил порассуждать о чем-то пространном — о долге, о случайностях, о том, что он ждет событий. Алине это было так неинтересно, что она сразу переставала слушать. А вот теперь оказывается, что именно в эти моменты можно было узнать самое главное.

— Так что же получается? — Новгородцева вскочила и закружила по комнате. — Выходит, два года ты мне морочил голову!

— Нет, я просто поддерживал отношения, которые сложились. Да, я был не прав во многом. Эти твои подарки, поездки, обеды... Но ты этим жила, так тебе это нравилось, что я даже не знал, как все прекратить.

— Боже, ты мучился, но все это терпел ради меня!

— Правильно ругаешься, — согласился Быстров. — Я козел. Мне сразу надо было выгнать тебя отсюда. Не пускать сюда. Я же догадывался, что все этим кончится. Мы с тобой уже проходили это! Давно, когда школу заканчивали. Думаешь, я не помню эти твои звонки, молчание в трубку, якобы случайные встречи на улице? Я же не знал, куда деваться. Но я, дурак, все это принимал. Знаешь, как тоскливо на чужбине одному? Даже когда ты работаешь, тебя уважают и хорошо платят. Тоскливо. Может, еще и поэтому...

— Ты же просто свинья!

— Даже спорить не буду. Но давай будем честными, то, что я жду решения одного человека, я тебе сразу сказал. Ты тогда еще спросила, что же это за решение. Я отмолчался. А надо было все подробно рассказать. Такие, как ты, намеков не улавливают. Они даже не понимают, когда им говоришь в лоб или ссоришься с ними. Ты же просто опутала меня. Шагу я не мог ступить...

— Не напрягайся. Все уже поняли, что ты — жертва.

— Я — козел. Но самое главное, я не знаю, как с Иркой теперь быть, — Быстров вдруг вскочил со своего места, — я все время ждал ее звонка. Она должна позвонить.

— Но почему-то не позвонила до сих пор?

— Мы должны встретиться. Понимаешь, я ее жду. И буду ждать. Все остальное — так. Но теперь, после всего этого, — Быстров обвел рукой комнату, — я не имею права ей ничего сказать. Господи, да какой же я урод! Ты права.

— Кстати, а что за Ирка? — Алина выхватила главное.

— Ира? Кузнецова. Наша одноклассница. Я тебе пытался несколько раз сказать... Но ты не слышала...

— Что? — Новгородцева даже присела. Она почувствовала, что силы ее оставляют. — Ты и Кузнецова? Вы — что? Встречаетесь?

— Нет. Встречались. После моего развода. Но у нас все было очень непросто. Она не могла мне простить обмана. Понимаешь, мы тогда, давно, встречаться начали. А потом я исчез. Просто пропал. Я не знал, как ей сказать, что женюсь на Марине.

— Мне же сказал.

— Господи, — поморщился Быстров, — ты — другое дело... Я не любил тебя. Ты мне не нравилась. И в этом я был честен. Ты же сочиняла что-то, придумывала, поводы всякие, чтобы позвонить, встретиться. Я иногда не знал, куда деваться. И потом, ты и Ирка! Сравнить даже нельзя! Что мне теперь делать? Что? Да, я сам идиот! Купился на все эти твои тортики, котлетки...

Новгородцева помолчала, а потом ласково спросила:

— Тортики, котлетки, говоришь?

Она прошла к платяному шкафу и распахнула дверцу.

— А вот это что? — Она принялась сдергивать с плечиков одежду. На пол летели вещи, Алина приговаривала: — Эти рубашки, куртки, джинсы, пальто из кашемира... Это — котлетки? О, это совсем не котлетки.

Быстров покраснел. Он знал, что часть этих вещей — подарки Новгородцевой. Он этому противился, но она умела уговорить. Или он не умел отказаться? «Интересно, это я такой продажный? Видела бы это Ирка», — подумал Быстров.

Тем временем Алина разглядывала пустой шкаф и гору одежды на полу.

— Кстати, дорогой Саша, как тебе записная книжка в натуральном кожаном переплете и ручка «Паркер»? Да, не самый дорогой экземпляр, но все же.

Быстров подошел к столу и вынул эти подарки.

— Вот, они даже не распакованы. Забирай.

— Нет уж, оставляй себе... Пригодится. Как тебя турнут из твоего третьеразрядного клуба, так и начнешь продавать барахлишко... — рассмеялась Алина.

— Почему — турнут? — неожиданно серьезно спросил Быстров. — У меня отличные результаты. Я все соревнования зимой выиграл. Они предложили продлить контракт. С чего это меня турнут?!

— О, ну тогда другое дело. Оставишь себе и будешь щеголять перед бабами. Перед Кузнецовой. Пыль в глаза пускать.

— Нет, Алина. Перед Кузнецовой не буду. Ей это не надо. Я перед ней виноват. И тогда, когда ничего не сказал про женитьбу на Марине. И сейчас, когда связался с тобой. Виноват. И, думаю, уже ничего между нами не будет. Я ей звонить не стану. Я ее уважаю. И наше с ней будущее сам угробил. И перед тобой виноват...

Новгородцева почувствовала, что кровь приливает к голове. Она еще как-то держалась, когда они пререкались. Но вид Быстрова, убитого этой ссорой, всей ситуацией, и его неподдельный страх перед тем, что он никогда не сможет объясниться с Кузнецовой, вывели ее из себя.

— Ах ты, сволочь! — завизжала она. — Подлец! Ирочку, видите ли, он свою не дождется! А то, что мне жизнь сломал, все исковеркал, оплевал... Пользовался мной! Всем моим...

— Ты идиотка! — сказал громко и спокойно Быстров. — Ты никогда не будешь счастлива. Ты думаешь только о себе. Ты тупая дура!

Он бил наотмашь, раня самыми примитивными оскорблениями. Новгородцева пнула одежду, лежащую на полу, выбросила из шкафа какую-то мелочь, и тут ее взгляд упал на выдвижной ящик. Она сразу вспомнила его — она там пыталась найти улики неверности Быстрова. Не раздумывая, Новгородцева засунула руку в ящик и вытащила оттуда травматический пистолет. Она помнила, что он был заряжен маленькими резиновыми пульками. Новгородцева ловко схватила пистолет, навела его Быстрова.

— Тупая дура?! — спросила она и выстрелила в Быстрова.

Тот вскрикнул и схватился за правую руку. Алина попыталась сделать еще один выстрел. Но Быстров успел раньше. Все так же поддерживая раненую руку, метнулся к ней и выхватил пистолет. Новгородцева что-то хотела сказать, но не успела — грохнулась без чувств на пол.

ЭПИЛОГ

Спустя три года

Молодой мужчина высокого роста шел по улице. Посетительницы многочисленных летних веранд поглядывали на него с интересом — молодой мужчина был хорош собой. Походка у него была пружинистая, плечи развернутые, в каждом шаге чувствовались ловкость и сила. Со стороны ничего особенного в его облике не было. Разве что чуть согнутая рука, державшая ключи от машины, была неестественно неподвижна. Впрочем, уличные зрительницы этого не замечали. Они видели лишь красивые черты лица и спортивную фигуру.

Мужчина дошел до перекрестка бульвара с переулком и вошел в угловое кафе. В зале он выбрал столик у окна.

— Вам меню принести? — спросила официантка.

— Принесите, пожалуйста, но заказ я сделаю позже, — кивнул он.

Официантка отошла, мужчина с нетерпением поглядывал на дверь.

В то же время за окном, у которого в кафе сидел мужчина, остановилась девушка в форме. Какое-то время она внимательно рассматривала зал через стекло, затем вошла в кафе.

— Ну, привет! — Мужчина, сидящий у окна, помахал ей рукой.

337

— Привет! — Девушка улыбнулась, расстегнула форменный китель и села за столик.

— Я никак не привыкну, что ты в форме.

— Я сама не привыкну. Но...

— Тебе идет. Очень. Вот меню, посмотри, что ты хочешь?

— Я голодная, — улыбнулась девушка.

— Отлично, — обрадовался мужчина. Он передал большую книгу меню спутнице, и в этот момент стало понятно, что рука почти не слушается его.

— Ты на восстановительную терапию ходишь? — озабоченно спросила девушка.

— Хожу. Проку только мало.

— Ничего, будет прок. Главное, не отступать. Вспомни, что было. А теперь...

— Теперь — начать и кончить. Врач сам так говорит.

— Саша, главное не пропускать ни одной процедуры, — наставительно сказала девушка.

— Ира, я же тебе обещал.

Через несколько минут официантка поставила на стол воду со льдом и приняла заказ. Когда она ушла, мужчина спросил:

— Ира, ты подумала?

— Подумала, — сказала Ира, — я выйду за тебя замуж. Иначе, если мы еще помедлим, тебе прострелят вторую руку, а заодно и обе ноги. Тебя же нельзя оставлять одного. Влюбленные женщины сойдут с ума.

— Ты преувеличиваешь, — серьезно сказал Быстров, — та история — это просто аномалия какая-то. С самого начала...

— Вот, кстати, давай и не вспоминать эту аномалию. Я вообще не хочу ничего вспоминать. Начну жить сначала.

— Я совершенно согласен. — Быстров накрыл своей ладонью руку Кузнецовой. — Но есть вопрос с работой?

— Да, есть. Я не хочу бросать свою. И ты знаешь, что меня переводят на Дальний Восток.

— Я не хочу бросать свою, — вздохнул Быстров. — Ира, куда меня возьмут с такой рукой? А тут — солидный спортивный клуб, тренерская работа. Я не буду себя чувствовать калекой.

— А ты и не калека...

— Замечательно звучит, но я даже лист бумаги пока не могу взять, — усмехнулся Быстров.

— Пройдет. Тебе же сказали, что должно все восстановиться.

— Но я же не могу ждать! Что, мне без работы сидеть?

Кузнецова развела руками:

— Я не знаю, что делать. Опять жить по разным городам? Господи, Быстров, да что ж это такое?!

Быстров молчал. Прошедшие два года были, наверное, самыми трудными в его жизни. История с Новгородцевой, полицейское разбирательство, бесконечные объяснения, а главное — госпиталь и хмурые лица врачей. «Повреждено сухожилие, прогнозы неутешительные» — вот что он слышал чаще всего. Клуб, за который он выступал, отнесся внимательно. Быстров не знал проблем с деньгами, а когда принес выписку с окончательным диагнозом, ему сразу предложили перейти на тренерскую работу.

— Вы отлично выступали за наш клуб. Вы многому сможете научить ребят, — сказали ему.

Быстров неделю после этого раздумывал, потом позвонил Кузнецовой и вылетел к ней в Мурманск.

Догнать любовь

Ира Кузнецова окончила исторический факультет, а потом пошла работать в МЧС. Она начинала с самых простых обязанностей — секретарь, помощник руководителя отдела. Потом пошла учиться и после окончания психологического факультета стала штатным сотрудником министерства. И работала она по специальности. Все это время она помнила о Быстрове. Жива была обида на его исчезновение. Она не отвечала на его звонки — Быстров где-то через два года после рождения ребенка отыскал ее, попросил о встрече. Он долго говорил, каялся, признавался в любви. А Ира слушала его и не верила, что в жизни вот так может быть — немного встреч, почти предательство и любовь, с которой ничего не сделало время. Кузнецова так ему тогда и сказала:

— Нет, я не хочу ничего слышать. Возвращайся к Марине и ребенку. И забыть то, как ты исчез, я не смогу.

— Хорошо. Я вернусь туда только для того, чтобы развестись. О дочери я буду заботиться. Это даже не обсуждается. И давай договоримся так. Мы расстанемся, но как только кто-то из нас поймет, что не может без второго, он сразу позвонит. А вот что услышит — то и будет судьбой.

Кузнецова удивилась предложению, но ничего не возразила. В ней боролись два чувства — обида и любовь. Это удивительно, но любовь была жива. Словно не было свадьбы Быстрова, его исчезновения и длительного молчания.

Уехав в Мурманск, она пыталась забыть его. И были у нее какие-то связи, даже сватались приличные люди. Но Кузнецова была похожа на замороженный фрукт — красивый, твердый, с холодком-изморозью. Втайне она ждала звонка Быстрова. И дождалась только тогда, когда случилась та самая история между Алиной и Сашей.

В Мурманске разговора у них не получилось. Быстров смущался, стеснялся своей руки, а потому разговор вышел нелепым.

— Мы договорились созвониться, если поймем, что невозможно жить без другого... — начал он, а потом выпалил: — Я считаю, что это была дурацкая договоренность.

Он рассказал в подробностях историю с Новгородцевой. И в конце добавил:

— У меня все отлично. Я остаюсь в клубе. Только тренером. А тебе желаю счастья.

Мурманск он покинул в этот же вечер, не попрощавшись с Ирой.

Кузнецова в ту ночь не спала. Она пыталась понять, как нормальные взрослые люди, совсем не глупые, а даже очень способные, оказались в такой дурацкой ситуации. Все, что раньше представлялось отдельными эпизодами-происшествиями, превратилось в картину полного абсурда. Она, Быстров, Новгородцева и ее отношения с Быстровым. Таинственное происшествие с пистолетом, увечье. Для ее очень строгого ума все это было словно из плохого романа, в котором нет логики, стройности, правильности. «Боже, даже близко нельзя подходить ко всему этому», — подумалось ей, но Ира тут же призналась себе, что рада была увидеть Быстрова. Что он такой же красивый и сильный, и рассказ его был честным, без украшательств, даже с излишней прямотой и избыточными подробностями. Было понятно, что он после всего боится лжи и неточностей. Кузнецова провела безумную неделю, а потом позвонила Быстрову.

— Встречаемся в Москве. Пятнадцатого сентября. Кафе на углу Тверского бульвара, — сказала она и сразу же повесила трубку.

«Если что-то поменялось — перезвонит». Но Быстров не перезвонил. Он прилетел в Москву...

«И что же теперь делать?» — в сотый раз подумала Ира.

«И что же теперь делать? Я не смогу без работы. Тем более сейчас. Так и вижу себя, обивающего пороги компаний. Мне отказывают, а дома Ирка меня ждет. Которая пашет за двоих!» — в сотый раз подумал Быстров.

В кафе стало многолюдно. Рядом веселились студенты, парочки шептались, ничего вокруг не замечая. Одинокие, а потому очень строгие девочки читали бумажные книжки. Ира смотрела на этот мир и сравнивала его со своим — далеким от столицы, полным проблем, иногда горя. Ее место было там — она знала свою работу и отлично справлялась с ней.

Кузнецова перевела взгляд на Быстрова. Тот смотрел в огромное полукруглое окно кафе. Там был погожий осенний месяц — и листья желтые, и тепло еще летнее. Ира скользнула взглядом по изувеченной руке Быстрова. Она представила, что будет у них потом, когда они, не договорившись, расстанутся. «А ничего не будет. Разъедемся, полные уверенности в том, что правы. И уже никогда не увидимся. Чудес не бывает, и время идет. Наши взрослые игры закончатся здесь, в этом кафе, где так уютно».

— Саша, — окликнула она Быстрова.

— Да, извини. Засмотрелся. Красиво...

— Быстров, я согласна. Я выйду за тебя замуж. Но я это уже говорила. Главное, я согласна поехать с тобой. Я уволюсь.

— Ты с ума сошла?! — ахнул Быстров.

— Ты не рад как будто бы! — рассмеялась Ира.

— Ты не представляешь, как рад.

Он ее поцеловал, она шутливо отстранилась:

— Давай посмотрим, сколько времени у меня это займет...

— Давай! — Быстров улыбнулся. — Надеюсь, не очень много!

Они склонились над календарем.

Зима в Граубахе выдалась снежной. Метели мели так усердно, что объявили чрезвычайное положение. Весь город обсуждал и сходы лавин, и завалы снега у тоннелей, и дороги, по которым еле-еле ползли автомобили. В магазинах появились очереди — горожане запасались продуктами. Среди общей встревоженности радовались только дети и фрау Фишер. Она всегда любила метель. Еще с детских лет, когда жила с родителями в маленьком поселке недалеко от таежных лесов и реки Енисей. Когда город накрывало белой пеленой, фрау Фишер закрывала свой магазин и выходила на прогулку. Она неспешно шла по улицам и переулкам, петляя, стараясь всеми силами удлинить маршрут. В конце концов она выходила к реке. Там она долго стояла на мосту и наблюдала, как вода съедает снег. Какая бы метель ни была, а горная река была сильнее. Когда на город спускалась темень, фрау Фишер возвращалась к себе домой, в удобную квартиру над магазином. Тем самым, который она когда-то ремонтировала и оформляла. «Конечно, за квартиру я переплатила, но это стоило того. Удобно — работа внизу, на первом этаже. А место просто прекрасное», — с удовлетворением отмечала Алина, разглядывая тщательно обставленные комнаты.

Она по-прежнему была фрау Фишер. Развод не повлиял на ее имя, а благосостояние ее увеличилось. При разводе Эрик честно поделил все пополам и еще выплачивал ей приличную сумму каждый месяц. Собственно, после всего, что случилось, этого сложно было ожидать.

Но ее муж оказался сильным, мудрым, а главное, верным человеком.

— Я не знаю, что там было у тебя. Для меня ты моя жена. И разводиться я не хочу! — сказал он ей.

— Почему? — задала она тогда вопрос. — Ты не хочешь развестись с женой, которая дала повод для таких нехороших сплетен? Зачем я тебе? Ты же обо всем догадывался!

— Почему я должен на это отвечать? Это у вас, у русских, каждый вопрос требует ответа. У нас это не так. Мы можем иметь свою точку зрения и не обязаны ее всем докладывать. Тебя устроит ответ: «Я тебя люблю»?

— Нет, Эрик, не устроит. Потому что я не верю тебе. И я хочу развестись.

Новгородцева была непоколебима. Развели их быстро и так же быстро разделили имущество. Город судачил, но отношения с Алиной никто не портил. Она же вела себя спокойно и ни в какие личные разговоры не вступала. Все общение с соседями сводилось, как обычно, к разговорам о погоде, метелях, заносах и о том, что туристов в этом году будет мало.

Магазин ее работал, покупатели были из числа туристов, но и горожане заходили. Их подстегивало любопытство. Все хотели что-то узнать, выпытать. Новгородцева держалась стойко. Иногда заглядывал Эрик. Они болтали, пили кофе или чай. Потом он уходил, обязательно напомнив, что в субботу они вместе ужинают.

«Какой же он упрямый. Просто упертый. Каждая суббота — ужин, вино. Словно не разводились», — думала Алина. Она не понимала, что Эрик Фишер ее полюбил раз и навсегда. Ей не приходило в голову, что чем-то он похож на нее, когда-то отчаянно влюбившуюся в Быстрова.

Но ничего, кроме удивления и благодарности, она к Эрику не испытывала. Впрочем, если он простужался, начинал кашлять или у него поднималось давление, она срочно его навещала, привозила лекарства, готовила горячее питье и сидела в его гостиной, развлекая беседой.

Внешне Новгородцева казалась спокойной и уравновешенной дамой. Но это только так казалось. Чувство вины и стыда разъедало ее душу. Помимо воли, нарушая все данные себе клятвы и обещания не вспоминать о случившемся, она все чаще возвращалась к тем дням. Прокручивала, как пленку, все те события и, словно стараясь сделать себе больно, вспоминала фигуру Быстрова, его безвольно повисшую руку, его лицо, искривленное от боли. Она вспоминала вопросительное лицо спортивного врача — он первый прибежал на помощь. Быстров не хотел вызывать «Скорую помощь». Он понимал, что будет множество вопросов и последует разбирательство. Алина хорошо помнила, что он сказал врачу:

— Я разбирал вещи. Уборку делали, хотели ненужное выбросить. И забыл, что пистолет заряжен.

Врач недоверчиво посмотрел на беспорядок в комнате и на стол, где стояли чашки и нарезанный торт. Видимо, последний его в чем-то убедил. Потом он перевел взгляд на Алину, которая уже сидела на диване, закрыв лицо руками.

— Ты же ее напугал! У нее же инфаркт может быть!

— Да кто же знал, что он заряжен! — воскликнул Быстров. И отвел взгляд от Алины. Та попыталась что-то сказать, но Быстров воспользовался моментом, когда врач мыл руки, и прошептал:

— Ты только что меня чуть не убила. И поскольку попытка была не очень удачной — не порть мне карьеру! Пусть это будет несчастный случай по моей вине! Молчи, прошу тебя!

И Новгородцева молчала. И в больнице, куда их отвез клубный врач, и когда полиция составляла протокол о случившимся, и потом в ходе недолгого разбирательства. Быстров все это время держался бодро, даже весело, иногда о чем-то заговаривал с ней. Но это было на людях. Как только они оставались одни, он замолкал, а на все попытки Алины извиниться или объясниться отвечал неизменно:

— Я не понимаю, о чем ты говоришь. И прошу, давай сведем общение до минимума. Ты забудешь, где я живу. И вообще про меня.

Новгородцева, которая отваживалась изредка узнавать о самочувствии Быстрова, замолчала, затаилась, совсем пропала из виду. Она отсиживалась дома, ни с кем не общаясь. Время шло, но оно было бессильно. Алина Новгородцева забыть ту историю не могла, и, что было для нее самое главное, — она во всем винила только себя. А нет ничего тяжелее для человека, чем такой приговор.

Быстров и Кузнецова поженились. Поселились в том самом маленьком городке, где и жил Саша, только в отдельном доме. Тот был небольшим, но славным. Кузнецова погрузилась в приятные домашние хлопоты. Их жизнь текла размеренно — в трудах, семейном досуге и скромных развлечениях. Обоих это устраивало.

Однажды с ними столкнулась Новгородцева. Дело было накануне Рождества, Быстровы делали покупки в огромном супермаркете. Все друг друга узнали, но не поздоровались, а разъехались, лавируя набитыми тележками. Алина успела заметить большой живот Кузнецовой, а Быстров с ужасом подумал, что Новгородцевой взбредет в голову начать общаться. «С нее станется!» — подумал он и со страхом взглянул на Иру.

— Такое ощущение, что это навсегда, — пошутила она.

— Я не допущу, — угрюмо сказал Быстров.

— Кстати, я тебе не говорила, что во всем виноват только ты? — поинтересовалась Ира. — В том, что она так себя повела.

Быстров покраснел и счел за благо согласиться:

— Я же сам тебе это говорил!

— Главное, чтобы ты об этом не забывал! — назидательно подняла палец Ира. — А то сам отцом станешь скоро, а полная безответственность в поступках.

И непонятно было, шутит она так или говорит всерьез.

На Алину встреча повлияла совершенно немыслимым образом. Вернувшись домой и распихав по полкам холодильника купленное, она спустилась к себе в магазин. Там выбрала самые дорогие беговые лыжи и сама у себя купила лыжный костюм. Потом переоделась, погрузила лыжи в машину и поехала на окраину города.

Там, где была проложена длинная лыжная трасса, она припарковала машину, переоделась, встала на лыжи и, жмурясь от слепящего снега, двинулась в сторону финиша. «Ну, рекорд не поставлю, но хоть вспомню, как это делается!» — подумала она и улыбнулась.

На мгновение ей показалось, что запахло таежным лесом, студеным Енисеем и тем самым снегом, по которому она бегала в детстве. Алина остановилась, перевела дух, закинула голову и вдруг закричала.

— Ааааа! Оуууу! Ааааа! — кричала она, и казалось, от гор отскакивало эхо. Оно было таким же громким. «Не хватало, чтобы меня кто-нибудь услышал!» — очнулась она и оглянулась по сторонам. Но никого вокруг не было. Только горы, ели, снег и узкая двухколейка укатанной лыжни.

Догнать любовь

Алина улыбнулась и быстро побежала на лыжах.

Наверное, это был не просто бег. Не просто желание тряхнуть стариной и вспомнить некогда любимое занятие. Это был своего рода финал, после этого старта и финиша для нее должна была открыться новая страница. Она не знала этого, но догадывалась, что так случится.

Еще Алина даже не догадывалась, что она была не одна в этом зимнем поле. Сквозь завесу метели она не могла видеть машину Эрика. Верного, любящего Эрика, который всегда оберегал ее и будет так делать и впредь, куда бы она ни убежала.

Оглавление

Литературно-художественное издание

Миронина Наталия

ДОГНАТЬ ЛЮБОВЬ

Руководитель отдела *И. Архарова*. Ответственный редактор *А. Самофалова*
Младший редактор *Е. Дмитриева*. Художественный редактор *А. Аверьянов*
Технический редактор *Н. Духанина*. Компьютерная верстка *Д. Фирстов*
Корректор *О. Степанова*

В оформлении обложки использована фотография:
© goodluz / Shutterstock.com
Используется по лицензии от Shutterstock.com

Страна происхождения: Российская Федерация
Шығарылған елі: Ресей Федерациясы

ООО «Издательство «Эксмо»
123308, Россия, город Москва, улица Зорге, дом 1, строение 1, этаж 20, каб. 2013.
Тел.: 8 (495) 411-68-86.
Home page: www.eksmo.ru E-mail: info@eksmo.ru
Өндіруші: «ЭКСМО» АҚБ Баспасы,
123308, Ресей, қала Мәскеу, Зорге көшесі, 1 үй, 1 ғимарат, 20 қабат, офис 2013 ж.
Тел.: 8 (495) 411-68-86.
Home page: www.eksmo.ru E-mail: info@eksmo.ru.
Тауар белгісі: «Эксмо»
Интернет-магазин : www.book24.ru
Интернет-магазин : www.book24.kz
Интернет-дүкен : www.book24.kz
Импортёр в Республику Казахстан ТОО «РДЦ-Алматы».
Қазақстан Республикасындағы импорттаушы «РДЦ-Алматы» ЖШС.
Дистрибьютор и представитель по приему претензий на продукцию,
в Республике Казахстан: ТОО «РДЦ-Алматы»
Қазақстан Республикасында дистрибьютор және өнім бойынша арыз-талаптарды
қабылдаушының өкілі «РДЦ-Алматы» ЖШС,
Алматы қ., Домбровский көш., 3-а, литер Б, офис 1.
Тел.: 8 (727) 251-59-90/91/92; E-mail: RDC-Almaty@eksmo.kz
Өнімнің жарамдылық мерзімі шектелмеген.
Сертификация туралы ақпарат сайтта: www.eksmo.ru/certification
Сведения о подтверждении соответствия издания согласно законодательству РФ
о техническом регулировании можно получить на сайте Издательства «Эксмо»
www.eksmo.ru/certification
Өндірген мемлекет: Ресей. Сертификация қарастырылмаған

16+

Дата изготовления / Подписано в печать 09.12.2021. Формат 84х108 $^1/_{32}$.
Гарнитура «Newton». Печать офсетная. Усл.-печ. л. 18,48.
Тираж 3000 экз. Заказ № 8405.

Отпечатано с готовых файлов заказчика в типографии ООО «ТДДС-СТОЛИЦА-8»
Россия, 111024, г. Москва, ш. Энтузиастов, д. 11 А корп. 1
тел.: (495) 363-48-84 www.capitalpress.ru

ISBN 978-5-04-157929-6

9 785041 579296 >